Flappy

SE ATREVE

Flappy
SE ATREVE

SANTA
MONTEFIORE

Traducción de Luis F. Stortini Sabor

TITANIA

Argentina • Chile • Colombia • España
Estados Unidos • México • Perú • Uruguay

Título original: *Flappy Entertains*
Editor original: First published in Great Britain by Simon & Schuster UK Ltd.
Traducción: Luis F. Stortini Sabor

1.ª edición Octubre 2022

© 2022 *by* Ediciones Urano, S.A.U.
Plaza de los Reyes Magos, 8, piso 1.º C y D – 28007 Madrid
www.titania.org
atencion@titania.org

ISBN: 978-84-17421-85-4
E-ISBN: 978-84-19413-11-6
Depósito legal: B-15.017-2022

Fotocomposición: Ediciones Urano, S.A.U.

Impreso por Romanyà Valls, S.A. – Verdaguer, 1 – 08786 Capellades (Barcelona)

Impreso en España – *Printed in Spain*

1

Badley Compton, Devon, 2010

Flappy Scott-Booth, la autoproclamada reina de la pequeña pero no insignificante ciudad de Badley Compton, en Devon, se sentó en la silla imperial rusa de respaldo alto que había comprado en una subasta de Christie's y escudriñó el rostro fresco de la joven, sentada de manera formal y algo nerviosa al otro lado del antiguo escritorio de nogal. La chica no era hermosa, pero Flappy no buscaba que lo fuera. Buscaba eficiencia, capacidad, honestidad y obediencia. Después de todo, ya veía suficiente belleza cada vez que se miraba al espejo, dado que, a los sesenta años, Flappy seguía siendo una mujer sorprendentemente atractiva. Tenía los pómulos altos, el mentón fuerte y unos ojos aguamarina muy separados y enmarcados por largas pestañas de color azabache. Lucía un cutis impecable y llevaba el cabello teñido de rubio ceniza, con un corte *bob* que realzaba la línea afilada de su mandíbula y aseguraba que destacara entre la multitud. Los labios, más bien delgados, revelaban una tendencia a la reprobación, una naturaleza crítica e implacable. No, no buscaba a una belleza; en Darnley solo había lugar para *una*.

—Una está terriblemente ocupada aquí —dijo Flappy con voz lenta y bien articulada—. Desde luego una querría complacer a todo el mundo, pero es sencillamente imposible. Darnley no solo es la casa donde vivo con el señor Scott-Booth, es el latido del corazón de

Badley Compton. Dado que es la casa más grande de la ciudad, cuenta con interminables jardines, prados y... —lanzó un suspiro, porque tales privilegios venían con una terrible carga de responsabilidad— un arboreto, entre otras maravillas demasiado abundantes para mencionarlas. ¡Oh! Somos tan afortunados... Pero a veces hay demasiado que hacer como para que lo haga todo una sola persona. Verás, la agenda está llena de eventos. Nuestras puertas están abiertas a la comunidad local todo el año. Durante tres semanas de junio, compartimos nuestros jardines con el público para que puedan disfrutar de este lugar mágico y único. En julio ofrecemos una fiesta en el jardín; en septiembre está el mercadillo; a principios de octubre, el té de la Fiesta de la Vendimia, con el desfile de disfraces infantiles de Halloween al final; la Noche de las Hogueras en noviembre; la cena de Navidad en diciembre y además las reuniones semanales del club de lectura, las de la iglesia, las parroquiales... Podría seguir —volvió a suspirar y fijó sus penetrantes ojos aguileños en la joven que tenía delante y que la escuchaba con atención—, pero no lo haré. Comprobarás por ti misma lo ocupada que una está aquí, y por qué necesito una chica para todo, alguien que me alivie la carga. Verás, tenía una querida amiga llamada Gracie, que solía ser de gran ayuda, pero se fue a Italia la primavera pasada, conoció a un conde y se casó con él. A los sesenta y ocho, ¡imagínate! Ahora es condesa, lo cual es maravilloso para ella, porque antes no era nada. Solo una mujer muy corriente. Quiero decir, no la habrías mirado dos veces si te la hubieras cruzado por la calle. —Flappy resopló un poco, y logró esbozar una sonrisa tensa—. Pero he sido muy comprensiva y generosa porque, debo decírtelo, fue extremadamente desconsiderado por su parte dejarme en la estacada de esa manera. Necesito una asistente personal. Creo que tú, Persephone, serás perfecta —dijo, tomando el currículum vitae de su entrevistada, que tenía sobre el escritorio—. Tienes mucha experiencia. Hablas italiano, francés y español, eres una buena organizadora y sabes cocinar, lo cual es espléndido, aunque tengo una chica llamada Karen que cocina un poco de vez en cuando, si las cosas se complican. Soy una excelente cocinera, por supuesto, pero una simplemente no puede estar en todas partes a la vez y se requiere mi experiencia en muchos otros lugares, además de la cocina. —La miró directamente a los ojos y le preguntó—: ¿Hay algo que *no* puedas hacer?

—¿Jardinería? —respondió Persephone con incertidumbre, esperando que la admisión de su inutilidad para tales tareas no le costara el puesto.

Flappy rio y agitó una mano bien cuidada.

—Bueno, puedo prescindir de eso. Somos muy afortunados de tener un ejército de jardineros aquí en Darnley, y una chica polaca muy cariñosa que viene a limpiar todas las mañanas, así que tampoco te pediré que te ocupes de ello.

Volvió a dejar el currículum en el escritorio y lo golpeteó con sus largas uñas, pintadas de un elegante color rosa.

—Necesito que empieces de inmediato.

Los ojos de Persephone se iluminaron de alegría.

—¡Oh! Eso es maravilloso. Gracias —dijo efusivamente.

—Te quiero en el vestíbulo cada mañana a las nueve, lista para trabajar y luciendo presentable. Cabello recogido, camisa planchada, falda por debajo de la rodilla y medias. No soporto las piernas desnudas. Y no me gustan los tacones altos —sentenció arrugando la nariz—. Es terriblemente vulgar. Bien, ¿hay algo que quieras preguntarme?

—¿Cómo quiere que me dirija a usted?

—«Señora Scott-Booth» estará bien. ¡Ah! Y lo más importante, cuando contestes el teléfono, me gustaría que dijeras: «Darnley Manor, habla la asistente de la señora Scott-Booth». ¿Queda claro?

—Perfectamente —respondió Persephone, asintiendo con la cabeza—. Perfectamente, señora Scott-Booth.

Flappy sonrió. Esa joven de veinticinco años aprendía rápido.

Después de que Persephone se hubo marchado, Flappy permaneció sentada ante el escritorio y giró la cabeza para mirar por la ventana de su estudio. La encantadora habitación, decorada con buen gusto en verdes y grises pálidos, tenía una agradable vista al jardín. En realidad, a *uno* de los jardines. Flappy tenía mucha suerte al tener más de uno en Darley. Tenía toda una variedad, de hecho, para enseñar a sus amigos y a la comunidad local. A ese jardín en particular lo llamaban «el campo de croquet», aunque ya nadie jugaba al croquet en él. Solían hacerlo cuando sus cuatro hijos eran pequeños, pero ahora que habían dejado el nido y se habían marchado a vivir a varios rincones lejanos del mundo, el césped se usaba para eventos. El suelo era perfecto para instalar una carpa, y a lo largo del lado izquierdo discurría un viejo muro de piedra, delante del cual se encontraba el muy admirado arriate herbáceo. Flappy estaba muy orgullosa de él y encantada de ofrecer a la gente el «Tour *Herbáceo* de Darnley Manor», que consistía en caminar con solemnidad y señalar las diversas plantas. Empleando sus nombres correctos, desde luego, aprendidos de memoria. «Espuela de caballero subalpina» sonaba mucho más exótico que el nombre más común *Delphinium*, y *Hemerocala* le otorgaba al lirio de día cierta mística. Incluso una petunia se volvía más atractiva al llamarla por su nombre botánico, *Ruellia brittoniana*. Tenía cuatro jardineros a jornada completa, vestidos con camisetas verdes y pantalones caqui, que hacían todo el trabajo duro. Sin embargo, de vez en cuando (y especialmente si esperaba invitados), la propia Flappy tomaba su par de tijeras de podar apenas usadas y recorría la rosaleda, cortando alguna que otra flor marchita.

Saludó desde la ventana a uno de los jóvenes, que empujaba una carretilla por el césped. Él respondió con una leve inclinación, tocándose el sombrero. Ella sonrió amablemente, porque Flappy siempre era amable, sin importar su estado de ánimo, y luego volvió al asunto en cuestión: las preguntas que iba a formular en la reunión del club de lectura de damas de Badley Compton la noche siguiente.

Sonó el teléfono.

Flappy contó los timbres y respondió al octavo, para dar la impresión de que estaba muy ocupada y que posiblemente había tenido que recorrer una gran distancia para llegar a él.

—Darnley Manor, habla Flappy Scott-Booth.

—Flappy, tengo noticias.

Era Mabel. Si Flappy era la autoproclamada reina de Badley Compton, Mabel Hitchens era su dama de compañía, ansiosa por complacer.

—Espero no haberte interrumpido —dijo Mabel jadeante—. Sé lo ocupada que estás.

—Ya sabes lo que dicen, Mabel, dale un trabajo a una persona ocupada y siempre lo hará. La gente ocupada se hace tiempo para todo. Bien, ¿qué me cuentas?

—Hedda Harvey-Smith ha comprado una casa en Badley Compton —dijo Mabel triunfalmente, convencida de que sería una novedad para Flappy, a quien le gustaba ser la primera en enterarse de todo.

Flappy hizo una larga pausa, mientras digería esa horrible información. Había tenido la desgracia de conocer a Hedda Harvey-Smith en abril, cuando había aparecido por sorpresa en el funeral del hermano de Hedda. Por aquel entonces, cuando Hedda mencionó que ella y su esposo Charles pensaban mudarse a Badley Compton, Flappy pensó (de hecho, esperaba) que solo se trataba de una amenaza ociosa. Ahora parecía (si la fuente de Mabel era fiable) que la amenaza se había cumplido. Se puso rígida, como un perro ante un desafío a su territorio, y respondió con una jovialidad bien ensayada.

—No estoy segura de qué casa habrán comprado, Mabel, ya que la única otra casa grande de la ciudad pertenece a sir Algernon y lady Micklethwaite, y no me imagino que Hedda se dignara a comprar algo más pequeño que eso —rio, animada por su propia lógica—. ¿Estás segura de que no te equivocas, Mabel?

—*Eso* es lo más intrigante, Flappy. La casa que Hedda ha comprado no es otra que Compton Court. —El sobresalto de Flappy le produjo a

Mabel un escalofrío de satisfacción. Evidentemente, todo eso era una novedad para Flappy—. Precisamente —continuó, alzando la voz con entusiasmo—, sir Algernon y lady Micklethwaite se han mudado a España.

Si Flappy no hubiera estado ya sentada, se habría hundido en la silla como un suflé desinflado. ¿Cómo era posible que todo esto hubiera pasado delante de sus narices sin que ella tuviera la menor idea? Se suponía que Phyllida Micklethwaite debería haberle informado de que se marchaba, ¿o no? Desde luego, Flappy no podía contarla como amiga, pese a que había hecho muchos intentos a lo largo de los años, pero al menos era una conocida. ¿No había asistido a muchos de los eventos de Flappy, después de todo? De hecho, había sido la invitada de honor en su fiesta en el jardín, en julio. Flappy suspiró profundamente para recuperarse. Porque si había algo en lo que Flappy era buena, era en ocultar lo frustrada que realmente se sentía.

—Creo que es maravilloso que Hedda y Charles vengan a vivir a Badley Compton —dijo, tan amable como siempre—. De repente, una idea brillante se abrió paso en la mente ocupada de Flappy—. Debemos darles la bienvenida con una fiesta.

¡Oh, sí! Una fiesta aquí en Darnley, pensó para sí misma con una oleada de emoción. *Una lujosa fiesta, para mostrarle a la gente de Badley Compton que la reina no siente que su posición esté amenazada, y para hacerle saber a Hedda desde el principio que hay una jerarquía en esta ciudad y que será mejor que la respete.*

—¿Sabes cuándo se mudarán? —inquirió.

—¡Oooh! ¡Una fiesta! ¡Qué emocionante, Flappy! ¡Nadie organiza una fiesta como tú! —Al ver que Flappy no reaccionaba, Mabel añadió rápidamente—: John ha visto un gran camión de mudanzas que se dirigía en esa dirección esta mañana, cuando ha salido a comprar los periódicos. —John era el esposo de Mabel—. Era un camión inmenso, impresionante. El tipo de vehículo de mudanzas que contrataría una mujer como Hedda Harvey-Smith.

—¿De verdad? —dijo Flappy con tono casual.

—¡Oh, sí! Apuesto a que está lleno de tesoros.

—Sí, sí, estoy segura de que es así —aseguró Flappy, irritada al pensar en un enorme y majestuoso camión de mudanzas lleno de los tesoros de Hedda Harvey-Smith—. Si se están mudando ahora mismo, entonces no tenemos mucho tiempo. Tendrá que ser en las próximas dos semanas. A principios de septiembre. Un cóctel en el jardín. La última de las fiestas de verano, para que todos la recuerden durante los largos meses de invierno y hablen de ella cuando oscurezca a las tres de la tarde, llovizne y haga frío. El jardín todavía se ve magnífico. De hecho, Darnley nunca ha lucido más espectacular. Llamaré a Hedda de inmediato.

—¡Oh! Estará encantada de escucharte —dijo Mabel con tono inocente.

—Por supuesto que lo estará. Si les doy una calurosa bienvenida a la comunidad, todos los demás seguirán mi ejemplo. ¿Sabes, Mabel? Me hace muy feliz darles un empujoncito. Después de todo, no me costará nada, ¿verdad? Y significará mucho para ellos.

Cuando Flappy colgó el auricular, su espíritu competitivo ya estaba en el punto de ebullición. Abrió su libreta de direcciones de cuero rojo y recorrió el índice de letras doradas con una uña manicurada, hasta la M. Allí, unas pocas direcciones debajo de la del alcalde, estaban los datos de sir Algernon y lady Micklethwaite. Frunció los labios con irritación ante la idea de tener que reemplazar su dirección con la nueva en España, estropeando su libro inmaculado, pero no se podía evitar. Agarró el teléfono y marcó.

Después de muchos timbrazos, respondió la voz de un hombre.

—Compton Court.

—¡Ah, hola! ¿Con quién hablo? Soy la señora Scott-Booth, de Darnley Manor —dijo Flappy con tono solemne.

—Buenos días, señora. Soy Johnson, el mayordomo. Me temo que la señora de la casa está indispuesta. ¿Desea dejar un mensaje?

Flappy se sintió doblemente contrariada. En primer lugar, porque Hedda tenía un mayordomo, y en segundo, porque estaba claro que el mayordomo no era consciente de la importancia de quien llamaba.

—Sí, si fuera tan amable. —Tuvo que esforzarse por ser gentil—. Por favor, hágale saber que a Flappy Scott-Booth de Darnley Manor le gustaría darle la bienvenida a la comunidad con una pequeña reunión de personas de ideas afines la próxima semana, aquí en Darnley. Nada demasiado elaborado. Nosotros, la gente del campo, encontramos la ostentación terriblemente vulgar. Tal vez usted sería tan amable de llamarme cuando tenga un momento, y decirme qué día le conviene. —Y a continuación le dio su número.

—Me aseguraré de que reciba su mensaje esta mañana —respondió Johnson.

—Eso sería muy amable, gracias. —Luego agregó, como una ocurrencia tardía—: Si no estoy en casa, mi asistente personal, Persephone, contestará el teléfono; la señora Harvey-Smith puede dejarle un mensaje.

Hedda podía tener un mayordomo, pero no tenía una asistente personal. Flappy colgó el auricular, sintiéndose muy complacida consigo misma.

Justo antes del almuerzo, como de costumbre, el Jaguar color caramelo de Kenneth Scott-Booth entró ronroneando en el patio delantero de Darnley Manor y se detuvo con suavidad junto al Range Rover gris brillante de Flappy. Kenneth abrió la puerta y, con un gruñido por la obstrucción que causaba su voluminoso vientre, se levantó del asiento y apoyó sobre la grava, con firmeza, dos inmaculados zapatos de golf blancos.

Con apenas un metro setenta y dos de altura, un par de pantalones amarillos de talla grande, calcetines amarillos y un suéter de cachemir con cuello en V a juego, habría resultado una figura cómica si no fuera tan inmensamente rico. Kenneth no era un hombre al que se pudiera tomar a la ligera. Tampoco se tomaba *a sí mismo* a la ligera. Aquí había un hombre que cosechaba las recompensas de las semillas sembradas con astucia, jugando rondas regulares de golf en el campo que había construido en Badley Compton que llevaba su nombre, y viviendo la vida por todo lo alto. El golf, más que cualquier otra cosa, lo inspiraba e impulsaba día tras día. Después de todo, ¿por qué debería llenar sus horas haciendo algo menos autocomplaciente? El hedonismo era suyo por derecho, ya que había trabajado duro para construir su imperio de restaurantes populares de comida rápida en la década de 1970, que vendió por varios millones diez años después. Eso había requerido astucia y buena visión para los negocios, que Kenneth tenía en abundancia. Era un chico nacido en el lado equivocado de las vías que lo había hecho bien. Y Flappy Booth, como se llamaba cuando se casó con ella, había sido la guinda del pastel. Fue ella quien tuvo la idea de unir sus apellidos. Así, con el Scott-Booth de dos cañones, se dotaron de lo único que les faltaba: un aire de grandeza.

Kenneth abrió la puerta principal y entró a zancadas en el vestíbulo, en el que los retratos de aspecto importante de él y de Flappy, obra del famoso artista Jonathan Yeo, estaban colgados a ambos lados de la chimenea de mármol. El suelo ajedrezado relucía bajo un exquisito mobiliario del siglo XVIII. El vestíbulo de Darnley era realmente impresionante. Suspiró con satisfacción. Podía oler el almuerzo. ¿Era cordero? Le encantaba el cordero. Ninguna de esas tonterías vegetarianas con las que Flappy había flirteado alguna vez. Kenneth era un hombre al que le gustaba la carne y un par de verduras.

—¡Cariño! —llamó, firmemente plantado en el suelo ajedrezado, con las manos en las caderas.

Flappy salió de su estudio y pareció flotar por el pasillo, con su ondeante camisa de color azul pálido, sus pantalones *palazzo* blancos y sus abundantes joyas de oro.

—Hola, cariño —respondió ofreciéndole su mejilla, en la que Kenneth plantó un beso, como era debido—. ¿Has tenido una buena mañana?

—No ha estado mal. Pero nada mal. Perdí un *putt* corto en el segundo. Debería haber hecho *bogey* en el séptimo, como siempre hago. Si no hubiera sacado la pelota fuera de los límites en el dieciocho, habría tenido una de mis mejores rondas de la historia.

Flappy dejó que la información le entrara por un oído y le saliera por el otro, porque encontraba que el golf era un deporte muy tedioso. No como el tenis, que era glamuroso. El golf era tan poco glamuroso como los dardos o el billar.

—Debes de estar muriéndote de hambre, cariño. Karen ha preparado una pierna de cordero. Le he dicho que lo sacara del Aga* un poco antes esta vez, porque preferimos la carne un poquito rosada, ¿no? Soy una experta en cocinar cordero, como sabes, pero he estado tan ocupada esta mañana que simplemente no he tenido tiempo.

Kenneth siguió a Flappy escaleras arriba. Ella sabía que a él le gustaba cambiarse la ropa de golf antes del almuerzo. Mientras él cambiaba los pantalones bombachos por unos chinos en su vestidor, Flappy se sentó en el tocador de su habitación, contigua a la de él, y se empolvó la bonita nariz. Era sumamente agradable aparentar diez años menos que las demás mujeres de su edad de Badley Compton, pensó con una sonrisa.

—¡He contratado a una asistente personal! —gritó—. Se llama Persephone, y empieza mañana.

—¡Muy bien! —gritó Kenneth en respuesta—. Seis meses en el Olimpo y seis meses en el Hades —añadió con una risita.

—¡Ah! ¿Y recuerdas a Hedda Harvey-Smith, a la que vimos en el funeral de Harry Pratt? La mujer grandota con la voz fuerte.

—Había muchas mujeres grandotas con voces fuertes —dijo Kenneth—. ¿A cuál te refieres?

—La conoces, cariño. La que tiene mucho pelo castaño, mal teñido. Pobrecita.

---

* Marca de cocinas y hornos de alta calidad que empezó a fabricarse en Reino Unido a principios de la década de 1930. (N. del T.)

Flappy se pasó una mano por su melena teñida con maestría de rubio ceniza.

—Se considera muy importante. Ya *sabes*, querido, Hedda Harvey-Smith.

Kenneth no recordaba a nadie con ese nombre.

—Bueno, ¿y qué pasa con ella?

—Ella y su esposo Charles han comprado la casa de los Micklethwaite y se mudan hoy.

Tras una larga pausa, Kenneth apareció en la puerta de la habitación de Flappy, abrochándose la camisa.

—¿Qué les ha pasado a los Micklethwaite? —inquirió.

—Se han ido a vivir a España. —Flappy negó con la cabeza y frunció el ceño—. ¿No lo sabías? Pensé que lo había mencionado. Lady Micklethwaite me lo dijo ella misma hace algunos meses. Se me debió de haber olvidado.

—¿Quién has dicho que es esta mujer?

—Nadie importante.

—¿Tiene marido?

—Sí. Aparentemente se llama Charles.

Kenneth asintió.

—Me pregunto si juega al golf.

No fue hasta las seis de la tarde cuando Hedda Harvey-Smith volvió a llamar a Flappy. Después de los habituales ocho timbres, Flappy descolgó el teléfono.

—Darnley Manor, habla Flappy Scott-Booth.

—¡Ah, Flapsy! Aquí Hedda —dijo la otra en voz alta. Flappy no estaba segura de si había oído mal la pronunciación de su propio nombre. Supuso que debió de haberlo hecho, porque todos sabían que se llamaba Flappy.

—¡Oh, Hedda! —dijo con voz empalagosa—. ¡Qué bien de tu parte que me devolvieras la llamada!

—He estado un tanto ocupada con la mudanza.

—Lo entiendo. —Desde luego, Flappy no iba a revelar que se acababa de enterar—. Bienvenidos a Badley Compton.

—Gracias, Flapsy. Es encantador aquí. Charles y yo no podríamos estar más felices. Aunque llevará unos cuantos días tener todo en orden.

Flappy estaba casi segura de que Hedda la había llamado Flapsy otra vez, pero no lo suficiente como para decirle algo. Sin embargo, la incertidumbre la incomodaba.

—Conozco bien la casa de los Micklethwaite —respondió—. Puedo imaginar cuánto trabajo tienes por delante. Phyllida, lady Micklethwaite, es una gran amiga mía, ¿sabes?

—¿Qué puedo hacer por ti, Flapsy?

—Es Flappy —dijo Flappy con firmeza, ahora cien por cien segura de haber escuchado correctamente.

—¿Qué puedo hacer por ti, Flappy? —repitió Hedda, sin perder el ritmo ni disculparse por el error.

Flappy inspiró hondo, esforzándose por encontrar en su interior el encanto y la generosidad de espíritu por los que era tan conocida.

—Me gustaría daros la bienvenida a ti y a Charles con un pequeño cóctel aquí en Darnley —dijo, abriéndose paso a través de su irritación con una sonrisa tensa—. Sería muy bueno presentarte a la comunidad. En Badley Compton nos gusta que los recién llegados se sientan como en casa.

—Es muy amable por tu parte, Flappy —dijo Hedda, sin sonar tan agradecida como Flappy esperaba—. Pero Charles y yo vamos a dar una pequeña fiesta por nuestra cuenta. Deberías recibir tu invitación mañana.

Flappy no sabía qué decir. Buscó frenéticamente alguna forma de recuperar su nivel de importancia, pero solo se le ocurrió responder:

—¡Qué buena idea, Hedda! Muy amable por tu parte. La comunidad estará fascinada. Les encanta una buena fiesta.

—Espero que *vosotros* podáis venir —dijo Hedda.

—Voy a echar un vistazo a mi agenda. Ya sabes, cuando una está tan ocupada...

—Espero que puedas hacernos un hueco, Flappy. Por lo que he escuchado, una fiesta no estaría completa sin ti.

Flappy rio, encontrando una vez más su lugar y sintiéndose segura de nuevo.

—A Kenneth y a mí nos encantará ir, estoy segura.

2

Flappy era una madrugadora. Kenneth no lo era. No solo eso, además roncaba, como consecuencia de beber cantidades indecentes de vino tinto todas las noches, por lo que Flappy lo había desterrado de su cama y debía dormir en el camerino, donde podía roncar a gusto, como un cerdo feliz, y dormir hasta las nueve. El destierro había comenzado como una medida temporal, para que Flappy pudiera dormir bien y vestirse por la mañana sin tener que preocuparse por no molestar a su marido. Pero se había convertido en una rutina con rapidez, como suele suceder con las rutinas, y ya habían pasado ocho años desde la última vez que Kenneth había dormido en el lecho conyugal. En cuanto al sexo, Flappy lo consideraba «bestial» y se alegró mucho cuando, al cumplir los cincuenta, le puso fin de una vez por todas. Flappy le anunció a su esposo que ya no estaría disponible para ese tipo de actividad, y que haría bien en poner el exceso de energía en el golf. Así lo hizo él, con mucha más pasión de la que jamás había dedicado a su esposa.

A las nueve en punto, Persephone esperaba en el pasillo como se le había pedido, con una falda lápiz negra que le llegaba justo debajo de la rodilla, una camisa azul impecable, el cabello castaño brillante atado en una cola de caballo, y un cuaderno y un bolígrafo preparados. Para entonces, Flappy ya había hecho una hora de yoga en el gimnasio (situado al lado de la piscina cubierta), hablado con su hija Mathilda, que vivía con su esposo e hijos en Sydney, y leído el *Daily*

Mail antes de que alguien pudiera ver que el popular tabloide era su periódico favorito. Entró al salón enfundada en un par de pantalones de algodón color caqui, una camisa blanca a la medida (inspirada en la Karen Blixen que había encarnado Meryl Streep), elegantes joyas de oro y la fragancia con olor a nardos de Jo Malone, y saludó a su nueva asistente personal con una sonrisa.

—¿Lista para un día muy ajetreado? —le preguntó.

Persephone asintió.

—Absolutamente, señora Scott-Booth.

—Maravilloso. Sígueme.

Flappy había instalado un escritorio para Persephone en la biblioteca, una habitación en la que Kenneth nunca entraba y Flappy solo ocasionalmente, para buscar algo o para enseñársela a un visitante al que quisiera impresionar. Porque la biblioteca de Darnley era realmente impresionante. Kenneth no ocultaba el hecho de que no leía libros, pero se las arreglaba para mantener el secreto de que las filas y filas de bonitos tomos brillantes se habían comprado en masa a una empresa que se especializaba en colecciones para personas adineradas. Flappy, aunque nunca había abierto uno solo de esos libros, afirmaba ser la intelectual de la familia. «Si no estoy leyendo al menos tres libros a la vez, me siento desposeída», decía, antes de enumerar los que sabía que impresionarían.

Persephone colocó su ordenador portátil en el escritorio, situado frente a una amplia ventana con una hermosa vista de un pequeño jardín rodeado por altos setos de tejo (llamado «el jardín de tejos»), y esperó a que Flappy le impartiera sus órdenes.

—Tu primer trabajo será hacer una lista de cinco libros que pueda recomendar en la reunión del club de lectura de esta noche —dijo Flappy.

—¿De qué género, señora Scott-Booth? ¿Biografía, historia, ficción? ¿Lecturas ligeras o pesadas? —La pluma de Persephone estaba suspendida sobre su cuaderno. Su mirada era aguda y expectante.

Flappy resopló con aire arrogante.

—Personalmente, disfruto los libros de escritores que otras personas encuentran un poco pesados, como V.S. Naipaul y Salman Rushdie, dos de mis favoritos. Pero las damas del club prefieren algo un poco más ligero. Algo divertido y no demasiado desafiante. Aunque, personalmente, creo que es imperativo desafiarse a uno mismo, ¿no crees, Persephone?

—Sí, lo creo —asintió Persephone—. ¿Le gustaría que la lista estuviera compuesta por autores contemporáneos o más antiguos?

—Contemporáneos. Creo que es importante mantenerse a la vanguardia, ¿tú no?

—Ya se me ocurren algunas ideas.

—¿De veras? —Flappy estaba gratamente sorprendida.

—Sí, soy una lectora prolífica como usted, señora Scott-Booth. Aunque confieso que a pesar de haber disfrutado de *La hechicera de Florencia*, encuentro a Salman Rushdie demasiado lento para mi gusto.

Flappy ladeó la cabeza y le dedicó una sonrisa comprensiva.

—Bueno, él no es para todo el mundo.

Kenneth apareció en la puerta, vestido con un conjunto de golf verde.

—Tú debes de ser la nueva asistente personal de Flappy —dijo, recorriéndola con sus pequeños ojos mientras sonreía apreciativamente. Le gustaban las chicas con falda lápiz. Era una pena que Flappy aborreciera los tacones altos.

Persephone alargó la mano.

—Es un placer conocerlo, señor Scott-Booth.

Él se la estrechó y miró a su esposa.

—No la agotes en su primera mañana, ¿quieres?

Flappy se rio.

—Pues haría bien en comenzar ya, si quiere hacerlo todo.

Dejó a Persephone en la biblioteca y siguió a su marido hasta la cocina, donde el periódico *The Times* los esperaba sobre la mesa.

—Es todo tuyo, cariño. Ya lo he leído —dijo ella con jovialidad—. La página principal es especialmente interesante.

Él se sentó y esperó a que Flappy le trajera su taza de café, como lo hacía todas las mañanas, llevando al mismo tiempo su propia taza de té Earl Grey, que tomaba con una rodaja de limón (beberlo con leche era algo demasiado corriente). Luego los dos se sentaron uno frente al otro para discutir los planes del día, como era su costumbre.

Justo cuando Kenneth miró su Rolex para ver si era hora de marcharse a jugar al golf, Persephone dio unos golpecitos tímidos a la puerta de la cocina.

—Lamento molestarla, señora Scott-Booth, pero ¿le gustaría que le abriera el correo? —preguntó, con un montón de cartas en la mano.

—Eso sería muy gentil, gracias. —Los ojos de Flappy se posaron en las cartas y se entrecerraron—. ¿Eso es una tarjeta?

—¿Una invitación? —Persephone hojeó los sobres y sacó uno grande, blanco, con el nombre «Sra. Kenneth Scott-Booth» escrito con caligrafía negra.

—Sí, esa es. La abriré yo misma —dijo. Persephone se la entregó y salió de la habitación.

Flappy miró el sobre de cerca. La caligrafía la irritó de inmediato. Era muy elegante. Y la invitación en sí era de papel grueso, rígido, como deberían ser las invitaciones de buen gusto, lo que también era irritante. Incluso la redacción era correcta, sin una pizca siquiera de vulgaridad. Flappy resopló y levantó el mentón.

—Es de Hedda —le comunicó a Kenneth. Cuando él frunció el ceño, le dio más detalles—. Ya sabes, la mujer de la que te hablé ayer.

—¿La de voz fuerte?

—Sí, la de voz fuerte—. Suspiró como si el solo hecho de pensar en el evento de Hedda fuera algo extremadamente tedioso. —Ella y Charles están organizando un cóctel para presentarse en Badley Compton.

Kenneth estaba entusiasmado. Le encantaba una buena fiesta.

—Bien. ¿Cuándo?

—Dentro de un par de semanas. En Compton Court. —Después de una pausa, agregó—: Me pregunto a quién más habrán invitado.

—A todo el mundo —dijo Kenneth.

—Bueno, no creo que a *todo el mundo* —dijo Flappy con desdén.

Kenneth se levantó y le sonrió a su esposa.

—Por supuesto que no, cariño. Solo a la GCN. —*Sí, a la Gente Como Nosotros*, pensó Flappy para sí misma con satisfacción. Cualquiera que se hubiera tomado tantas molestias con sus invitaciones habría sido, por supuesto, muy selectivo.

Flappy deseaba que sonara el teléfono para que Persephone pudiera contestar, pero no tenía tiempo para quedarse esperando. Entonces, le dio a la joven una larga lista de cosas que hacer con relación al mercadillo que estaba organizando para septiembre, y luego se subió a su reluciente Range Rover gris. Mientras conducía hacia la ciudad, con un sombrero de fieltro y un par de gafas de sol XL, reflexionó sobre los pros y los contras de aceptar la invitación de Hedda. Si se negaba, tendría la satisfacción de estar en una posición ventajosa, ya que todo el mundo supondría que había recibido otra invitación mejor (y no pararían de preguntarse de quién podría ser esa invitación), pero luego tendría que escuchar los detalles de la fiesta de Hedda por boca de Mabel, lo cual sería muy molesto. Además, tenía no poca curiosidad por ver cómo era la casa de Hedda. A decir verdad, nunca había puesto un pie en la casa de los Micklethwaite.

Badley Compton era un bonito pueblo de casas blancas con tejados de pizarra gris, construidas a lo largo del amplio abrazo de una cala. Detrás del pueblo se elevaban unas colinas verdes, suavemente onduladas, en las que se veía vacas pastando y ovejas retozando. Debajo, en las tranquilas aguas de la bahía, los barcos de pesca flotaban como patos.

Hoy, con las nubes que parecían bolas de algodón y el sol brillando alegremente en un cielo azul intenso, Badley Compton se veía tan encantador como una postal. Flappy aparcó su coche frente al Café Délice de Big Mary, que era el pulso de la ciudad, y salió. Pudo ver a través de la ventana del local que estaba lleno.

Abrió la puerta de un empujón, y fue recibida por el dulce aroma de los pastelillos. Big Mary Timpson era célebre por su pastelería, pero Flappy rara vez permitía que algo tan atrevido pasara por entre sus labios. Si mantenía su figura esbelta no era precisamente por atiborrarse de azúcar y otros carbohidratos.

—Buenos días —gorjeó, recorriendo los rostros familiares que se habían girado para mirarla cuando entró al café. Big Mary estaba en su lugar habitual detrás del mostrador, con un delantal a rayas rojas y blancas estirado sobre su gran pecho, y el cabello rubio platino cayendo en apretados rizos sobre sus hombros.

—Buenos días, señora Scott-Booth —respondió con un marcado acento de West Country—. ¿Qué puedo ofrecerle esta mañana? —Big Mary supo la respuesta incluso antes de que Flappy abriera la boca.

—En realidad, no estoy aquí para comprar —respondió Flappy, ojeando los bollos pegajosos y sintiendo pena por todas esas personas con poca fuerza de voluntad que no podían resistírseles. Se acercó al mostrador y bajó la voz.

—Estoy aquí para hablar de tu... —vaciló. ¿Qué era exactamente Hedda para Big Mary? Entonces recordó, porque el archivo interno de Flappy no fallaba—. De tu *tía*, Hedda Harvey-Smith.

De hecho, Hedda era la tía que había aparecido de la nada. Cuando el solitario Harry Pratt, que había vivido una vida modesta en Badley Compton durante sesenta años, murió en abril, reveló, en su testamento, que Big Mary Timpson era su hija ilegítima (toda una sorpresa para Big Mary) y le dejó una gran cantidad de dinero que nadie sabía que tenía. Luego, para más conmoción, su hermana, Hedda Harvey-Smith, de quien nadie había oído hablar nunca, apareció en el funeral y explicó que el dinero no había significado nada para Harry, que había elegido una vida sencilla, alimentada por los recuerdos de sus vuelos sobre los blancos acantilados de Dover en su Spitifre. ¿Quién hubiera pensado que Harry Pratt era un hombre tan misterioso? Flappy consideró «admirable» que Big Mary continuara al mando de su café como antes, aunque aparentemente tenía suficiente dinero como para dejar de trabajar.

—Sí, se acaba de mudar a Badley Compton —dijo Big Mary.

—En efecto, a una casa muy hermosa —agregó Flappy—. Phyllida, lady Micklethwaite, era una querida amiga mía. Es una pena que decidieran mudarse a España —suspiró con pesar—. Aun así, es agradable para ellos saber que su amado hogar estará habitado por buenas personas.

—Para mí también es bueno tener familiares tan cerca —dijo Big Mary—. Pensaba que no tenía a nadie, y ahora tengo a Hedda y a Charles. Me considero muy afortunada.

Flappy echó una mirada a su alrededor para asegurarse de que nadie la oyera.

—Recibí hoy mi invitación para su fiesta —dijo en una voz tan baja que Big Mary tuvo problemas para escucharla.

—¡Muy bien! —exclamó Big Mary—. Será una gran fiesta.

Flappy habría preferido que Big Mary mantuviera la voz baja; después de todo, no era muy amable que digamos hablar de una fiesta delante de personas que no tendrían la suerte de recibir una invitación.

—Iba a hacer una fiesta yo misma, en Darnley, para darles la bienvenida a la comunidad, pero ellos se me adelantaron. Aun así, estoy segura de que Hedda recibió buenos consejos sobre a quién invitar y a quién no —agregó con una sonrisa—. Una no querría abrir la puerta a algún don nadie.

Big Mary le dedicó a Flappy una de sus sonrisas más alegres.

—*Yo* he hecho la lista —declaró.

—¿La has hecho *tú*? —Flappy ocultó su sorpresa, porque era una maestra en disimular.

—Sí, Hedda no sabía por dónde empezar.

—¡Oh, qué apropiado!

—Eso es lo que ella pensó. Después de todo, conozco a los que querían a Harry, y las personas más agradables de Badley Compton vienen a mi café.

—Exactamente —asintió Flappy.

—Así que no necesita susurrar, porque a todos los que están aquí se les ha enviado una invitación.

—¡Oh! —dijo Flappy otra vez, sintiendo una opresión en la garganta—. ¡Qué encantador! Entonces, ¿será realmente un evento comunitario?

—Es lo que Hedda quiere.

—¿Puedo colaborar en algo? —preguntó Flappy, luchando por reafirmarse—. Tengo la asistente personal más maravillosa, que podría prestarles.

—Muchas gracias por el ofrecimiento, señora Scott-Booth, pero creo que Hedda tiene todo bajo control.

—Estoy segura de que sí —dijo Flappy. Sus ojos se desviaron hacia la tentadora exhibición de pastelillos que había debajo del cristal—. Pensándolo bien, le compraré un pastelillo a Persephone, mi asistente.

—Es una buena idea —dijo Big Mary, tomando una caja de color rosa pálido—. ¿Cuál le gustaría?

A Flappy se le hizo la boca agua.

—El que tiene glaseado.

—Son mis favoritos. Yo los llamo «deseos del diablo».

Big Mary tomó el pastelillo con una pinza y lo colocó con cuidado en la caja.

—Le diré a Hedda que ha estado por aquí —dijo, entregándole la bolsa a Flappy.

—Hazlo —dijo Flappy—. Y envíale mis saludos. Tengo muchas ganas de verla.

Flappy subió al coche y encendió el motor. *Entonces, Hedda debe de haber invitado a todo el mundo*, pensó enfadada. Si le hubiera preguntado a ella en lugar de a Big Mary, le habría dado una lista mucho más selecta de personas para invitar. Bueno, en realidad Hedda no tenía forma de saberlo, pensó Flappy con generosidad (porque Flappy era, en el fondo, una mujer muy generosa). Pero ya se enteraría de quién era quién, con el tiempo. Flappy se aseguraría de ello.

Agarró la caja rosa pálido que estaba en el asiento del pasajero y la puso en su regazo. La abrió y sacó el pastelillo. Un par de minutos después, este había desaparecido.

Esa noche, Flappy se sentó en la terraza con un vestido floreado que le llegaba hasta los delgados tobillos y un chal de cachemir blanco crema sobre los hombros. Se la veía elegante y serena, mientras observaba las sombras que se alargaban sobre el césped cortado de forma impecable y los pájaros que volaban para posarse en los árboles. Cuando sonó el timbre, no se levantó como lo habría hecho normalmente. Ya no tenía que hacerlo. Le había pedido a Persephone que recibiera y acompañara a las damas del club de lectura de Badley Compton a la terraza, donde Flappy las esperaba con copas de cristal y una costosa botella de *prosecco* en una cubitera.

La primera en llegar fue Mabel Hitchens. Siempre aparecía con cinco minutos de adelanto para asegurarse de ser la primera. Nadie más se atrevería a aparecer en Darnley Manor un momento antes de la hora que marcaba la invitación, pero Mabel se consideraba la amiga más cercana de Flappy, lo que le otorgaba un estatus especial. La relación, sin embargo, no era de igualdad. Mabel admiraba a Flappy e intentaba copiar su estilo, aunque su fino cabello castaño y su aspecto vulgar hacían que estuviera más allá de sus posibilidades. Flappy *no* admiraba a Mabel y pensaba que carecía totalmente de estilo, pero la quería mucho. Después de todo, una reina siempre debe estar rodeada de damas que son a la vez inferiores y deferentes. No hay que dejarse desafiar.

Mabel siguió a Persephone a través de la casa hasta la terraza, a pesar de que había estado viniendo a Darnley durante treinta años.

Cuando vio a Flappy, se fijó en la pálida elegancia de su ropa e hizo una nota mental para vestirse con los mismos colores sutiles la próxima vez. Siempre había que vestirse bien para visitar a Flappy, aunque las invitaciones dijeran específicamente «informal». En el mundo de Flappy no existía tal cosa. Los estándares debían mantenerse en cualquier ocasión, afirmaba. Tan pronto como uno se permitía relajarse, se volvía tan vulgar como el populacho, que era el mayor temor de Flappy.

—Hola, Flappy —trinó Mabel, admirando el esplendor de su anfitriona a través de unas gruesas gafas, que hacían que sus acuosos ojos grises parecieran grandes y fijos—. Te ves preciosa, como una pintura. Una hermosa obra de arte.

—¡Oh! ¿En serio, con este vestido viejo? Me lo acabo de poner sin pensar. Agarré lo primero que he encontrado en mi guardarropa —respondió Flappy con deleite.

—Me imagino que todo lo que hay allí es magnífico —dijo Mabel, imaginando con envidia el guardarropa de Flappy.

—Toma una copa de *prosecco.*

—¡Qué agradable!

—*Bellissimo* —dijo Flappy. No tenía sentido saber hablar idiomas si una nunca los usaba—. ¿No es esto *divertente?*

—¡Oh, sí, Flappy, mucho! —Mabel asintió como siempre, impresionada por el conocimiento del italiano de Flappy.

—He recibido una invitación encantadora esta mañana —comentó Flappy—. ¿Te ha llegado la tuya?

—¿De Hedda Harvey-Smith? Sí, la tengo. ¿No es emocionante?

—Toda la ciudad ha sido invitada —le informó Flappy—. ¿No te parece generoso por su parte invitar a todo el mundo?

—¡Oh, sí! Muy generoso —asintió Mabel.

—Verás, le pidió a Big Mary, que como sabes es su sobrina, que le hiciera la lista. Quiero decir, yo en su lugar habría sido un poco más exigente, pero... —Flappy resopló—. Ella no habría pensado en llamarme *a mí* para pedirme consejo, ¿verdad? Después de todo, apenas me conoce. Solo tenía a Big Mary, lo cual es una pena. Aun así será una fiesta muy divertida, estoy segura.

—Tal vez, en el futuro, cuando ella te conozca un poco mejor, confiará en tu sabiduría en estos asuntos. Pero si tú estás en la fiesta, Flappy, seguramente será muy divertida.

Las siguientes en llegar fueron Sally Hancock, una mujer descarada de cabello rojo y afición por los suéteres con brillos, y Esther Tennant, a quien no podía importarle menos su cabello o su ropa porque pasaba la mayor parte de su tiempo montada en un caballo.

—No hemos llegado tarde, ¿verdad? —dijo Sally, caminando a duras penas sobre las piedras de York con sus tacones altos.

—Llegas justo a tiempo —dijo Flappy, mirando con desdén los inadecuados zapatos de su invitada. Alcanzó la botella de *prosecco* y sirvió dos copas más.

—¡Qué maravilla! —exclamó Sally—. Esto es justo lo que necesito después de un día entero sentada en mi escritorio.

Sally escribía novelas románticas desvergonzadamente vulgares bajo el seudónimo de Charity Chance.

—¿Cómo va la nueva novela? —preguntó Flappy, arrugando la nariz para transmitir que, aunque ella misma no soñaría con leer algo así, podía apreciar la gran cantidad de lectores de Charity Chance. Después de todo, alguien tenía que entretener a las masas con poca educación.

—Ya voy por la mitad —respondió Sally, hundiéndose en los gruesos cojines del banco de teca y tomando un sorbo de *prosecco*.

—No sé cómo lo haces —dijo Flappy—. ¡Cuánta imaginación!

Esther miró a Mabel. Ambas mujeres parecían un poco inquietas. Ninguna de las dos quería admitir que devoraban las novelas de Charity Chance.

—Lamento llegar tarde —dijo Madge Armitage, corriendo hacia la terraza con un caftán *tie-dye*, sus pequeños pies adornados con unas sandalias enjoyadas y el cabello canoso y alborotado cayendo sobre sus hombros estrechos. Flappy le sirvió una pequeña copa de *prosecco*.

—No te lo bebas todo de una vez —recomendó con una sonrisa, pero no bromeaba.

Madge se sentó al lado de Esther y tomó un pequeño sorbo, porque los agudos ojos de Flappy todavía estaban sobre ella.

Flappy alcanzó la libreta encuadernada en cuero que tenía sobre la mesa y se puso las gafas de lectura.

—Ahora que estamos todas aquí, os comento que he preparado una lista de libros para que elijáis para nuestra próxima reunión. He pensado mucho en cada uno. Como sabéis, trato de complaceros a todas, lo cual es todo un desafío. Pero creo que lo he hecho bien. El primero...

—¿Habéis recibido una invitación para la fiesta de Hedda Harvey-Smith? —preguntó Madge, que había aprovechado un momento de distracción de Flappy para beberse todo el *prosecco* y ahora se sentía un tanto valiente. Flappy la miró por encima de sus gafas con expresión severa, pero Madge continuó—: Me moría por saberlo, porque no conozco a Hedda Harvey-Smith personalmente, así que fue una sorpresa encantadora que me invitara.

Flappy se quitó las gafas.

—Han invitado a todo el mundo —dijo con tono aburrido.

—¡Estupendo! —exclamó Esther.

—Aparentemente, la casa es enorme —agregó Sally.

—Supongo que tiene que ser así, si ha invitado a todo el mundo —dijo Madge. Todas se volvieron hacia Flappy.

—¿*Irás*, verdad, Flappy? —preguntó Mabel.

Flappy inhaló a través de las fosas nasales dilatadas, y en sus labios se insinuó una pequeña sonrisa secreta.

—Todavía no lo he decidido —dijo—. Confieso que tengo otra invitación que estoy considerando.

Mabel la miró con admiración. No le sorprendía en lo más mínimo que Flappy hubiera sido invitada a otra fiesta.

—¿Qué harás? ¿Cómo harás para elegir? —preguntó, excitada—. Solo *tú* podrías ser tan requerida, Flappy.

—Será complicado —respondió Flappy con una mueca, para subrayar lo difícil que sería—. De verdad lo será. No quiero defraudar a la querida Hedda y, sin embargo, la otra invitación es muy tentadora.

—¿De qué se trata? —inquirió Esther.

—Mis labios están sellados —declaró Flappy, frunciéndolos.

—¡Ah! Debe de ser algo muy importante —dijo Mabel.

—Me temo que no puedo decirlo. —Flappy sonrió enigmáticamente.

—Espero que elijas la de Hedda —suspiró Mabel—. Una fiesta no es una fiesta *sin ti*.

3

El domingo por la mañana, Flappy tenía prisa por llegar a la iglesia. Kenneth, a quien le gustaba tomarse su tiempo durante el desayuno y leer los periódicos del domingo con tranquilidad, no tenía prisa alguna.

—¿Por qué estás tan desesperada por llegar a tiempo? —preguntó, mientras ella se subía al asiento del pasajero de su Jaguar quince minutos antes de que comenzara el servicio. Normalmente serían los últimos en llegar, a las diez menos un minuto. Todo el mundo lo sabía.

—Porque sí, cariño —respondió ella mientras él se subía al asiento del conductor y estiraba el cinturón sobre su gran barriga—. Nuestros lugares en el primer banco no son oficiales, lo que significa que, cuando lleguen Hedda y Charles, bien podrían decidir sentarse en ellos. No hay nada ni nadie que les diga que no pueden hacerlo. Pero si estamos ya sentados en ellos, entenderán la regla tácita y no intentarán usurparlos.

Kenneth puso en marcha el motor y el Jaguar ronroneó satisfecho.

—¿Por qué crees que querrán sentarse en la primera fila?

—Porque han comprado la casa más grande de la ciudad. Supongo que *es* un poquito más grande que la nuestra.

—Es posible que quieran sentarse en el medio, o en la parte de atrás. Puede que no sean tan competitivos como te imaginas.

Flappy sonrió pacientemente, como si estuviera explicando algo muy sencillo a una persona sin muchas luces.

—Cariño, ni siquiera podías recordar quién era Hedda Harvey-Smith, y mucho menos qué clase de persona es. Puedo asegurarte, por los breves momentos que he pasado con ella, que es una mujer sumamente competitiva —rio, y resopló un poco—. Por supuesto, ella no tiene idea de lo transparente que es. No imagina lo fácil que es de leer. Siempre he sostenido que las personas competitivas no son más que personas inseguras, y que merecen nuestra simpatía, no nuestra condena. Aun así, eso no significa que voy a permitirle sentarse en nuestros asientos en la iglesia. La generosidad de uno tiene límites, ¿no es así, Kenneth?

—Sí —aceptó Kenneth, porque la vida transcurría mejor cuando se mostraba de acuerdo con su esposa.

—Es por eso que debemos llegar temprano. No demasiado temprano, solo unos cinco minutos. Estoy segura de que Hedda aparecerá en el último momento. Conozco su tipo. Querrá hacer una entrada triunfal.

Cuando Kenneth hubo aparcado, Flappy vio, para su consternación, un Bentley negro ya estacionado justo en frente de la puerta que se abría al cementerio. Nunca antes había visto ese coche, lo que significaba una sola cosa: que pertenecía a los Harvey-Smith. La rivalidad hizo que su piel se erizara. Si, de hecho, pertenecía a Hedda y a Charles, no cabía duda de que ya estaban dentro de la iglesia, y posiblemente en ese mismo momento se estarían disponiendo a ocupar los asientos que le correspondían a ella y a Kenneth. Imaginar el gran trasero de Hedda le brindó a Flappy un momento de alivio, porque el suyo era pequeño y tonificado debido a las sesiones matutinas de yoga, pero tenía demasiada prisa para detenerse a saborear su sensación de superioridad. Necesitaba entrar en la iglesia de inmediato, mientras todavía fuera posible intervenir de alguna forma.

Dejando atrás a Kenneth, caminó resueltamente por el sendero.

—¿Has visto ese Bentley? —le dijo a su marido, cuando pudo alcanzarla.

—Una belleza —respondió él.

—No cambiaría mi Range Rover por un Bentley, incluso si me pagaras —afirmó ella, levantando la barbilla—. Pero soy terriblemente discreta. No estoy segura de que la discreción sea una de las cualidades más notables de Hedda Harvey-Smith.

Entraron en la iglesia. Los bancos estaban repletos, y toda la congregación parecía estar parloteando al mismo tiempo. La visión de águila de Flappy se centró inmediatamente en Hedda Harvey-Smith, que se encontraba en la parte delantera, hablando con el vicario. Sin dudarlo un momento, Flappy enfiló por el pasillo. No miró a su izquierda ni a su derecha, ni reconoció los rostros expectantes de sus amigos que se volvían hacia ella como girasoles. No había tiempo para saludarlos. En ese momento tenía un asunto importante que atender.

Cuando se acercó a ellos, el sacerdote levantó la vista y le sonrió, porque además de ser el vicario local, también era un amigo. Después de todo, era importante que la reina de Badley Compton estuviera en buenos términos con Dios.

Hedda, al darse cuenta de que él miraba a alguien detrás de ella, se dio la vuelta. Cuando vio a Flappy, su expresión cambió. Le sonrió, el tipo de sonrisa que se le dedica a una vieja y querida amiga a la que no se ha visto en mucho tiempo.

—Flappy, querida —dijo, estirando las manos.

Flappy le devolvió la sonrisa, aunque esta no llegó a sus ojos, y le tomó las manos fuertes y sin manicura.

—Hedda, ¡qué alegría verte!

—Te ves tan bien, Flappy. ¿Has estado fuera?

—Siempre pasamos un par de semanas en nuestra casa del Algarve, en julio. Supongo que he conservado mi bronceado, aunque nunca expuse mi cara al sol.

—Por eso pareces tan joven —dijo Hedda. Luego, para asombro de Flappy, se sentó en el asiento de ella. Sin disculparse ni vacilar, ni el más mínimo indicio de que era consciente del paso en falso que estaba dando, se dejó caer como si fuera un banco como cualquier otro. Un momento después, antes de que Flappy tuviera tiempo de evitarlo, un hombre de cabello canoso, increíblemente guapo —Flappy se dio cuenta, con una punzada de envidia, de que era el esposo de Hedda, Charles—, se acercó y se sentó a su lado, en el asiento de Kenneth. Flappy, por una vez en su vida, estaba estupefacta. Se quedó allí, con los labios entreabiertos por el asombro, y los ojos muy abiertos por el horror.

—¡Ah, Flappy! Aquí estás —dijo Kenneth, rescatándola en el último momento. ¿Por qué no nos sentamos al otro lado en el tercer banco? Hay dos plazas libres.

Flappy no iba a dejar que la derrotaran. Inspiró con fuerza por la nariz, se armó de valor y sonrió amablemente a Hedda y Charles. Porque si había algo en lo que Flappy era buena, era en mostrarse amable en momentos de crisis.

—Hedda, querida, tú y Charles estáis en nuestros asientos. —Hizo un gesto con la mano para evitar que se levantaran—. Por favor, no necesitáis disculparos. Me encanta que disfrutéis de la vista desde la primera fila. La hemos disfrutado durante más de veinte años, así que lo mínimo que podemos hacer es compartirlo con vosotros, que acabáis de llegar a Badley Compton.

Desvió la mirada hacia Charles, que la observaba con los ojos verdes más bonitos que había visto en su vida. Eran del color del cristal de mar y tan fascinantes como los de Kaa, la serpiente pitón del libro de Kipling. Flappy contuvo el aliento, mientras sentía que se hundía en ese precioso verde.

—Flappy Scott-Booth —dijo él con una voz tan aristocrática que hizo vibrar el cuerpo de Flappy como una deliciosa caricia.

—Sí —dijo ella, exhalando.

—Es un placer conocerte. He oído hablar mucho de ti.

—¡Oh! —dijo Flappy, olvidando de repente cómo hablar.

—Eres tan encantadora como dicen —añadió él. Sonrió, y Flappy sintió cosquillas en el estómago. Nunca le había pasado antes, ni siquiera cuando Kenneth le enseñó el anillo de compromiso de diamantes de Cartier, en la terraza del Palace Hotel en Saint Moritz. Con las piernas convertidas en gelatina y las palabras aún enredadas en una maraña de pensamientos confusos, tuvo que realizar un tremendo esfuerzo para recuperar su fuerza de voluntad.

Sentada en la tercera fila, una terrible afrenta a su dignidad, Flappy no podía mantener la vista fija en el vicario. Solo podía ver la parte posterior de la cabeza de Charles y una parte de su perfil, pero era suficiente. ¿Cómo demonios se las había arreglado Hedda para atrapar a un hombre tan atractivo? Desde luego, la propia Hedda no carecía de atractivo; su rostro era bastante agradable y sus ojos, grandes y marrones, eran cálidos e inteligentes, pero si uno los juzgaba desde la perspectiva de la cadena alimentaria, ella y Charles estaban en niveles muy diferentes. Él era un tigre blanco o un zorro plateado, y Hedda era... (Flappy entrecerró los ojos y consideró el cuerpo robusto de Hedda, su espeso cabello castaño y sus largas pestañas) una vaca de Ayrshire, concluyó con satisfacción. El vicario dio un sermón conmovedor, que Flappy normalmente habría escuchado con gran atención para poder comentarlo más tarde. Hoy, sin embargo, no había escuchado ni una palabra, ni siquiera una sílaba. Su mente estaba zumbando, y no con las cosas que normalmente la hacían zumbar. Nunca antes en su vida se había enamorado de forma tan inmediata. Nunca se había sentido tan impotente para resistir. Nunca, jamás, se había sentido «bestial» sin, al mismo tiempo, sentirse completamente avergonzada. Charles Harvey-Smith, con unas pocas frases breves y una mirada muy larga y persistente, había despertado a la bestia que Flappy llevaba dentro, convirtiéndola en una mujer nueva.

Al finalizar el servicio, Flappy y Kenneth salieron a la luz del sol. Estrecharon la mano del vicario, que estaba de pie ante las grandes puertas dobles junto a un par de niños que sostenían las bandejas de plata de la colecta, agradeciendo a su congregación por asistir.

—¡Qué cristiano de vuestra parte ceder vuestros asientos a los Harvey-Smith! —dijo con una sonrisa complacida, que normalmente le habría provocado a Flappy un pequeño escalofrío de piadosa satisfacción, pero estaba tan distraída con Charles que apenas lo escuchó.

—No son *nuestros* asientos —dijo Kenneth, estrechándole la mano con firmeza y dejando caer un billete de cincuenta libras en la bandeja de la colecta.

—Extraoficialmente lo son, Kenneth —respondió el vicario, retirando su mano con una mueca—. Ha sido muy amable de vuestra parte renunciar a ellos.

—No nos importa dónde nos sentamos, ¿verdad, Kenneth? —dijo Flappy, consciente de que Charles y Hedda estaban justo detrás de ellos en la cola para saludar al vicario, y podrían escuchar fácilmente—. Mientras podamos disfrutar de su emocionante sermón, Graham, estaremos muy felices en cualquier lugar.

Flappy se dirigió al patio de la iglesia, y Mabel la abordó de inmediato.

—¿Has visto al esposo de Hedda, Flappy? —siseó, agitada.

—Su esposo, sí. ¿Qué pasa con él? —respondió Flappy con frialdad.

—¡Es tan guapo! —Mabel apenas podía contener su emoción.

—¡Oh! ¿Tú crees?

—¿No te parece?

—No me había dado cuenta.

—¿De veras?

—No, en realidad no. Me ha parecido encantador, pero en cuanto a su apariencia, bueno, tú ya me conoces. Me gusta ver más allá de lo superficial. El aspecto de una persona puede ser muy engañoso. El carácter es mucho más importante.

—Estoy segura de que tienes razón, Flappy. ¡Ah! Allí está, saliendo de la iglesia.

Flappy se volvió para mirar a ese Adonis, una cabeza más alto que todos los demás, el cabello gris plateado reluciendo al sol, que ahora se dirigía lentamente hacia ella, con su robusta esposa a su lado.

Flappy sonrió y le dijo a Mabel en voz baja:

—De hecho, es muy guapo. ¡Qué astuto de tu parte darte cuenta de eso, Mabel!

Los ojos de Flappy centellearon con coquetería. Era consciente de su belleza y no había olvidado cómo emplearla.

—Muchas gracias, Flappy, por habernos cedido vuestros asientos —dijo él, clavando en ella su mirada directa y penetrante y provocándole sentimientos que no había experimentado en décadas, o tal vez nunca—. Si lo hubiéramos sabido, nos habríamos sentado en otro lugar.

Flappy agitó la mano como si fuera una nimiedad.

—¡Oh! Ni lo pienses. De verdad, estoy encantada de que os hayáis sentado allí —dijo, dedicándole su sonrisa más seductora.

—Eres muy amable —añadió Hedda. Ambos miraron a Mabel.

—Os presento a Mabel Hitchens —dijo Flappy, observando el deleite de Mabel mientras estrechaba la mano de Charles.

—Estoy muy emocionada por vuestra fiesta —dijo efusivamente Mabel—. Habéis sido tan generosos al invitar a todo el mundo...

Hedda sonrió.

—La idea es conocer a tantas personas en Badley Compton como sea posible, y hacer muchos amigos nuevos. Es emocionante volver a empezar en un lugar nuevo. Estábamos tan cansados de Londres y de la implacable actividad social... Me imagino que tendremos un poco más de tranquilidad por aquí, lo que será una bendición.

—¿Vendrás? —preguntó Charles a Flappy, y ella supo por esos profundos ojos verdes que él realmente quería que ella asistiera.

—Flappy tiene otra invitación, ¿no es así, Flappy? —intervino Mabel, poniendo una cara triste—. Es una pena. ¡Una fiesta no es una fiesta sin ella!

—¡Oh! —dijo Charles, con expresión decepcionada—. Es una lástima.

—Sí, lo es —asintió Hedda, que parecía aún más decepcionada.

—*Iré* —dijo Flappy al fin—. He rechazado la otra invitación justamente esta mañana. No me perdería vuestra fiesta por nada del mundo.

Mabel aplaudió.

—Es una noticia maravillosa, Flappy.

—Me alegro —dijo Hedda—. Imagino que pasará un año antes de que hagamos otra.

—¡Qué divertido! ¡Una fiesta *anual!* —exclamó Mabel con entusiasmo—. La última fiesta del verano. ¡Una estupenda manera de terminar la temporada!

Flappy se habría molestado de no haber sido por Charles, cuya mirada la estaba calentando por dentro como el primer trago de un margarita.

—¿Juegas al golf? —preguntó a Charles.

Cuando Kenneth se acercó para llevar a su esposa a casa, ella todavía estaba hablando con Hedda y Charles.

—¡Ah, cariño! Ven y conoce a mis nuevos amigos —dijo Flappy, feliz—. Charles juega al golf. ¡¿A que es divertido?!

Kenneth estaba muy complacido por conocer a otro golfista, y le dio un fuerte apretón de manos. A diferencia del vicario, Charles no hizo una mueca, sino que devolvió el apretón con igual vigor. Los dos hombres se sonrieron el uno al otro en la forma en que lo hacen los compañeros de golf.

—Flappy encuentra el golf aburrido, y mis amigos golfistas aún más —le dijo Kenneth a Charles, poniendo los ojos en blanco.

—¡Oh, exageras, cariño! —replicó Flappy—. Estaba pensando, en realidad, en retomarlo yo misma. Era bastante deportista en mi época, aunque mis largas piernas a menudo eran más un obstáculo que una ayuda.

—Hedda es una excelente jugadora de golf —dijo Charles.

—¿En serio? —respondió Flappy con incredulidad. Por su aspecto, se diría que Hedda pasaba todo el día recostada en un sofá, comiendo malvaviscos, se dijo.

Hedda palmeó el brazo de Flappy con una mano enjoyada y le guiñó un ojo.

—Te daré una lección o dos, si quieres, Flappy —ofreció, y todo lo que Flappy pudo hacer fue devolverle la sonrisa y responder:

—No puedo pensar en nada que me gustaría más.

Tan pronto como Flappy llegó a casa, se apresuró a subir a su dormitorio para cambiarse. Siempre cambiaba su atuendo de la iglesia por algo más cómodo y menos formal. Como era un día cálido, eligió un par de pantalones anchos azul cielo y una impecable camisa blanca, que llevaría suelta y complementada con un foulard azul y grandes pendientes dorados. Tras mirarse al espejo con satisfacción, se acercó a la ventana y contempló el césped, pero no se fijó en las marcas perfectas donde había sido cortado ni en la magia de la luz del sol que acariciaba las hojas e iluminaba los árboles, porque todo lo que vio fue a Charles Harvey-Smith mirándola con esos hipnóticos ojos verdes. Una vez más pensó en Hedda y en lo sorprendente que era que una mujer como ella hubiera logrado atrapar a un hombre como él. Era algo insólito, se dijo a sí misma. Simplemente insólito.

Pero él la había mirado *a ella*. Una mirada profunda, inquisitiva y *depredadora*. El tipo de mirada que un hombre no destina a su esposa. Flappy se estremeció de deseo. Se llevó una mano a la garganta y respiró hondo. Era imperativo que se controlara, pensó con resolución mientras el escalofrío se intensificaba, alcanzando partes suyas que no habían dado señales de vida en décadas. Soy una mujer de unos sesenta años, se recordó a sí misma, aunque una mujer muy hermosa y con un cuerpo increíblemente esbelto y firme, no una mujer joven que vive los primeros escarceos del amor. Además, estaba casada. Y Charles también.

¡Ay, pero qué divertido era un coqueteo!

Flappy se sentó en el borde de su cama. Sobre la mesita, debajo del montón de novelas de V.S. Naipaul y Salman Rushdie, ninguna de las cuales había abierto nunca, había un ejemplar un tanto sobado de la última novela de Charity Chance, titulada *Rito de pasión*. Lo sacó y miró la portada, que era una fotografía de una hermosa mujer abrazada a un hombre de aspecto latino, absurdamente guapo y sin camisa. Se imaginó a sí misma en un abrazo similar con Charles, aunque preferiblemente con la camisa puesta. Era demasiado pronto como para estar pensando ya en desvestirlo, pensó. No había nada malo en imaginar, ¿o sí? Era como un sueño, eso es todo. Kenneth nunca lo sabría. Nadie lo haría. Sería su pequeño secreto. Se recostó contra los cojines y se puso las gafas para leer. Tenía un par de horas para matar antes del almuerzo, así que qué mejor manera de pasarlas que disfrutar de un poco de literatura erótica.

4

Flappy sabía lo que tenía que hacer. Había pensado en ello toda la noche y ahora, a la radiante luz del amanecer, mientras mantenía la postura del perro boca abajo, con las pantorrillas y la parte posterior de los muslos estirada, no tenía ninguna duda sobre el camino que debía tomar. Era la única manera. Habría que hacer sacrificios, pero valdría la pena. Tenía que volver a ver a Charles, y pronto. La única forma de conseguirlo era hacerse amiga de Hedda. No solo amiga, sino una de sus *mejores* amigas. Empezaría hoy. Después de todo, no había mejor momento que el presente.

Durante el desayuno con Kenneth llevó a cabo la Primera Etapa de su plan.

—Cariño, ¿por qué no le pides a Charles Harvey-Smith que juegue al golf contigo? —sugirió—. Sería un gesto amable, teniendo en cuenta que se acaban de mudar aquí y no conocen a nadie.

Kenneth miró a su esposa con admiración.

—Siempre estás pensando en las otras personas, Flappy. Eso es lo que más admiro de ti, tu espíritu generoso. No conozco a nadie que sea tan considerado como tú.

—Bueno, sería muy fácil sentarme aquí en nuestra preciosa casa, con nuestros preciosos jardines y nuestra preciosa vida, y pensar solo en mí. Pero no puedo. Simplemente no puedo. Los pobres Hedda y Charles han dejado su hogar en Londres y a todos sus amigos, y han venido aquí para empezar de nuevo. Es lo menos que puedo hacer para incluirlos y hacerlos sentir bien recibidos.

—Lo llamaré esta mañana.

—Hazlo. Estará muy complacido. Y yo voy a invitarlos a cenar.

Esa era la Segunda Etapa.

—Me parece una buena idea —dijo Kenneth.

—Invitaré a Graham y a su encantadora esposa, Joan. Que sea una cena para seis. Solo una pequeña cena informal en la cocina, nada especial. Veré si puedo encontrar a ese simpático joven que toca el arpa y conseguir que nos dé un recital después de la cena. Eso estaría bien, ¿no? —suspiró—. He puesto el listón bastante alto con mis entretenimientos de sobremesa; será agotador encontrar algo que los supere. Pero lo haré, porque me gustaría que Hedda y Charles vieran cómo se hacen las cosas aquí en Darnley. Puede que no seamos tan cosmopolitas como en Londres, pero apreciamos la cultura y el refinamiento. Todo el mundo dice lo especiales que son nuestras cenas. No podemos defraudar a nadie, ¿verdad?

Kenneth puso su mano sobre la de su esposa.

—Tampoco exageres, querida. Sé cómo disfrutas ofreciéndole a la gente algo especial, pero será mucho trabajo y ya tienes demasiado que hacer. No hay nada de malo en una cena sencilla, ¿no crees?

—Por supuesto que no. Si no puedo contratar al arpista, o a esa magnífica exbailarina del Royal Ballet que interpretó tan estupendamente *La muerte del cisne*, lo dejaré. Después de todo, cuando se trata de conversar, nadie lo hace mejor que yo.

A las nueve, Persephone estaba esperando en el pasillo. Flappy la saludó alegremente, y Persephone notó que esa mañana sus mejillas estaban sonrojadas, como si hubiera salido a correr, y que sus ojos claros desprendían chispas. Flappy tenía un aspecto increíble.

—Ven conmigo, Persephone. Tengo mucho que hacer hoy —dijo Flappy, mientras caminaba por el pasillo. Una vez en la biblioteca, le dio a su asistente el número de Hedda—. Llámala, ¿quieres?

Obedientemente, Persephone marcó y esperó. Después de unos cuantos timbres, fue atendida por Johnson.

—Hola, mi nombre es Persephone Finley. Llamo de parte de la señora Scott-Booth, de Darnley Manor, que desea hablar con la señora Harvey-Smith. ¿Estaría disponible? —Flappy sonrió con aprobación, y Persephone asintió. Puso la mano sobre el auricular y susurró—: Va a echar un vistazo.

Un momento después, le dijo que la señora Harvey-Smith estaba al teléfono, y se lo tendió.

—Hedda —dijo Flappy, sentándose en el borde del escritorio y cruzando las piernas—. Buenos días.

—Flappy —dijo Hedda—. ¡Qué gusto escucharte! Estaba dando vueltas por la casa con el constructor. Todavía queda mucho por hacer, y quiero que todo esté terminado antes de nuestra fiesta.

—Estoy segura de que tienes mucho trabajo, en una casa tan grande como la tuya. ¿Estáis haciendo muchas cosas?

—Es algo puramente cosmético. Nada estructural. Tenemos suerte de que el esqueleto de la casa sea tan bonito que no hemos tenido que derribar paredes como nos ocurrió en Londres. Fue realmente un terrible dolor de cabeza. Esto es un placer, estoy disfrutando de poner nuestro nido en condiciones. Como una gallina contenta. ¿Qué puedo hacer por ti?

—Me encantaría invitaros a ti y a Charles a cenar. Nada formal, solo nosotros, el vicario y su esposa, que son buenos amigos. Estoy segura de que te gustará conocer mejor al vicario. Después de todo, presidió el funeral de tu querido hermano Harry. Fue un servicio precioso, ¿verdad?

—Nos encantará ir —dijo Hedda con entusiasmo—. Recuerdo tu jardín y lo hermoso que era en abril. Apuesto a que está aún más hermoso ahora, en agosto.

—Está un poco caótico —dijo Flappy, suspirando con tristeza—. Ya sabes cómo es el final del verano. Lo mejor ya pasó, pero todavía está disfrutable. Somos muy afortunados de tener jardines tan bonitos aquí en Darnley. Dime qué día os conviene, y le preguntaré al vicario.

—¿Qué te parece el jueves? —sugirió Hedda—. Todos están siendo muy amables; tenemos compromisos para todas las noches de esta semana, excepto el jueves.

—La gente es muy acogedora aquí en Badley Compton —asintió Flappy, preguntándose adónde irían y con quiénes. Había imaginado a Charles y Hedda cenando solos en su elegante comedor, rodeados de cajas aún por desempacar, preguntándose si tal vez no habían sido un poco imprudentes al dejar Londres por Badley Compton. Estaba equivocada. Hedda y Charles tenían tanta demanda que había tenido suerte de haber logrado que aceptaran su invitación.

—Charles está camino del campo de golf ahora, para encontrarse con Kenneth —dijo Hedda—. Supongo que el campo lleva tu nombre.

—Lleva el nombre de Kenneth, en realidad —dijo Flappy—. Él lo construyó.

—¡Qué generoso por su parte hacerle un regalo tan maravilloso a Badley Compton!

—A él también le viene bien, Hedda. Está obsesionado con el golf.

Hedda se rio.

—Charles se metió de lleno en el golf cuando se retiró. Sin embargo, aún no se ha convertido en una obsesión. Personalmente, prefiero el *bridge*. ¿Juegas al *bridge*, Flappy?

—Adoro el *bridge* —respondió Flappy.

—¡Qué bien! Estoy buscando una cuarta jugadora. ¿Te gustaría jugar esta noche?

—¿Esta noche? ¡Oh! No estoy segura... —Flappy no quería dar la impresión de que no tenía planes.

—Tengo a dos damas, pero necesito a una más para completar las cuatro.

—Bueno, supongo que si me necesitas... —dijo Flappy lentamente, en un tono de voz que sugería que cancelaría a regañadientes los planes que ya había hecho para esa noche a fin de ayudar a Hedda—. Estoy segura de que encontraré la forma de liberarme.

—Maravilloso —dijo Hedda, aunque Flappy notó una clara falta de gratitud—. A las seis en punto aquí en Compton Court.

Cuando Kenneth regresó a casa para almorzar, Flappy estaba terminando la reunión para la feria de artículos de segunda mano, en septiembre. Estaba en el salón con las cinco damas del comité y Persephone, que ahora cerraba su libreta y guardaba su bolígrafo. Las damas estaban sentadas en el borde de los sofás color crema, sin atreverse a recostarse contra los cojines puntiagudos cuidadosamente dispuestos detrás de ellas, por temor a alterar algo en la inmaculada habitación. Porque el salón de Darnley lucía realmente inmaculado. El aire olía a las exclusivas velas perfumadas que Flappy siempre encendía cuando tenía invitados, y sobre la repisa de la chimenea, frente a un gran espejo con marco dorado, había un jarrón de vidrio con lirios perfumados. Flappy, vestida de lino claro, estaba cómodamente sentada en un sillón, bañada por un rayo de sol que atravesaba la ventana detrás de ella y la iluminaba como si estuviera en un escenario.

Escrutó a cada mujer por turno con sus agudos ojos de águila, y luego habló con voz lenta y deliberada.

—Ahora, todas vosotras sabéis lo que debéis hacer, ¿verdad? Me temo que debo dejaros para que lo hagáis solas, y confío en que lo haréis. Tengo una tarde agitada por delante. Si tenéis alguna pregunta, llamad a Persephone. —Miró a su asistente y le sonrió—. Acaba de empezar a trabajar para mí, y me temo que la he arrojado al fondo del abismo, ¿verdad, Persephone? Pero ella es muy capaz. Soy tan afortunada de tenerla...

Cuando las mujeres se marcharon y Persephone se fue a comer su sándwich al jardín, sentada en uno de los muchos bancos colocados en lugares bonitos para el público que venía en junio, Flappy y

Kenneth se sentaron a la mesa de la cocina para comer el almuerzo de ensalada, patatas nuevas y jamón que Karen les había preparado.

—¿Cómo estuvo tu golf? —preguntó Flappy.

—Ha sido muy buen día —respondió Kenneth.

—Cuéntame —dijo Flappy, inclinándose sobre la mesa.

—Bien...

—Estoy deseando escuchar.

—Bueno...

—Desde el principio, cariño. Soy toda oídos.

—Vale. Charles y yo hemos tenido buenos *approaches*.

—Eso es excelente —dijo Flappy con entusiasmo, mirándolo fijamente y prestándole toda su atención.

—En el hoyo final, él estaba a un metro del *pin* y yo a unos buenos tres metros. No quiero presumir, pero lo alineé con mucho cuidado y la bola simplemente cayó en el hoyo. Muy satisfactorio. Él estaba a solo un metro de distancia, pero la bola dio vueltas y más vueltas alrededor del borde del hoyo, y no entró.

—¡¿Qué te parece?! —exclamó Flappy, riéndose a carcajadas—. ¡Qué listo eres, cariño! ¿Charles es un buen jugador? —Desvió los ojos, para evitar que Kenneth notara el inusual parpadeo de interés. Flappy nunca antes había estado interesada en escuchar sobre golf y menos aún sobre sus amigos golfistas. Pero Kenneth parecía encantado de contarle cómo había sido su mañana. De hecho, le alegró que ella, por una vez, se interesara por algo que para él era tan importante.

—Tiene un hándicap de siete —comentó Kenneth—. Pero no creo que estuviera en su mejor forma hoy.

—Pero tú sí estabas en plena forma, verdad?

—Sí, creo que lo estaba.

Flappy se sirvió otro vaso de agua con gas y le echó una rodaja de limón.

—¿Cómo es Charles, Kenneth? ¿Crees que es nuestra clase de persona?

Kenneth se metió en la boca un montón de hojas de lechuga.

—Es un buen hombre —logró decir.

Flappy sonrió con paciencia.

—Un *buen* hombre —repitió, y Kenneth asintió—. ¿Por qué? ¿Cómo hizo su dinero?

Kenneth se encogió de hombros.

—No se lo he preguntado.

—¿No le has preguntado?

—Hemos hablado de golf.

—¿Durante toda la vuelta al campo?

Kenneth volvió a asentir.

—Yo diría que sí.

—Sospecho que es sumamente inteligente, ¿no crees, Kenneth? Tiene un rostro inteligente, ¿no te parece? Un rostro vivo. Tengo poco interés por las caras muertas, como sabes. Lo que una quiere ver es una cara con carácter. La de alguien cuya vida es plena y ajetreada. Creo que Charles tiene ese tipo de cara, ¿no estás de acuerdo?

Kenneth se sirvió más patatas.

—Están deliciosas —dijo con entusiasmo—. ¿Qué les ha puesto?

—Aceite de oliva —respondió Flappy, sabiendo que no obtendría nada más de él—. Y sal.

Flappy pasó gran parte de la tarde decidiendo qué ponerse para la partida de *bridge*. No quería que pareciera que se había esforzado demasiado, pero quería lucir elegante. Naturalmente elegante. No estaba segura de quién estaría allí, pero sabía que serían conocidas. Después de todo, conocía a todo el mundo en Badley Compton. Estaba bastante entusiasmada por ver la casa de Hedda, tenía que admitirlo, aunque no podía evitar sentir envidia con anticipación. Se imaginó el enorme camión de mudanzas lleno de tesoros del que Mabel le había hablado y sintió, en medio del pecho, el familiar apretón de la competitividad. *Detestaba* a la gente competitiva. Hedda, estaba segura, era más competitiva que la mayoría. Aun así, necesitaba a Flappy para conseguir que hubiera cuatro en la mesa de *bridge*. ¿Qué clase de mujer sería Flappy si se negara simplemente porque Hedda le resultaba un poco competitiva? Si en algo era buena, era en superar a personas como Hedda Harvey-Smith y no dejar que la afectaran. Ella era la bestia más grande. Una tigresa blanca frente a la vaca Ayrshire de Hedda.

Desde luego era muy posible que viera a Charles. Imaginó esos ojos verde mar sonriéndole, y se sintió mucho mejor ante la velada que se avecinaba. Hedda era una mujer agradable a pesar de sus defectos, y Flappy era muy buena jugando al *bridge*; seguramente pasaría un buen rato.

A las seis menos diez, Flappy subió a su Range Rover gris brillante, vestida con un par de pantalones blancos de estilo naval y un jersey de rayas bretonas, y adornada con una gran cadena de oro alrededor de su cuello y brazaletes de oro que tintineaban en su muñeca. Echó a andar por el camino hacia Compton Court, colmando el coche con su perfume de nardos y la voz de Céline Dion. Al acercarse a los portones de Compton Court, cambió a la emisora de música clásica. No sería una buena idea que la pillaran escuchando música pop.

Compton Court era una casa tan prestigiosa como su nombre lo sugería. Flappy nunca había estado en el interior, pero lo había visto en fotografías (una vez apareció en la revista *Tatler*, con un retrato de lady Micklethwaite montada a la amazona en la portada). La mansión georgiana perfecta, construida con el estilo de proporciones armoniosas de Christopher Wren, era de hecho aún más impresionante en la realidad que en las fotografías. El ladrillo rojo descolorido, el techo alto de tejas grises y las bonitas ventanas abuhardilladas le daban un aire cálido y acogedor, aunque el encanto del diseño no le restaba importancia en lo más mínimo. Era, de hecho, una casa de aspecto imponente. Mientras aparcaba frente a ella, reflexionó acerca de Darnley y el hecho de que, incluso si le pagaran por hacerlo, nunca se separaría de su preciosa casa. Darnley, decidió, era sin duda la más hermosa.

Johnson era tal como ella lo había imaginado. Un hombre mayor, formal tanto en el atuendo como en el comportamiento, pero con un brillo de humor en los ojos, como si fuera muy consciente de lo absurdo de su cargo en una ciudad tan poco sofisticada como Badley Compton. Saludó a Flappy y la condujo a través de la casa hasta el jardín, mientras ella examinaba con ojos de águila cada uno de los exquisitos detalles. Hedda y otras dos damas estaban sentadas en sillas de teca nuevas, con sendas copas de vino en la mano. Al ver a Flappy, Hedda se levantó de inmediato.

—Mi querida Flappy, ¡qué gusto verte!—. Tomó las manos de Flappy y besó su fría mejilla. La de Hedda, notó Flappy, era regordeta y cálida.

—Tienes una casa preciosa —dijo Flappy. Estaba a punto de decir que era mucho más bonita ahora que cuando la poseían los Micklethwaite, cuando la mismísima lady Micklethwaite se volvió y le sonrió. Flappy se quedó completamente desconcertada. Allí estaba lady Micklethwaite, vestida de manera informal con una blusa floreada y una falda larga de color crema, el pelo canoso recogido en un moño suelto, su hermoso rostro inglés bronceado y pecoso. Pero si Flappy era buena en algo, era en disimular el *shock* en momentos como ese.

—Phyllida —dijo Flappy, porque no iba a revelar lo poco que conocía a lady Micklethwaite llamándola por su título.

—Flappy —respondió lady Micklethwaite.

—Pensaba que estabas en España.

—Lo estábamos, pero he vuelto para recoger nuestras últimas cosas, que Eddie* ha tenido la amabilidad de guardar para nosotros en el granero.

---

* Diminutivo de Hedda. (N. del T.)

—¡Oh! —dijo Flappy, comprendiendo de repente, para su horror, de que las dos mujeres ya se conocían.

—Eddie y yo íbamos juntas a la escuela —dijo lady Micklethwaite.

—Scrap* era muy traviesa —rio Hedda, mirando a lady Micklethwaite, que no tenía nada que hiciera pensar en chatarra—. Fiestas de medianoche y desafíos que no te creerías.

—¡Eddie apostó a que yo no podría correr desnuda por el jardín, pero lo hice!

—¡Y ganaste una gran bolsa de dulces, si mal no recuerdo! —Las dos mujeres rieron como solo lo hacen las amigas íntimas.

—Hola —dijo Big Mary, saludando a Flappy desde el otro lado de la mesa de teca.

—¡Ah, Mary! —dijo Flappy. Nunca se había sentido tan aliviada de ver a Big Mary. Tomó la silla a su lado y se sentó.

—Estoy muy triste porque no podré estar presente en la fiesta de Eddie —comentó lady Micklethwaite, con una mueca.

—Nadie está más triste que yo —respondió Hedda, hundiéndose en la silla junto a lady Micklethwaite—. Pero volverás, y habrá más fiestas. Ya sabes que me encanta dar fiestas.

Johnson le llevó a Flappy una copa de vino, que ella recibió muy agradecida. Esas dos mujeres que se conocían tan bien la habían dejado inquieta. Tomó un sorbo y trató de pensar en alguna manera de reafirmarse. A Flappy no le gustaba sentirse en la periferia de las cosas.

—Badley Compton se ha vuelto aún más pobre desde que os habéis marchado —dijo Flappy a lady Micklethwaite—. ¿A quién voy a conseguir para que inaugure las fiestas y sea la invitada de honor en nuestros almuerzos benéficos?

Lady Micklethwaite parecía halagada.

—¡Oh! Estoy segura de que encontrarás a alguien, Flappy —dijo—. Si alguien puede hacerlo, eres tú.

---

* Chatarra (N. del T.)

Flappy estaba encantada con el elogio de lady Micklethwaite, aunque ya sabía que tenía razón. Si alguien podía dar con la persona adecuada para inaugurar las fiestas y ser la invitada de honor en los almuerzos benéficos, era Flappy.

—Me ofrezco voluntaria, si quieres —dijo Hedda.

Antes de que Flappy pudiera responder que se necesitaba a alguien con un título, lady Micklethwaite intervino con entusiasmo.

—¡Ahí lo tienes, ya has encontrado a alguien! Eddie será perfecta. Es mucho más importante que yo.

Flappy emitió una risita inquieta.

—¡Oh! Seguramente no —dijo.

—Claro que lo es —exclamó lady Micklethwaite—. El tío de Eddie era marqués.

Esta información, soltada tan a la ligera, dejó a Flappy sin aliento. Ya era bastante malo que Hedda formara parte de la aristocracia, pero el hecho de que Flappy no supiera nada al respecto era demasiado. Pero entonces, como un caballero de brillante armadura que llegaba para rescatarla justo cuando necesitaba con urgencia que la rescataran (o al menos que la distrajeran), el esposo de Hedda hizo acto de presencia.

—¡Charles! —exclamaron Hedda y lady Micklethwaite al unísono al verle aparecer por una esquina del jardín.

—Hola, señoras —dijo, deteniéndose en seco para observar los cuatro rostros que se habían vuelto hacia él—. Hola, Mary —dijo sonriente a la sobrina de Hedda. Luego, su mirada verde se posó sobre Flappy—. ¡Ah, Flappy! ¡Cómo me alegro de verte! Esta mañana he jugado un buen partido de golf con Kenneth.

—Sé que lo has hecho —dijo Flappy, sintiéndose un poco más ella misma de nuevo—. Me ha dicho que eres un buen jugador.

—Es demasiado amable. Él estaba en excelente forma, y se cubrió de gloria.

—¡Qué gracioso! Él ha dicho lo mismo de ti.

Se volvió hacia lady Micklethwaite.

—Tal vez a Algie le gustaría unirse a nosotros mañana.

—¿Irás a jugar de nuevo? —preguntó Hedda.

—No hay manera de detener a Kenneth —dijo Charles riendo.

—Está un tanto obsesionado —coincidió Flappy.

—Bueno, el campo le pertenece, ¿no es así? —dijo Big Mary—. Si tuviera una piscina con mi nombre, creo que también la usaría todos los días.

Flappy pensó que, teniendo en cuenta su tamaño, Big Mary haría bien en usar una piscina todos los días.

—El campo de golf Scott-Booth —dijo Charles—. Un excelente campo.

—Estoy segura de que a Algie le encantaría jugar —dijo lady Micklethwaite. Flappy siempre lo había conocido como sir Algernon—. Como sabes, la casa que compramos en España en realidad está construida en un campo de golf.

Flappy se horrorizó al oírlo. Tenía una mejor opinión de los Micklethwaite.

—¡Qué maravilla! —dijo efusivamente.

—No, es espantoso —replicó lady Micklethwaite—. Pero a Algie le encanta —miró a Hedda y sonrió—. Esposo feliz, esposa feliz, ¿verdad, Eddie?

—Sí, por supuesto, Scrap —asintió Hedda—. Creo que ya es hora de jugar al *bridge*, ¿no?

Antes de que comenzara el juego, que iba a tener lugar en el salón azul (Compton Court presumía de cinco salones), Flappy fue a empolvarse la nariz. No necesitaba usar el baño, pero tenía curiosidad por ver más zonas de la casa, e ir al baño le daba la oportunidad perfecta de hacerlo sin parecer una entrometida. Ahora que sabía que el tío de Hedda era un marqués, estaba decidida a averiguar su nombre, y si el padre de Hedda era también un noble y cuál era su título, si es que tenía alguno. ¿Un honorable, tal vez? Mientras seguía a Johnson, encargado de acompañarla al baño de damas, a través de la casa, todo comenzó a encajar. La majestuosidad de la casa, desde los exquisitos muebles, las pinturas y las alfombras persas descoloridas hasta los retratos y chucherías familiares, revelaba un buen gusto aristocrático y, tal vez, la existencia de reliquias heredadas de distinguidos antepasados. La actitud de superioridad de Hedda, la naturalidad con la que ocupó el asiento de Flappy en la iglesia, por ejemplo, y esa manera de aceptar las cosas sin dar muestras de agradecimiento, como si le fueran debidas, indicaban que había sido educada en un entorno de privilegio. En esa clase de familia que tenían personal, como Johnson. Flappy, por mucho que estuviera irritada, también estaba impresionada. Hedda no había mencionado el lugar destacado que ocupaba en la sociedad, lo cual era admirable. Flappy odiaba a las personas que se daban bombo. Cuánto mejor era dejar que fueran otras personas las que cantaran nuestras alabanzas.

Estaba regresando al jardín por el pasillo, cuando la voz de Charles la llamó desde el interior de una de las habitaciones. Se detuvo.

—¿Eres tú, Charles? —preguntó.

—Ven aquí. Quiero mostrarte algo —respondió él.

Flappy entró en un estudio. Por el aspecto de la decoración y el uso de verdes y negros profundos y masculinos, supo que era el suyo. Estaba de pie frente a la chimenea, rodeado de cajas de cartón sin abrir con las iniciales «CS» escritas en los costados con rotulador negro.

—Todavía no he empezado a desempacar —dijo—. En realidad, el solo pensarlo ya me resulta abrumador. Mudarse es algo tremendo.

—Dicen que es tan traumático como un divorcio —comentó Flappy.

—Bueno, eso no lo sé —repuso Charles, posando sus hermosos ojos sobre ella y provocándole un cosquilleo en el vientre—. Quiero mostrarte algo. —Levantó una vitrina que tenía dentro una mariposa—. Es una mariposa muy rara de Brasil. ¿No es espléndida?

—Es bellísima —asintió Flappy, acercándose para admirarla—. Kenneth y yo estuvimos en Brasil hace algunos años, pero no recuerdo haber visto una mariposa como esta.

—Quedan muy pocas en el mundo. Quería que la vieras porque, como tú, aprecio las cosas bellas.

—¿Lo haces? —dijo ella, soltando el aliento.

—Lo hago. Aprecio las flores hermosas, las criaturas hermosas, el arte y la música hermosos. Creo que tú también lo haces.

—¡Oh! Lo hago —afirmó Flappy.

—Y las mujeres —añadió Charles, mirándola fijamente—. Aprecio a una mujer hermosa más que a nada.

Flappy sintió como si una mano acabara de agarrarla por el cuello.

—¿De veras? —dijo, y su voz se volvió ronca de repente.

—Eres una mujer muy hermosa, Flappy —respondió él, soltando una risita tímida—. Pero eso tú ya lo sabes. Estoy seguro. Te lo deben de haber dicho un millón de veces.

—Bueno, un millón no —respondió ella, pensando más en cientos, para ser exactos. Le habría gustado añadir que nunca se lo había dicho nadie que se pareciera a él.

—Perdóname, pero tenía que decirte lo que pienso. Desde que te conocí ayer en la iglesia no he podido sacarte de mi cabeza.

—¡Oh! —dijo Flappy, con los ojos fijos en los movimientos de la boca sensual que pronunciaba esas hermosas palabras.

—Sé que ambos estamos casados y lo que estoy diciendo está completamente fuera de lugar, pero no puedo evitarlo.

Flappy no sabía qué decir. Se quedó mirándolo asombrada, complacida y también un poco asustada. Tampoco estaba segura de poder evitarlo.

—Debería dejarte ir a tu *bridge* —dijo él, dejando la vitrina con la mariposa en el suelo.

—Sí, supongo que será lo mejor —asintió Flappy, aunque hubiera preferido quedarse hablando con él.

—Hedda se estará preguntando dónde estás.

—Diré que me he perdido.

Charles esbozó una sonrisa deslumbrante, y Flappy casi se desmayó.

—Le diré que *yo* te he encontrado. Ven.

Flappy lo siguió. Cuando se acercaban al salón azul, él se volvió hacia ella y agregó:

—Estoy muy feliz de haber venido a vivir a Badley Compton.

5

Flappy estaba conmocionada. No quería volver a casa en ese estado. Kenneth sospecharía algo. No había pasado nada, solo un poco de flirteo. No tenía nada de malo, pensó Flappy mientras se detenía en la entrada de una granja y respiraba hondo unas cuantas veces para calmar los nervios, que estaban bastante alterados. De hecho, no podía recordar un momento en que hubiera estado tan agitada.

¡Qué tarde tan increíble había sido!, reflexionó sentada en el coche. Había jugado muy bien al *bridge*. Big Mary, que había sido su compañera, había comentado que estaba a tope. Bueno, en eso llevaba razón. Flappy sentía como si todo su cuerpo estuviera en llamas. Cada centímetro de ella. Nunca jamás se había sentido tan viva. Hedda quedó tan impresionada con su habilidad que le pidió que se convirtiera en un miembro habitual de su equipo de *bridge*, y lady Micklethwaite los invitó a ella y a Kenneth a pasar unos días con ellos en España. Mientras subía a su coche al finalizar el encuentro, y llevada por una ola de buena voluntad, se volvió hacia la anfitriona. Con su voz más elegante, le dijo a Hedda que le encantaría que reemplazara a lady Micklethwaite en la apertura de los eventos y fuera la invitada de honor en sus almuerzos benéficos. «El honor será todo mío», había respondido Hedda, y Flappy le había dedicado su sonrisa más encantadora y la había honrado con el saludo de la realeza mientras se alejaba por el camino. La reunión había sido un enorme éxito.

Sin embargo, el recuerdo más perdurable de la noche era el de Charles. El momento en que la miró intensamente a los ojos y le dijo, en voz tan baja que solo ella fue capaz de oírle, que estaba muy feliz de haberse mudado a Badley Compton... ¡Imagínate!

Flappy creía que estaba enamorada. No estaba segura de haber estado enamorada antes. Desde luego a ella le habían gustado los hombres en su juventud, y Kenneth, cuando se encontraron por primera vez en el mostrador de guantes en Harrods (su primer trabajo), sin duda le había provocado una leve excitación, pero ni por asomo era comparable a la conmoción que le produjo el encuentro con Charles. Era algo diferente, muy diferente. Un sentimiento que venía acompañado de una tremenda urgencia. De una fuerte necesidad y, si se atrevía a admitirlo, de un deseo sexual incontrolable. Sí, de hecho, era deseo sexual, con sus sofocos y sensaciones. Nada remotamente parecido se había apoderado jamás de Flappy. Había leído sobre ello (en las novelas de Charity Chance), había escuchado a otras personas hablar de ello (Madge, después de unas cuantas copas de vino, podía ser sorprendentemente vulgar) y lo había visto en las películas, pero nunca lo había experimentado de verdad. Lo había reconocido ahora porque solo podía pensar en recostarse desnuda en sus brazos, en sentir sus caricias recorriendo, lentas y suaves, cada hermoso centímetro de su cuerpo.

Cuando llegó a Darnley, había adquirido una apariencia de calma. Kenneth estaba en la sala de televisión viendo un episodio repetido de Poirot.

—¿Qué tal ha ido tu *bridge*? —preguntó, presionando a regañadientes el botón de pausa.

—Maravilloso —dijo Flappy con alegría—. Simplemente maravilloso. Lady Micklethwaite estaba allí, y nos ha invitado a España. ¿No es amable por su parte?

—Muy amable —coincidió Kenneth.

—Viven en un campo de golf. Literalmente. Uno no los imaginaría viviendo en un lugar como ese, ¿verdad?

Ante la mención de un campo de golf, Kenneth se animó.

—¿Un campo de golf en España? ¡Qué espléndido!

—¡Ah! Y Charles invitó a sir Algernon a jugar al golf contigo mañana. Los pequeños ojos de Kenneth brillaron de entusiasmo.

—Excelente. Creo que sir Algernon es un jugador de primera.

—¿Sabes? Hedda y Phyllida son viejas amigas de la escuela. ¿No es una sorpresa? Y el tío de Hedda era marqués. Me preguntaba, mientras conducía de regreso, cuál será su título, porque si su tío era marqués, entonces su hermano y su padre, deben de haber sido lores, ¿no te parece? En cuyo caso, Hedda sería una honorable. Su hermano Harry también debe de haber sido uno. ¡Qué extraordinario! Supongo que Hedda tiene una madre diferente a la de Harry, porque él tenía más de ochenta años cuando murió y Hedda no puede ser mucho mayor que yo. Debo averiguarlo. Le he pedido que tome el lugar de lady Micklethwaite en la inauguración de nuestros eventos. ¿No es una buena idea? Si no fuera una aristócrata no la habría considerado, pero como lo es, es de esperar que cumpla con su deber para con la ciudad. Los títulos están muy bien, pero vienen con una gran responsabilidad y se debe devolver algo a la sociedad, ¿no es así? —Flappy contuvo el aliento. La excitación era demasiada—. Hedda tiene personal, ya sabes —continuó, aunque Kenneth ya solo la escuchaba a medias—. Un mayordomo llamado Johnson y una cocinera, la señora Ellis, que prepararon la cena más deliciosa para nosotras cuatro. No estoy segura de lo que le pasó a Charles. Debe de haber salido, porque no se sentó con nosotras a la mesa. Era una reunión estrictamente para mujeres. —Suspiró, diciéndose que era una pena—. Pero cuando logré hablar con él, brevemente, dijo que había jugado un buen partido de golf contigo. ¿No es agradable, cariño?

—Mucho —coincidió Kenneth.

—Creo que será agradable tener a los Harvey-Smiths en Badley Compton.

Kenneth asintió, y presionó «reproducir» en el control remoto. Las andanzas de Poirot se volvieron a adueñar de toda su atención.

Flappy fue a la cocina y se sirvió una gran copa de vino blanco. Luego subió las escaleras y se preparó un baño. Mientras se relajaba en el agua tibia y perfumada y sorbía su chardonnay, dejó que su mente vagara una vez más hacia Charles.

A la mañana siguiente, Flappy presidió una reunión para hablar del té del Festival de la Cosecha, en su exquisito salón. Cada vez que entraba en él no podía dejar de reconocer lo exquisito que era, con sus grises pardos y cremas, todo de buen gusto. En definitiva, no se podía negar que, sencillamente, había *mucho* buen gusto en Darnley.

Esther, Madge, Mabel y Sally eran los miembros clave de todos los comités de Flappy. No podrían haberse negado a serlo aunque hubiesen querido, tal era su terror a la desaprobación de Flappy, a quien además le gustaba incluir a algunos hombres de vez en cuando, para asegurarse de que sus reuniones no se volvieran rancias. Para el comité del Festival de la Cosecha había convocado al vicario, el reverendo Willis, que era sensato y pragmático, y a Gerald Pott, soltero, de poco más de sesenta años, con cabello pelirrojo y ojos castaños claros, que no era ni sensato ni pragmático. Gerald era el decorador de Flappy. Extravagante y amanerado, tenía una elevada opinión de ella, lo que constituía su mayor cualificación. Hoy, Gerald la encontró algo distraída.

—Flappy, querida, ¿tu ojo avizor ha encontrado alguna imperfección en la habitación que tuviera que ser corregida? —preguntó. Siempre valía la pena intentarlo. Flappy tenía mucho dinero y era fácil persuadirla para que redecorara.

—¿Qué quieres decir, Gerald? —preguntó Flappy.

—Estás distraída.

—*Moi*? —Flappy frunció el ceño, pero no tanto como para perturbar la suave piel de su frente.

—Pobre Flappy, haces demasiado —dijo Mabel—. Ese es el problema. Pero ahora que tienes a Persephone, deberías apartarte un poco. Como siempre dices, no puedes ser todo para todas las personas.

—Pero una debe intentarlo —replicó Flappy, con seriedad—. Badley Compton depende de mí, ya ves. Siempre he tenido un fuerte sentido del deber. A quien mucho se le da, mucho se le exigirá, *n'est-ce pas*?

El reverendo Willis, que estaba muy complacido de que Flappy fuera quien hablara, guardándose sus largos soliloquios para el púlpito, sonrió a la manera de los vicarios y dijo:

—Lucas 12:48. Una cita sabia, de hecho. Badley Compton aprecia todo el trabajo duro que haces, Flappy. Es muy loable tener tal espíritu comunitario. Me alegro mucho de que hayas contratado a una joven brillante para compartir la carga —miró a Persephone, y también le dedicó una sonrisa vicaria.

Persephone había preparado té y café para todos, acompañados de un plato de galletas, y se encargó de tomar notas durante la reunión. Había pasado la noche anterior barajando ideas para decorar la carpa, ya que Flappy iba a organizar el té en su jardín, el domingo por la tarde. Había pensado en hacer candelabros con calabazas en miniatura y colocar balas de heno en círculos para sentarse. Las gavillas de trigo se verían bonitas y nostálgicas, y las manzanas caramelizadas para los niños eran siempre bien recibidas. Le había dado la lista a Flappy antes de la reunión, y su jefa había quedado encantada. Sin embargo, Persephone se sorprendió al oír a Flappy hablar de esas ideas como si fueran suyas. La joven no podía hacer nada salvo mirar, impotente, mientras Flappy se atribuía el mérito de su arduo trabajo.

—Pues bien —dijo Flappy al terminar—, *yo* he aportado las ideas. Ahora, ¿quién las llevará a cabo?

—Yo puedo hacer las velas —se ofreció Madge—. Una vez hice un curso de fabricación de velas, hace muchos años. Podría darles un olor a canela. ¿Crees que estaría bien?

Flappy no lo creía.

—No es Navidad, Madge —dijo—. Pienso que un olor a madera sería más apropiado, o a algo más relacionado con la época de la cosecha, como moras o manzanas.

Madge asintió.

—Sin duda, tienes toda la razón, Flappy. No queremos que la gente piense que la Navidad se ha adelantado, ¿verdad? —dijo con una risita nerviosa.

—¿Alguien más? —dijo Flappy, mirando a cada una por turno y esperando que alguien más se ofreciera. Ciertamente, no tenía la intención de hacer nada ella misma.

—Puedo conseguir los fardos de heno —dijo Esther—. Tenemos un granero lleno de ellos.

—Bien, tal vez podrías traer también uno de tus caballos para ofrecer paseos a los niños.

—Traeré un burro.

—¿Tienes un burro? —se sorprendió Sally.

—Dos. Son burros rescatados. Muy amistosos, sobre todo cuando les llevas una zanahoria —dijo Esther con una risa alegre.

—Yo me encargaré del té —dijo Mabel—. Le pediré a Big Mary que nos provea de pastelillos.

—Tal vez podrían ser unos especiales para la ocasión —sugirió Persephone—. Como pastelitos con calabazas.

—Guarda esa idea para Halloween, querida —dijo Flappy—. Big Mary podría decorar los pastelillos con espigas de trigo. Sería más apropiado. Recuerda, se trata de la cosecha, no de Halloween. Una que otra calabaza aquí y allá están muy bien, pero si tenemos demasiadas la gente se confundirá y pensará que Halloween se ha adelantado.

—Estoy segura de que todo el mundo sabrá que no es Halloween —dijo Persephone sonriendo.

Flappy no sonrió.

—Te sorprendería, Persephone, lo despistada que puede ser la gente.

—No podría dejar la decoración a cargo de otro que no fuera yo —dijo Gerald—. Pero necesitaré un par de manos extra. Persephone podría ser mi asistente. ¿Podrías prescindir de ella por un rato?

—Excelente idea —dijo Flappy. Se volvió hacia Persephone—. El secreto para tener éxito en la vida es aprovechar las oportunidades de aprender cuando se presentan. Gerald es uno de los mejores decoradores del país. Mira a tu alrededor y comprobarás el fantástico trabajo que ha hecho para mí. Somos un buen equipo, ¿verdad, Gerald?

Gerald conocía a Flappy desde hacía más de veinte años y estaba acostumbrado a que ella se llevara el crédito cuando no lo merecía.

—Lo somos, Flappy —confirmó—. Ya va siendo hora de que comencemos un nuevo proyecto, ¿no?

Flappy entrecerró los ojos, tratando de pensar en una habitación que necesitara ser redecorada, pero no se le ocurrió ninguna. Las habitaciones de Darnley eran todas perfectas tal como estaban. Luego, su mente aguda la llevó a fijarse en la pintoresca cabaña en el fondo del jardín, que había servido como estudio de arte en la época en la que Flappy pasaba por su etapa de pintura (había sido extremadamente talentosa, como era de esperar, pero al final se había quedado sin tiempo para dedicarse a ella, al estar tan increíblemente ocupada). Era una casita adorable, con dos habitaciones en la planta superior y una habitación que hacía de cocina y sala de estar en la inferior, con grandes ventanas de guillotina que dejaban pasar la luz. Pensaba que ya no volvería a pintar; después de todo, solo había lugar para un Hockney en el mundo. Pero quién sabe, quizás la cabaña podría utilizarse para otro fin. Y entonces surgió una idea en su cabeza, como solían hacer las ideas justo cuando las necesitaba: una sala de meditación.

—No podría estar más de acuerdo contigo, Gerald —dijo—. Y ya tengo un proyecto en mente.

Kenneth regresó del club de golf a la hora del almuerzo, muy animado. Había jugado con sir Algernon y Charles y se había superado a sí mismo, anotándose un afortunado hoyo en uno. Se sentaron a almorzar en la terraza, donde Karen había puesto la mesa a la sombra, y se sirvió una copa de vino. También le sirvió una a Flappy, aunque ella no solía beber durante el día porque le daba sueño, y no le sobraban horas que perder en siestas por las tardes.

—Tengo que pedirte un favor —dijo Kenneth, disponiéndose a comer la quiche, las patatas nuevas con mantequilla y la ensalada que había preparado Karen.

—Dime —dijo Flappy, ya poco dispuesta. La última vez que él le había pedido un favor, había accedido de forma precipitada a invitar a un golfista amigo suyo a cenar con su nueva e indecentemente joven esposa, y se había arrepentido. La chica había comparado a Flappy con su madre, y tenido el descaro de decirle lo joven que se veía su madre desde su cirugía estética. No, Flappy no se sentía inclinada a aceptar cualquier petición absurda que Kenneth estuviera a punto de hacerle.

—Charles ha preguntado si podría utilizar nuestra piscina.

¡Vaya! Ese era un asunto completamente diferente.

—¿En serio? —dijo Flappy, intentando esconder su entusiasmo. Si había algo en lo que Flappy era buena, era en ocultar sus emociones cuando era mejor ocultarlas.

—Sí. Verás, no tienen una piscina en Compton Court.

—Habrías pensado que tendrían una, ¿no? —dijo Flappy, bastante complacida de que ellos tuvieran una piscina y Hedda no.

—Charles tiene problemas en las rodillas, por lo que debe tener cuidado con la forma en que hace ejercicio. Nadar es lo mejor para él.

—Estoy segura de que lo es —dijo Flappy, sonrojándose un poco al pensar en Charles en traje de baño.

—Era miembro del Harbour Club en Londres...

—Como era de esperar —interrumpió Flappy con satisfacción. El Harbour Club era justo el lugar que frecuentaría una persona como Charles Harvey-Smith.

—Sé que no te gusta que la gente use nuestras instalaciones. Quiero decir, está muy bien de tu parte abrir los jardines a la gente en junio, pero Charles es un amigo y...

—Él puede usarla cuando quiera.

Kenneth enarcó las cejas y sonrió, sorprendido.

—¿De veras?

—Desde luego —dijo Flappy—. Después de todo, debe hacer ejercicio.

—Se lo diré. Estará muy complacido.

—Bien. Ya sabes, cuando uno tiene la suerte de tener una piscina, es justo que la comparta.

Kenneth puso su mano sobre la de su esposa. Realmente estaba muy agradecido de que ella hubiera accedido.

—Eres una persona tan generosa, querida... —dijo—. Siempre pensando en los otros. No creo que haya una persona en un radio de cien kilómetros que sea tan desinteresada como tú.

Flappy no cabía en sí de emoción ante la idea de que Charles viniera a usar la piscina. De inmediato, fue a comprobar que estuviera impecable, con toallas limpias, jabón y champú en la ducha; que nadie pudiera decirle a Hedda que Flappy era descuidada con la higiene. A pesar de lo magnífica que era la piscina, Flappy nunca la usaba. No le gustaba mojarse, a menos que estuviera en la bañera o en el Caribe con temperaturas insoportablemente altas. Daba mucho trabajo tener que secarse el cabello; se lo hacía secar con secador dos veces por semana en la peluquería para no tener que hacerlo ella misma. El problema era que tenía un cabello tan espeso y lustroso (en realidad, increíblemente espeso y lustroso) que la tarea era ardua, y Flappy no tenía tiempo. Aunque era la primera en reconocer lo *muy* afortunada que era de haber sido bendecida con esas cualidades capilares.

Flappy le preguntó a Kenneth cuándo vendría Charles, y la respuesta fue: «Esta misma tarde, si te parece bien, cariño». Flappy respondió con serenidad, sin revelar su estado de ánimo. Corrió escaleras arriba para retocarse el maquillaje y echarse perfume en el cuello. Se dijo que se estaba comportando como una tonta. Si Flappy sabía una cosa, era cuándo se estaba comportando como una tonta, pero también sabía que era algo que no podía evitar. Mareada por la expectativa y disfrutando de volver a sentirse adolescente (o tal vez de sentirlo por primera vez, porque cuando era adolescente siempre se había sentido cuarentona), salió al jardín a recoger flores. Cuando el reluciente Bentley negro de Charles se detuvo frente a la casa, Flappy se acercó lentamente desde el campo de croquet, con gafas de sol y un sombrero de paja, llevando en las manos un bonito ramo de flores de finales del verano.

—¡Oh, Charles! Me has pillado trabajando como una esclava en el jardín —dijo sonriente, y el olor a nardos se impuso al aroma más sutil de las rosas y los lirios—. Pero es un placer verte.

Él le devolvió la sonrisa, dejándola un poco turbada.

—Eres muy amable al dejarme usar tu piscina. Es lo único en lo que me fijaba cuando buscábamos una casa, pero luego nos enamoramos de Compton. Que no tiene piscina.

—Puedes usar la nuestra cuando quieras. En realidad, Kenneth apenas la usa y yo hago mis largos todas las mañanas, al amanecer.

Él la miró con admiración.

—Eres uno de esos madrugadores, ¿verdad?

—Tengo que serlo —respondió ella—. De lo contrario, simplemente no tendría tiempo para hacerlo todo. Los días no son lo bastante largos.

Él fue hasta el maletero y sacó una elegante bolsa de viaje de cuero. Se veía muy Ralph Lauren, pensó Flappy. ¡Qué apropiado que Charles tuviera una bolsa de esa marca! Lo condujo al salón de entrada.

—Bienvenido a nuestra humilde morada —dijo, esperando que él notara los retratos de Jonathan Yeo. Se demoró un momento para darle tiempo y luego, tal como sabía que lo haría, vio que miraba hacia la pared.

—¡Dios mío! —exclamó Charles—. ¡Qué espléndidos retratos! Pero no estaba mirando el de Kenneth. Sacudió la cabeza con asombro. —Estás preciosa, Flappy.

—¡Oh! Fue solo algo divertido —dijo, agitando las tijeras de podar—. Jonathan insistió. Yo solo quería que pintara a Kenneth, pero él exigió pintarme a mí también. Kenneth no me dejó decirle que no, así que ahí está. *Moi* —dijo riendo—. Es bastante encantador, creo.

—Es más que encantador. Es una obra maestra.

Flappy volvió a reír, porque todo lo que decía Charles le daba ganas de reír de alegría.

—Nadie me ha llamado «una obra maestra» antes.

—Lo dudo mucho. Una mujer como tú debe de estar cansada de que la llamen así.

—No creo que me canse nunca de oírlo.

Lo condujo a través de la casa para que viera tanto como fuera posible. Como esperaba, él reconoció su buen gusto de inmediato.

—Tienes una casa impresionante, Flappy.

—Gracias. Me alegro de que te guste, porque no le he dedicado mucho tiempo. La monté, digamos, sin pensarlo demasiado.

—Bueno, el efecto es increíble.

—Tuve suerte. Todo encajó bastante bien en su lugar. Un hoyo en uno.

Él la siguió a Flappy a la cocina, donde ella puso las flores en un jarrón.

—¿Quieres una taza de té o algo de beber?

—Un vaso de agua estaría bien —respondió él—. Es un día cálido, ¿no?

—Es un día maravilloso. Por lo general, estoy demasiado ocupada para disfrutar de días como estos, pero esta tarde tuve un par de horas libres para arreglar el jardín. Es un trabajo duro pero placentero, ¿no? Estar en medio de la naturaleza. —Suspiró—. Me encanta la naturaleza.

Charles la estaba contemplando con mirada soñadora, cuando entró Kenneth.

—¡Ah, Charles! —dijo.

—Hola, Kenneth —respondió Charles, reenfocando su mirada—. Tu encantadora esposa se está ocupando de mí.

—Ella es buena en eso —Kenneth sonrió a su esposa apreciativamente.

Flappy puso el jarrón de flores sobre la mesa.

—Ya está. ¿A que se ven bien? El verano aún no ha terminado —dijo, volviéndose hacia Charles—. Vuestra fiesta será la última del verano.

—Creo que así es. Hedda ha estado ocupada planeándolo todo.

—Estamos ansiosos de que llegue el día —dijo Kenneth.

—Sí, lo estamos —confirmó Flappy—. Ven, déjame que te enseñe la piscina.

—No te preocupes, Flappy. Se la enseñaré yo si quieres —dijo Kenneth.

—No, no. Ya lo haré yo, cariño —insistió en tono casual—. Tengo que ir a buscar algo allí de todos modos.

Flappy condujo a Charles a través de la casa hasta la piscina, que Kenneth y Flappy habían construido cuando compraron la propiedad unos treinta años antes. Pasaron por una habitación amplia y luminosa, con muchas ventanas y puertas de vidrio que daban al jardín de rosas y a una terraza, donde Flappy ocasionalmente invitaba a sus amigos a almorzar. Charles se quedó mirando la piscina, especialmente el hipopótamo de mosaico que sonreía a través del agua turquesa.

—Flappy —dijo, y había una seriedad en su voz que la hizo volverse con una punzada de ansiedad.

—¿Sí?

—Necesito hacer una confesión.

—¿Una confesión?

—Sí —respondió él con aire tímido.

Flappy tuvo que contener el impulso de tomar su rostro entre sus manos y besarlo.

—¿Qué has hecho?

Charles la miró fijamente, con los ojos verde mar de repente avergonzados.

—No tengo un problema en las rodillas.

—¿No? —El corazón de Flappy comenzó a acelerarse.

—No. No necesito usar la piscina por una cuestión de fisioterapia. —Se encogió de hombros—. En realidad, no necesito usarla en absoluto.

—¿Entonces?

—Necesitaba una excusa para verte.

El «oh» que escapó de los labios de Flappy fue más como un suspiro.

—Lo siento, Flappy, por ponerte en esta posición incómoda, pero no puedo evitarlo. Me he enamorado de ti.

Flappy sintió que estaba a punto de desmayarse. Pero si en algo era buena, era en reunir fuerzas cuando más las necesitaba. Lo miró directamente a los ojos y volvió a suspirar.

—¡Oh, Charles!

6

Flappy no era el tipo de mujer que se involucra en algo tan dramático como una aventura extramatrimonial sin pensarlo mucho y sin tener consideración por su esposo, acerca de quien solo tenía algunas quejas menores. Así que fue una enorme sorpresa para ella cuando, repentinamente abandonada por su autocontrol habitual, permitió que Charles la besara.

El beso en sí ya era bastante temerario, pero el hecho de que tuviera lugar en la casa de la piscina, cuyas puertas y ventanas los exponían como peces dorados ante algún jardinero que pasara por allí o, de hecho, ante el propio Kenneth, que solía pasear por los jardines mientras recordaba sus éxitos, había sido una estupidez. Pero ni Flappy ni Charles estaban pensando racionalmente. Impulsados por una pasión incontenible que les convertía en papilla, no tenían en cuenta al mundo que los rodeaba. Flappy nunca había sido besada así antes, nunca.

Era probable que Kenneth, en su día, hubiera sido un besador aceptable, y antes de él ella había soportado algún que otro beso en las fiestas, pero a Flappy nunca le había gustado que la besaran. Los besos eran demasiado húmedos, demasiado desordenados y «bestiales». Allí estaba esa palabra otra vez; el sexo y los besos reducían al ser humano al nivel de un animal y eso, hasta ahora, no estaba a la altura de la dignidad de Flappy y debía ser evitado en lo posible.

El beso de Charles fue diferente. Había algo deliciosamente erótico en él, que le provocaba sensaciones en todos los lugares en los que sabía que debería sentirlas, pero que nunca había experimentado. Lugares traviesos. Lugares donde acechaba la bestia que había en ella, hasta entonces contenida e ignorada. Pero ahora, en un frenesí de liberación, la bestia había roto las cadenas. Se introdujeron en el vestidor a toda prisa, acalorados y sin aliento, y empezaron a arrancarse la ropa. Charles le metió la mano por debajo de la camisa para palparle los pechos, y ella le desabrochó el cinturón. Con manos ansiosas, se exploraron como adolescentes en un baile. Y luego él estaba dentro de ella y Flappy solo era consciente de las sensaciones deliciosas y embriagantes que venían de cada rincón de su cuerpo. Enloquecida de placer, se olvidó de sí misma, de sus ambiciones, de sus necesidades y de sus deseos mezquinos. Solo era consciente de Charles y de lo que le estaba haciendo.

Flappy estaba desarmada. El control por el que era tan respetada en la comunidad se había derretido como el hielo bajo el sol.

—No deberíamos haber hecho esto —musitó, mientras se abotonaba la camisa y se ponía los pantalones.

—No deberíamos haberlo hecho —asintió Charles, poniéndose su bañador—. Pero no hemos podido evitarlo.

—Creo que nadar vendría muy bien —dijo Flappy.

—Sí, necesito refrescarme.

—No debemos volver a hacerlo.

Charles la miró con esos hermosos ojos y sonrió.

—Pero sabes que lo haremos.

Flappy levantó la barbilla.

—Puedo dejar pasar un momento de locura, pero dos sería una imprudencia.

Él le rodeó el cuello con la mano y la besó en los labios.

—Entonces me temo que tendré que admitir que soy un hombre muy imprudente, Flappy.

Flappy lo dejó nadando y corrió escaleras arriba, con la esperanza de no tropezar con Persephone o con Kenneth. Afortunadamente,

Kenneth estaba viendo el golf en la televisión y Persephone había ido a la ciudad a comprar el vino que Flappy había pedido para su cena de cata de vinos del jueves. En eso se había convertido su cena informal con los Harvey-Smith y los Willis. Persephone debía escribir un informe sobre cada uno de los vinos para que Flappy pudiera exhibir sus conocimientos. También le daría una buena oportunidad para mostrar sus habilidades con los idiomas. Había pedido vino español, francés e italiano. «¡*Bueno, bon, buono*!»

En la seguridad de su dormitorio, Flappy entró en el cuarto de baño y cerró la puerta. Tras rociarse perfume por todo el cuerpo, se examinó la cara en el espejo. ¿Se veía diferente? ¿O había algo salvaje en sus ojos que podría delatarla? ¿Se podía *ver* a la bestia? Satisfecha (aunque un poco decepcionada) al encontrar que se veía como siempre, fue a su habitación y se sentó ante el tocador. Se cepilló el pelo, volvió a maquillarse (aunque llevaba muy poco maquillaje puesto; las bellezas naturales no necesitaban pintura facial para parecer bonitas) y una vez más estudió su rostro. Envejecer era una tragedia, tuvo que reconocer. Sabía que se veía bien para su edad, pero aun así tenía la edad que tenía, y seguía envejeciendo. No había forma de evitarlo. Sin duda, una podría optar por la cirugía, pero Flappy detestaba la idea de pasar por el bisturí por algo tan banal. Le molestaría mucho morir en la mesa de operaciones solo para parecer un poco más joven. Y además, las mujeres no se veían más jóvenes con la cirugía, se veían operadas. Nadie decía nunca: «¿No está estupenda?»; siempre decían: «¿No se ha hecho demasiadas cosas?». No, Flappy nunca se haría un lifting. Envejecería con gracia, pero aun así envejecer era una pena.

Se recostó contra las almohadas de su cama y cerró los ojos. Lo que acababa de hacer en la casa de la piscina era realmente imperdonable, considerando lo atento y amable que era Kenneth. No merecía ser un cornudo. Podría quejarse si él tuviera una amante, pero el campo de golf no contaba. Flappy no estaba celosa de la pasión de Kenneth por el golf. De hecho, le venía bien, porque no quería verlo demasiado. A pesar de ello, tenía un creciente sentimiento de culpa. Se revolcó en ella por un momento, imaginando la cara redonda de Kenneth enrojecida por el dolor y sintiéndose mal por habérselo causado. Pero era difícil dejarse llevar por la culpa cuando el placer experimentado había sido tan arrollador. La culpa quedó rápidamente olvidada, mientras yacía en la cama y revivía cada delicioso momento de su encuentro con Charles.

Flappy no quería comparar a Charles con Kenneth. Sería injusto y desagradable. Pero tras intentar contener el impulso de hacerlo, abandonó la lucha y se permitió medir a ambos hombres. Después de todo, la mente de Flappy estaba tan alerta y ocupada que era imposible controlarla una vez que había decidido galopar hacia delante. Aparte del hecho de que Charles era guapo y Kenneth no lo era, había otras diferencias que pesaban a favor de Charles. Era alto, y Kenneth era bajo; Charles era delgado y atlético, Kenneth corpulento y torpe; Charles tenía mucho cabello canoso y espeso, Kenneth tenía una calva que además brillaba; Charles tenía los ojos más asombrosos, los de Kenneth eran solo ojos. De hecho, si fueran parte de la cadena alimentaria, Charles sería un tigre blanco y Kenneth un sapo, que, casualmente, era el apodo que ella le había puesto en los primeros días de su matrimonio: Sapo.

Flappy amaba a Kenneth. En realidad, pensaba que debía de amarlo porque llevaban casados cuarenta años y estaban perfectamente felices. Flappy nunca había mirado a otro hombre, y Kenneth solo había mirado sus palos de golf. Kenneth siempre le había dado a Flappy todo lo que ella quería, y eso que en ocasiones le había pedido mucho. Nunca le había dicho que no. De hecho, ahora que lo pensaba, no creía que él le hubiera dicho nunca que no en todos los años que habían estado casados. Sin duda, el hecho de que fuera enormemente rico ayudaba. Comprarle a Flappy un coche nuevo o la casa en el Algarve, o complacer su deseo de redecorar habitaciones que no necesitaban redecoración no significaba nada para él, pero no restaba valor a su generosidad. Era muy generoso. Flappy no sabía, en realidad, si Charles era generoso o complaciente, por lo que no era posible comparar a ambos hombres en ese aspecto. La conclusión era que era fácil vivir con Kenneth. Era sencillo, jovial, le gustaba todo el mundo, y a todo el mundo le gustaba Kenneth. No cabía duda, reconoció Flappy, que Kenneth era un hombre muy agradable.

Pero Kenneth nunca había encendido la mecha interna de Flappy. Hasta que Charles apareció en la iglesia el domingo, Flappy ni siquiera estaba segura de tener una. Había devorado las novelas de Charity Chance, además de muchos otros libros románticos, y había dado por sentado que esas mujeres cuyo interior ardía de pasión no eran como ella. Estaba convencida de que simplemente era una mujer más espiritual. Una mujer tan iluminada que estaba por encima de los deseos primitivos de otras mujeres, más terrenales. Muchos años atrás, había tenido una conversación con un sacerdote que había conocido en Irlanda, quien le dijo que la abstinencia sexual no estaba destinada a ser algo tan difícil para los hombres que vestían hábitos, porque una persona verdaderamente espiritual es dueña de una conciencia superior y no siente impulsos sexuales en absoluto; está por encima de ellos. Al escucharlo, Flappy había tenido una epifanía. Había aceptado que su falta de impulso sexual no era un defecto por su parte, sino una enorme bendición. Simplemente significaba que estaba más cerca de Dios.

El hecho de que hubiera descubierto que, después de todo, sí tenía una mecha, y de que la mecha hubiera sido encendida y hubiera producido una llama mucho más brillante que la de cualquiera de las heroínas de Charity Chance era un poco alarmante. Su convencimiento acerca de su elevado estado espiritual había sido motivo de celebración. Pero ahora se daba cuenta de que no era un alma iluminada con una conciencia más elevada que la de otras mujeres, sino una criatura sexual con deseos sexuales, como todas las demás. Eso la convertía en alguien corriente, y si había algo que a Flappy no le gustaba, era ser corriente.

Definitivamente, no lo volvería a hacer.

Se resistiría a las insinuaciones de Charles; obviamente habría más, porque ¿no había dicho él mismo que se había enamorado de ella? Bueno, no podía culparlo por eso, el corazón de un hombre era lo que era, pero podía adoptar una elevada postura moral. No debería haberlo hecho en primer lugar, pero no era demasiado tarde para corregirlo. No habían sido descubiertos. Nadie lo sabía, excepto ellos. Podría seguir siendo un secreto, un secreto delicioso que dibujaría una sonrisa en su rostro cada vez que pensara en ello, y tal vez les permitiría disfrutar de alguna que otra mirada cómplice de vez en cuando, lo cual sería emocionante. Pero no podía volver a suceder. Tal vez, pensó con creciente entusiasmo, Dios había puesto esa tentación en su camino para enseñarle una lección de resistencia. Había cometido un desliz la primera vez, pero pronto surgiría la oportunidad de demostrar que podía seguir el ejemplo de Jesús y resistir la tentación cuando se presentara.

Satisfecha de no haberse apartado de la gracia divina y un poco emocionada porque, después de todo, era una mujer con capacidad para el placer sexual, Flappy se levantó de la cama y las escaleras con paso ligero para ver si Persephone había vuelto con el vino.

Su asistente se encontraba en la cocina, hablando con Kenneth. Las botellas de vino estaban de pie en una fila ordenada en la isla, y los dos las estaban mirando. De hecho, Kenneth sostenía una botella en la mano y leía la etiqueta.

—¡Ah! Aquí estás, cariño —dijo cuando vio a Flappy—. Pensé que estabas descansando.

—¿Descansar, yo? ¡Dios mío, no! No tengo tiempo para eso —dijo con un suspiro—. Ya me gustaría tener tiempo para descansar.

—Aquí están las botellas para su cata de vinos, señora Scott-Booth —dijo Persephone—. Me las arreglé para obtener seis de las mejores añadas.

—Eres una chica lista —dijo Flappy, complacida—. Observó a los dos con atención, para ver si habían notado algún cambio en ella que ella no hubiera detectado en el espejo, pero ninguno de ellos parecía haberse percatado de nada.

—Una idea genial, hacer una cata de vinos —dijo Kenneth.

—Yo también lo he pensado —asintió Flappy.

—Ha sido muy amable de tu parte permitir que Charles usara la piscina —agregó, ofreciendo a su esposa una sonrisa agradecida.

—*Fa niente*, cariño. Es lo menos que puedo hacer para que Hedda y Charles se sientan bienvenidos. Y somos tan afortunados de tener una piscina...

La mañana siguiente, Gerald vino a echar un vistazo a la cabaña y a hablar con Persephone sobre la decoración para el té de la Fiesta de la Cosecha.

—Estás resplandeciente —le dijo a Flappy mientras los tres cruzaban el campo de croquet, atravesaban el arboreto y rodeaban el estanque de nenúfares hasta la bonita cabaña blanca con techo de paja, parcialmente oculta tras un alto seto de haya.

—¡Es adorable! —exclamó Persephone cuando la vio—. Como algo sacado de un cuento de hadas.

—Siempre me hace pensar en *Hansel y Gretel* —dijo Flappy.

—Sin la bruja —agregó Gerald.

—¡Oh, la bruja está en el horno! —rio Flappy. Gerald sonrió. Era bueno para hacer reír a Flappy, así como para gastar dinero.

Flappy abrió el portón y caminaron por el sendero de grava hasta la puerta principal, pintada de un elegante azul grisáceo.

—Voy a usar esto como sala de meditación. Un lugar donde pueda venir en busca de paz y tranquilidad porque, como sabéis, llevo una vida muy ocupada. —Abrió la puerta—. ¿Qué te parece, Gerald?

Gerald entró en la sala de estar, se puso las manos en las caderas y miró a su alrededor. La habitación era más grande de lo que uno podría imaginar desde el exterior, con una bonita chimenea y un techo bajo sostenido por antiguas vigas.

—Tiene una energía maravillosa, Flappy —dijo—. Estoy seguro de que podremos hacer algo aquí.

—Bien. Estaba pensando en una estatua de Buda, una pequeña fuente tal vez, muchas velas...

—Un santuario —dijo Gerald—. Si vas a tener una estatua de Buda, debes tener un santuario.

—Desde luego —coincidió Flappy—. Uno no puede tener una sala de meditación sin un santuario. Persephone, ¿puedes buscarme algo de música? Ya sabes, algo relajante para escuchar mientras estoy meditando. Uno siempre necesita música, ¿no crees, Gerald?

—Me gusta el sonido de la lluvia y de los pájaros —dijo Gerald.

—A ver si puedes encontrar algo de música con lluvia y pájaros, Persephone —dijo Flappy.

—Sí, señora Scott-Booth —respondió ella y lo anotó obedientemente en su libreta.

Flappy les enseñó la planta superior. Los dormitorios eran bonitos, con camas tan altas que había que treparse a ellas. La mente ocupada de Flappy se detuvo por un momento, y se le apareció una imagen. Ella y Charles en esa cama, haciendo el amor con el arrullo de las palomas y el canto de los pájaros de fondo. Contuvo el aliento.

—Se ve un poco deprimente aquí —dijo Gerald, arrugando la nariz—. ¿Qué tal si le damos un poco de vida, Flappy?

Flappy se vio devuelta bruscamente al presente.

—¿Qué has dicho, Gerald?

Él se rio.

—Estabas a kilómetros de distancia.

—Me preguntaba qué podríamos hacer con esta habitación —mintió.

—Eso es lo que estoy pensando. Le vendría bien un lavado de cara.

—Sí, la podemos actualizar. Siempre supuse que al menos una de mis hijas podría querer la cabaña como casa de fin de semana o de vacaciones, pero luego ambas se casaron y se fueron a vivir al otro lado del mundo. ¿Lo imaginas? De mis cuatro hijos, ninguno vive en este país.

—Es una vergüenza —dijo Gerald.

—Pero tenemos una relación maravillosa. Tengo tanta suerte de llevarme bien con todos ellos... Cada año, Kenneth los envía al Caribe por Navidad; esposos, mujeres y niños. Ya te puedes imaginar lo agotador que es, sin mencionar el coste de todo ello. Me malcrían tanto... Pero me *adoran*. Soy muy afortunada de que mis hijos me adoren. Conozco a muchos padres que nunca ven a sus hijos o que son ignorados y desechados como muebles viejos. *Non*, mis hijos son muy atentos.

—Haré un proyecto para cada habitación, Flappy —dijo Gerald, y aplaudió entusiasmado—. Será divertido. Nos encanta tener un proyecto, ¿no es así?

—Sin duda —dijo Flappy, preguntándose por qué de repente se sentía un poco triste.

—¿Ha pensado alguna vez en alquilarla? —preguntó Persephone.

Flappy quedó horrorizada. La idea era impensable.

—¡Por Dios, no! —exclamó, olvidando su tristeza y sintiendo solo repulsión—. No se me ocurre nada peor que tener a extraños viviendo en el fondo de mi jardín. —Inhaló a través de las fosas nasales dilatadas. Una respiración profunda y purificadora—. Encuéntrame un gurú, Persephone —pidió—. Debe de haber un maestro espiritual en alguna parte que pueda venir y enseñarme a meditar.

Persephone lo apuntó en su libreta.

—Estoy segura de que podré encontrar a alguien —dijo.

Flappy imaginó la sala de estar llena de amigas, sentadas en el suelo con las piernas cruzadas frente al Buda, cantando «om». Luego imaginó que Charles la tomaba de la mano y la conducía escaleras arriba. Si iba a resistirse a él, necesitaba ser fuerte.

—Encuentra a alguien rápido —insistió—. No hay tiempo que perder.

Había caído la noche hacía poco cuando sonó el teléfono. Flappy estaba en el jardín, recostada en una silla reclinable, leyendo una revista. Esperó a que sonara ocho veces y luego descolgó.

—Darnley Manor, habla Flappy Scott-Booth.

—Flappy, soy Mabel. Tengo noticias.

—Soy toda oídos —dijo Flappy, dejando la revista.

—De los dos, Hedda es quien tiene el dinero.

Flappy se incorporó y se quitó las gafas de lectura.

—¿Qué quieres decir?

—Verás, Big Mary le dijo a John que el padre de Hedda y Harry era muy rico. Tan rico como Creso, al parecer. Charles era actor cuando Hedda lo conoció. No tenía nada. Ni un céntimo. Compton Court se compró con el dinero de Hedda. ¿No es eso interesante? Pensé que te gustaría saberlo.

—Pues mira, eso es justo lo que había pensado —dijo Flappy, a quien no le gustaba parecer ignorante acerca de nada—. Su tío era marqués, ya sabes, me lo dijo la propia lady Micklethwaite, así que su padre debe de haber sido un lord, si no me equivoco, cosa que rara vez me pasa. Por la forma en que se comporta Hedda, se nota que proviene de una familia rica e importante. Sin embargo, no imaginé que Charles hubiera sido actor —admitió, dándole a Mabel la oportunidad de sentirse muy complacida consigo misma por haberle dicho a Flappy algo que desconocía—. Muy interesante, Mabel.

Flappy imaginó a Charles como Sean Connery, persiguiendo a los malos en una película de James Bond. Lo habría hecho muy bien, pensó.

—John también descubrió que Hedda y Harry eran solo medio hermanos.

—Es justo lo que pensé —dijo Flappy de nuevo—. Hay una gran diferencia de edad entre ellos.

—Aparentemente, el padre de Hedda tenía setenta años cuando ella nació, y la tuvo con una nueva esposa cuarenta años menor que él.

—¡Qué desagradable! —dijo Flappy.

—Estoy de acuerdo —Mabel siempre estaba de acuerdo—. Es desagradable.

—Sin duda, John ha averiguado unos datos interesantes —la animó Flappy, preguntándose qué más le había dicho Big Mary.

—John va a su café al menos dos veces al día, para su café de la mañana y el té de la tarde. Como sabes, es el lugar donde se escuchan todos los chismes.

—¿Dijo Big Mary en qué películas actuó Charles? —preguntó Flappy con la imagen de Sean Connery con una pistola flotando ante sus ojos.

—Acaba de mencionarme un anuncio de Daks, en los setenta.

—¿Daks?

—Ya sabes, la empresa de ropa.

Flappy se rio.

—No, qué va, estoy segura de que eso no es cierto. Charles nunca haría un comercial para una empresa de ropa. Dile a John que vuelva al café y averigüe en qué películas ha actuado. Me imagino que en su época fue una especie de Roger Moore o de Sean Connery —suspiró con satisfacción—. Sí, eso es mucho más propio de Charles.

Cuando colgó el teléfono, la imagen de Charles con un par de pantalones beige y una camisa marrón surgió de la nada y se instaló en su mente. Cuanto más intentaba deshacerse de la imagen, más se le resistía.

Solo había una forma de averiguarlo. Tendría que preguntárselo ella misma.

7

Flappy había estado trabajando incansablemente todo el día, diciéndoles a Persephone y a Karen qué hacer. Era imperativo que Darnley luciera de la mejor manera, para que Hedda y Charles pudieran apreciarla en todo su esplendor. El vicario y su esposa no importaban porque la habían visto muchas veces antes; su admiración era un hecho.

La mesa redonda del comedor estaba dispuesta, con los preciosos manteles individuales azules y blancos que Flappy había comprado en Florencia, los finos vasos de cristal, los pesados cubiertos de plata y los platos de porcelana. Había un llamativo arreglo de hortensias azules en el centro, velas en sus portavelas plateados y servilletas de lino de color índigo colocadas cuidadosamente al lado de cada lugar en la mesa. El efecto era impactante, pensó Flappy mientras paseaba una mirada crítica por la habitación, asegurándose de que Persephone y Karen hubieran cumplido sus órdenes al pie de la letra. La combinación de azul y blanco era muy elegante. De hecho, Darnley en sí misma era un ejemplo de clase y buen gusto, pensó Flappy enderezando un cuchillo por aquí y una servilleta por allá.

Karen había pasado la mayor parte de la tarde cocinando. Flappy había sido muy específica. Había pedido un entrante español, un plato principal francés y un postre italiano y, por favor, *niente di* tiramisú. El tiramisú, en opinión de Flappy, era demasiado corriente. Cuando Karen le había presentado sus sugerencias, Flappy no había quedado satisfecha. El problema era, le dijo, que los italianos no eran gente de postres. Podían presumir del idioma más melodioso, de una de las culturas más antiguas, de los edificios más hermosos, del clima más soleado, del paisaje más bonito y de la comida más deliciosa, pero se quedaban cortos en los postres. No se podía negar: los postres italianos eran escasos. En consecuencia, Flappy cambió el orden a un entrante español, un plato principal italiano y un postre francés, seguidos de queso (francés nuevamente, porque Flappy tenía un olfato maravilloso para el queso). El resultado fue excelente, por cierto.

Flappy había convocado a sus invitados a las ocho. No le sorprendió que Graham y Joan llegaran a las ocho en punto. Joan era consciente de la interpretación de Flappy de la palabra «informal», y estaba adecuadamente ataviada con un vestido formal amarillo y una chaqueta del mismo color, y un par de zapatos cómodos de tacón. Joan era una mujer de aspecto dulce, con el cabello castaño corto, brillantes ojos color avellana y la piel arrugada de una mujer que creía que cualquier cosa que no fuera el jabón Pears era una extravagancia innecesaria. Graham estaba más animado que su ratonil esposa. Su rostro ganaba con la sonrisa, el brillo en sus ojos azul pálido y el ligero rubor en sus mejillas. Pero claro, él era el líder espiritual de su comunidad, razonó Flappy. Si tuvieran un vicario aburrido, la iglesia estaría vacía.

Flappy, que se había tomado muchas molestias con su apariencia y vestía con un toque francés, irrumpió en el salón para saludarlos.

—*Bonsoir*, Graham —gorjeó, estrechándole la mano (no estaba bien besar al vicario)—. Sois maravillosamente puntuales, como siempre.

—No tenemos motivos para llegar tarde —respondió él con su serena voz de vicario—. Después de todo, solo vivimos a cinco minutos de distancia.

—Joan —dijo Flappy, besándola en la mejilla, que olía a talco y violetas—, ¡qué alegría verte!

—Gracias por invitarnos, Flappy —dijo Joan, que encontraba a su anfitriona bastante aterradora y, por lo tanto, nunca se atrevía a decir nada que no fueran los tópicos habituales.

—Por favor, pasad al salón. Tendremos una velada de cata de vinos esta noche. Será divertido comparar vinos de diferentes partes del mundo.

—¡Qué maravilla! —dijo Joan.

—Muy inspirado —dijo Graham, lo que viniendo del vicario era un gran elogio.

Kenneth estaba en el salón.

—Hola —dijo con un tono de voz jovial, porque a Kenneth le encantaba la gente y siempre se alegraba de verlos—. Tengo un muy buen vino aquí. Es italiano. ¿Queréis una copa?

—Gracias, me encantaría. ¡Qué agradable! —dijo Joan, que no le tenía miedo a Kenneth.

—¡Qué bien! Gracias —repitió el vicario.

Flappy no se molestó en exhibir su conocimiento sobre el vino a Graham y Joan. No tenía sentido. No necesitaba impresionarlos *a ellos*. Esperaría hasta que llegaran Hedda y Charles y luego repetiría lo que había aprendido de memoria esa tarde.

—¿Podemos echar una mirada al jardín? —preguntó Joan, ansiosa por complacer a su anfitriona, consciente de que estaba sumamente orgullosa de su jardín. Flappy, sin embargo, no se alegró tanto como Joan esperaba, porque hubiera preferido esperar a Hedda y Charles. Afortunadamente, justo cuando estaban a punto de salir al jardín, el crujido de las ruedas sobre la grava los alertó de la llegada de sus otros invitados, los más importantes.

—Iré yo —dijo Kenneth, dirigiéndose a la puerta.

—Estaremos fuera —dijo Flappy, abriendo las puertas francesas con entusiasmo.

Unos minutos más tarde, Charles y Hedda cruzaban el césped a grandes zancadas, con copas de vino en la mano y seguidos por Kenneth. Hedda no se había engalanado. Llevaba un par de pantalones sencillos y una camisa. La desaprobación de Flappy se esfumó de inmediato por la agradable vista de Charles, con un jersey de cuello en V de cachemir verde pálido que hacía juego con sus bonitos ojos.

—Un vino delicioso —dijo Hedda, después de que Flappy les presentara a Graham y Joan.

—*Si chiama Bardolino Chiaretto Corte Giardini* —dijo en lo que creía que era un italiano perfecto—. La finca donde se produce está en el lado sur del lago de Garda, que es tan hermoso. Es un poco afrutado, con matices forales y un final fresco. Ligero pero sabroso, ¿no?

—Da en el clavo —dijo Kenneth, tomando un trago.

—Claro que sí —asintió Charles, y su mirada se posó, intensa, en Flappy, que estaba agradecida por la presencia del vicario, porque la tentación era más fácil de resistir al tener cerca a un enviado de Dios.

—¿No son preciosas? —dijo Joan, señalando las flores.

—*Alcea rosea* —dijo Flappy.

Hedda se rio.

—Llámalas como quieras, Flappy, pero siguen siendo malvarrosas.

Joan dejó caer la mandíbula. Kenneth contuvo la respiración. El vicario, sorprendido, alzó sus pobladas cejas. Entretanto, Hedda siguió caminando como si no hubiera dicho nada fuera de lo común.

—Esas anémonas también son bonitas —dijo.

Flappy no sabía qué decir. Miró a Hedda y parpadeó, asombrada de que alguien hubiera tenido la temeridad de ponerla en evidencia. Justo cuando estaba a punto de fruncir los labios, una señal segura de disgusto, Charles le sonrió, una sonrisa cómplice y apreciativa que contenía el recuerdo del encuentro en la casa de la piscina, y la tensión se dispersó. Flappy olvidó el comentario de Hedda y le devolvió la sonrisa. También se olvidó del vicario, el enviado de Dios en la tierra, y sintió con perverso deleite la agitación de la bestia que Charles había desatado dentro de ella, que todavía vagaba libremente y con muchas ganas de volver. Su mente ocupada se afanó en encontrar maneras de conseguir que Charles se quedara solo. No iba a ser fácil, pero ahora, ofendida por el desprecio de Hedda, estaba decidida a hacerlo. La tentación estaba allí para rendirse a ella, ¿no? Quizás había una lección de Dios en *eso*.

Hedda se mostró tan encantada con la cena de Flappy (su comedor era adorable, la mesa una delicia y qué bonitas hortensias, con un tono de azul tan inusualmente profundo), que Flappy no pudo permanecer ofendida por mucho tiempo. Presentó cada vino en su mejor español, italiano y francés, todo lo cual se había aprendido de memoria, habiéndole pedido a Persephone que le escribiera las frases. Hedda había quedado adecuadamente impresionada.

—Soy terrible con los idiomas —declaró—. Te envidio porque puedes hablar tantos.

—Mi alemán es terrible —dijo Flappy—. No me pidas que diga nada en alemán.

—Flappy es una mujer de muchos talentos —dijo Kenneth.

—Ciertamente lo es —asintió el vicario—. Tus habilidades culinarias son insuperables. Creo que nunca he probado una lasaña más deliciosa.

—Gracias, Graham —respondió Flappy con gentileza—. El secreto está en los tomates. Hago todo lo posible por comprar tomates en el mercado de agricultores, porque los de los supermercados no saben a nada. La razón por la que la comida italiana es tan buena es que las frutas y verduras están llenas de sabor. Es el clima, como sabes. Intentamos imitarlo con invernaderos pero no es lo mismo, ¿verdad?

Charles, que estaba sentado junto a Flappy, presionó su pierna contra la de ella. La sonrisa de Flappy se mantuvo sin cambios. Si Flappy era buena en algo, era en mantener una cara de póquer en las circunstancias más desafiantes.

—¿Hay algo que no puedas hacer, Flappy? —preguntó.

Flappy soltó una risa ligera y tintineante, una risa despreocupada, mientras él presionaba su pierna con más fuerza contra la de ella.

—¡Oh! Hay muchas cosas que no puedo hacer, estoy segura —dijo.

—Aunque sencillamente no las ha encontrado todavía —comentó Kenneth con una sonrisa.

El vicario y Joan también se rieron, porque ellos tampoco sabían que hubiera algo que Flappy no pudiera hacer.

Hedda se encogió un poco de hombros.

—Jugar al golf —dijo, y nadie podía discutírselo.

Después de la cena y de copiosas cantidades de vino, el grupo se dirigió al salón.

—¡Qué habitación tan encantadora! —dijo Hedda con sincera admiración—. Tienes muy buen ojo, Flappy.

—Viniendo de ti, Hedda, es todo un cumplido —dijo Flappy, feliz.

—¡Oh! No puedo atribuirme el mérito por mi casa. Tengo un maravilloso decorador de Londres que lo hizo todo por mí. Soy inútil en ese tipo de cosas. Ni siquiera vale la pena que lo intente. Prefiero que otra persona elija las telas y los muebles por mí.

—En realidad, supongo que es justo decir que no lo he hecho todo sola. Recibí un poquito de ayuda de Gerald, mi decorador —dijo Flappy—. Trabajamos juntos.

—Trabajáis muy bien juntos —asintió Joan amablemente.

—Estamos redecorando una casita que tenemos al fondo del jardín. Solía usarla como estudio de pintura, pero estaba tan ocupada que no tenía tiempo para pintar. He decidido transformarla en una sala de meditación. Me gusta meditar —dijo, volviéndose hacia el vicario—. En estos tiempos tan ajetreados, la meditación es fundamental para mantener la mente tranquila y despejada, ¿no crees, Graham?

—¿Meditación? —dijo Hedda, con los ojos muy abiertos por el interés. El corazón de Flappy se detuvo. Lo último que necesitaba era que Hedda se uniera a ella en su pequeño santuario y cantara «om» a su lado.

—Bueno, sí, pero...

—Charles adora ese tipo de cosas. Cartas del tarot, gurús y Dios sabe qué más. —Se volvió hacia su marido—. La meditación es justo lo que necesitas. ¿Quizás tú y Flappy podríais meditar juntos?

Flappy se mantuvo tranquila. Si en algo era buena, era en mantener la calma cuando se requería serenidad. En este momento, se requería más que nunca, porque la bestia dentro de Flappy se estaba despertando y corría peligro de ser descubierta. La imagen de ella y Charles en esa preciosa cama bajo el alero de la cabaña flotaba en su mente y le aceleraba el pulso.

—¿Meditas, Charles? —dijo Flappy en un tono levemente desinteresado.

—Trato de meditar todas las mañanas antes del desayuno, pero siempre hay algo que se interpone en mi camino. Es muy frustrante. No creo que meditar en casa funcione para mí.

—Entonces debes venir y hacerlo en mi santuario —dijo Flappy—. Te daré una llave para que puedas usarlo cuando quieras.

—Eso es muy amable de tu parte, Flappy —dijo Charles.

—¡Oh! No es nada, de verdad. Puedes llegar a él sin pasar por la casa. Hay un camino rural que corre a lo largo de la parte trasera de nuestra propiedad. Somos muy afortunados por estar rodeados de tierras de cultivo. No hay ningún vecino en kilómetros. Puedes aparcar tu coche allí y subir por el camino.

—Suena perfecto —dijo él.

—Le pedí a Persephone, mi asistente personal, que me encontrara un gurú. Ya sabes, alguien que me enseñe a meditar correctamente. Verás, mi mente está tan ocupada que me resulta imposible aquietarla.

—Sí, necesitas un gurú. Un gurú indio. Alguien que sepa lo que hace —asintió Hedda.

—Eso sería estupendo —declaró Flappy.

—Estarás levitando en poco tiempo —dijo Kenneth con una sonrisa—. ¡Vosotros dos, levitando a través del techo!

Flappy no se atrevió a mirar a Charles a los ojos. Se volvió hacia Joan, porque Joan era una cala segura en lo que se estaba convirtiendo en un océano agitado.

—¿Tú meditas, Joan?

—No lo hago, pero supongo que debería, ¿no?

—No, la meditación no es para todo el mundo —declaró Flappy. No fuera a ser que Joan pensara que la invitaría al santuario con Charles.

Flappy estaba en tal estado de excitación que no podía dormir. Todo en lo que podía pensar era en ella y Charles en esa cama tan deliciosamente grande, y en todas las cosas deliciosas que él podría hacerle. Había renunciado a sentir culpa; simplemente la había desechado. Después de todo, la propia Hedda había sugerido que ella y Charles meditaran juntos en la cabaña, y Kenneth ni siquiera se había inmutado. A nadie le importaba. Una aventura no había pasado por la cabeza de nadie, excepto por la de ella y la de Charles.

La noche transcurrió lenta y agitada. La bestia dentro de Flappy estaba inquieta. Habiéndose dicho con firmeza que no lo volvería a hacer, que resistiría la tentación, ahora aceptaba que ya era una mujer caída en desgracia, por lo que bien podía permanecer caída. Después de todo, no tenía sentido desperdiciar energía luchando contra algo que era imposible superar. En cuanto a ser pillados, Charles no parecía preocupado por eso, así que ella tampoco lo estaría. Las aventuras tenían lugar desde que los humanos aparecieron en la tierra. La mayoría de las veces nunca eran descubiertas. Las pocas personas que eran pilladas, lo eran porque habían sido descuidadas o imprudentes, o simplemente estúpidas. Flappy no era ninguna de esas cosas. Ella tendría cuidado. Si había algo en lo que Flappy era buena, era en tener cuidado.

El día siguiente amaneció gris y nublado, pero Flappy se despertó llena de entusiasmo, como si el sol brillara como un girasol gigante en un cielo perfectamente azul. Eran las cinco de la mañana. Se puso su conjunto de yoga, que consistía en unas calzas de color gris pálido y una camiseta blanca, y se dirigió a la cabaña de la piscina con paso enérgico. En el gimnasio que había allí, frente a un gran espejo que ocupaba toda la pared del fondo, Flappy hacía sus estiramientos y ejercicios de equilibrio al suave son de una flauta.

Flappy era buena haciendo yoga. Lo había practicado durante años, y era tan flexible como lo había sido veinte años antes. Sin embargo, nadie la había visto desnuda en mucho tiempo. Incluso Kenneth, en los últimos veinte años, no la había visto sin que llevara algo que cubriera su cuerpo. Flappy era consciente de que alguna vez había tenido un cuerpo espectacular. De joven nunca lo había apreciado como debería. Solo ahora, en la mediana edad, era capaz de darse cuenta de la belleza que alguna vez había tenido y lamentar su pérdida. *La juventud se desperdicia en los jóvenes*, pensó mientras adoptaba con destreza la pose del Guerrero I. La idea de que Charles la viera sin ropa era muy preocupante. De hecho, no recordaba haberse preocupado tanto por algo. Incluso cuando estaba recién casada, no solía pasearse desnuda. Caminar desnudo era algo muy poco digno. Si había algo que Flappy aborrecía, era ser poco digna.

Charles la vería desnuda. No había forma de evitarlo. Si iban a hacer el amor en la cabaña, cosa que estaba bastante segura de que harían, él le quitaría la ropa. Flappy sabía que se veía mejor con la ropa puesta. Es más, era probable que fuera la mujer mejor vestida de Badley Compton. Pero sencillamente no lucía tan bien cuando estaba *sin* ropa.

Cambió de pose con soltura, para adoptar la del Guerrero Humilde. ¿Cómo podría evitar que Charles la viera desnuda? Podría cerrar las cortinas, por supuesto. La iluminación era muy importante. La luz tenue era lo mejor. Después de todo, demasiada oscuridad significaría tener que buscar a tientas las cosas, lo que sería incómodo. Si en cambio era demasiado brillante, esas cosas, una vez encontradas, serían demasiado visibles. Una luz suave era sin duda lo más adecuado.

Flappy se deslizó a la pose del Guerrero II y respiró hondo. Si Charles estaba haciendo el amor con Hedda, Flappy no tenía nada de qué preocuparse. En comparación con la vaca de Ayrshire, la tigresa blanca de Flappy era mucho más atractiva. Después del yoga, Flappy se duchó, se cambió de ropa, se roció con perfume y bajó a desayunar. Puso en un bol unas cuantas frambuesas y una cucharada de yogur natural, y se sentó a leer el *Daily Mail*. «George no tenía tanta experiencia en escenas de sexo», decía el titular de la nota. «La coprotagonista revela cómo consiguió que Clooney se soltara». Flappy se llevó una cucharada de yogur a la boca y leyó la historia con interés.

Un poco más tarde apareció Kenneth. Encontró *The Times* en la mesa del comedor, esperándolo junto a su taza de café. El *Daily Mail* no se veía por ninguna parte.

—Buenos días, cariño —dijo Flappy, llevando su té con limón a la mesa—. ¿Puedo hacerte algo de desayuno?

—Sería maravilloso —dijo Kenneth, sentándose y agarrando el periódico—. Un par de tostadas con huevos fritos será suficiente.

—¿Saldrás a jugar al golf? —preguntó ella, aunque la pregunta era simplemente para entablar conversación. Era evidente por su atuendo que se dirigía al campo de golf.

—Sí, con Charles y Algie.

—¡Oh! Ahora es Algie, ¿verdad? —dijo Flappy, encantada de que estuvieran en términos de «Algie» con sir Algernon.

—Después de la partida que hemos tenido, será Algie hasta el final.

—¿Crees que Charles vendrá a usar la piscina hoy? —preguntó Flappy alegremente.

—No lo sé. Le preguntaré, si quieres.

—Es que me gustaría enseñarle la cabaña y darle una llave. Mi santuario aún no está instalado, pero no llevará mucho tiempo y él puede comenzar a usarlo ahora si lo desea.

—Es una buena idea.

—Sí, eso he pensado. ¿Por qué no le dices que venga esta tarde? Tengo un día muy ajetreado, pero estoy segura de que lo podré atender.

Una vez más, Kenneth miró a su esposa con sus ojillos llenos de asombro.

—De verdad, cariño, no sé cómo lo haces.

—¿Cómo hago qué, cariño? —dijo ella con una sonrisa.

—Todo. Te las arreglas para hacer todo.

Flappy le puso una mano en el brazo.

—Eres muy dulce por darte cuenta.

—¡Oh! Lo hago —respondió. Después de devorar sus huevos y tostadas, miró su Rolex. —Será mejor que me vaya, entonces. Nos vemos para el almuerzo.

—Que tengas una bonita mañana, cariño, y no te olvides de decirle a Charles lo de la piscina.

A las once, Flappy llegó a la iglesia con Persephone para hacer el arreglo floral. Las damas de Badley Compton se turnaban en esa tarea, y esa semana le tocaba a Flappy. Abrió el maletero de su Range Rover, en el que las flores, cortadas de su propio jardín por uno de sus jardineros, yacían de forma ordenada sobre una alfombra impermeable.

—Siempre me siento un poco mal al hacer esto —le dijo a Persephone mientras la joven sacaba la alfombra y las flores del maletero—. Mis arreglos son siempre muy superiores a los de las demás. Pero no se puede evitar —dijo siguiendo a Persephone camino de la iglesia—. Tengo mucha suerte al tener tantas flores para elegir —agregó, mientras su mente repasaba los hermosos jardines de Darnley.

Persephone dejó las flores en el suelo de la iglesia y volvió al coche a buscar los jarrones. Flappy miró a su alrededor, con las manos en las caderas. La iglesia era tan antigua que figuraba en el Libro de Domesday. Se sentó en su asiento, del que Hedda se había apropiado el domingo anterior, y rememoró la primera vez que vio a Charles. Seguía sin comprender cómo lo había conseguido Hedda. Tal vez se había casado con ella por su dinero, pensó. No podía haberlo hecho por su apariencia; en cuanto a su cerebro, aunque era perfectamente normal, no había dado muestras de ser algo fuera de lo común. Por otra parte, Charles no era un hombre corriente. No, ciertamente no lo era. Estaba un escalón por encima. Si había algo que horrorizaba a Flappy, era lo corriente. Que Dios no le permitiera caer tan bajo.

Unos minutos después, apareció Persephone con dos jarrones.

—Bien hecho, Persephone —dijo Flappy poniéndose de pie—. Pásame las tijeras de podar y haré mi magia.

El resultado fue estupendo. Flappy no solo tenía un ojo de águila, sino que también tenía buen ojo en lo que respecta a la estética. Sabía (mejor que nadie en Badley Compton, hay que reconocerlo) cómo disponer las flores. El efecto fue sorprendente e incluso Persephone, que era demasiado inteligente para no darse cuenta de los fallos de Flappy, tuvo que admitir que tenía un don.

—Me doy cuenta de por qué las otras damas envidian sus arreglos —dijo—. No es solo la elección de las flores, sino la forma en que las combina.

—Una vez hice un curso de arreglos florales —confesó Flappy—. Hace muchos años, cuando me acababa de casar. Pensé que Kenneth apreciaría tener una esposa que supiera hacer este tipo de cosas.

—Ha valido la pena —dijo Persephone.

—Indudablemente —coincidió Flappy, retrocediendo para admirar su trabajo—. Es una iglesia preciosa, ¿verdad? Pintoresca y llena de encanto. Supongo que no eres religiosa, ¿verdad? Los jóvenes no lo son en estos días.

—La verdad es que no —respondió Persephone—. Aunque me quiero casar en una iglesia.

—Sí, la gran boda blanca. El cuento de hadas. Las chicas todavía crecen queriendo eso, supongo.

—¿Se casaron aquí?

—No. Charlotte se casó en una playa de Isla Mauricio, y Mathilda en Australia. No tuve nada que hacer en ninguna de las dos bodas. —Flappy suspiró, un poco triste—. Había soñado con bodas en Badley Compton para mis hijas. Eso es lo que pasa con los hijos; uno imagina que van a ser pequeñas versiones de uno mismo, cuando en realidad son ellos mismos y, a menudo, muy diferentes de sus padres. A veces uno se pregunta de dónde vienen. Ni Charlotte ni Mathilda han querido nunca lo que yo quiero. De hecho, pienso que es probable que se hayan ido al otro lado del mundo solo para molestarme.

Sonrió a Persephone y esta tuvo, por primera vez, un atisbo de la Flappy honesta. La Flappy sin arrogancia. La Flappy real.

—No creo que haya sido una madre fácil —reconoció Flappy en voz baja—. Siempre he tenido estándares imposiblemente altos. Poder mirar atrás es algo maravilloso. A veces me pregunto, aunque debo confesar que no muy a menudo, ¿se habrían quedado en Inglaterra si yo hubiera hecho las cosas de otra manera?

—Nunca sabrá la respuesta, señora Scott-Booth, pero los hijos siempre quieren una vida independiente de sus padres, ¿no es así? Por eso no es raro que se establezcan en otro país.

—¿Tienes una buena relación con tu madre, Persephone?

—Tenemos nuestros altibajos —respondió ella con una sonrisa—. Las familias son complicadas.

—De hecho lo son —dijo Flappy, devolviéndole la sonrisa—. Gracias por tu ayuda, Persephone. No sé qué haría sin ti. Soy *tan* afortunada de tener una asistente personal...

8

Esa tarde, Flappy esperó a Charles en el jardín. Kenneth había regresado del golf y le había dicho que Charles vendría a nadar a las cuatro y que estaría encantado de que le mostrara la cabaña. La noticia era estupenda, pero sumió a Flappy en un estado de pánico, alimentado por la culpa. Había sido un error utilizar a Kenneth como mensajero, algo irrespetuoso y cruel. Porque Flappy podría haber cometido alguna falta, una pequeña y ocasional, pero no ignoraba sus defectos. *Nunca* se había comportado de manera irrespetuosa o cruel. Era consciente de que, si quería sobrevivir en ese nuevo mundo de coqueteos extramatrimoniales, no debía perder su brújula moral. Tendrían que encontrar una manera de no involucrar a Kenneth.

Charles llegó a las cuatro menos cinco, y estaba sacando su elegante bolsa de cuero del maletero de su Bentley cuando Flappy dobló la esquina con su sombrero de fieltro y sus gafas oscuras, y una camisa blanca holgada ondeando sobre su cuerpo, que olía a nardos.

—Charles —trinó alegremente, agitando un ejemplar de *Spectator*—, me estaba tomando unos minutos de mi ajetreada jornada para ponerme al día con mi revista favorita.

Charles la besó en la mejilla.

—Hueles muy bien —dijo, inhalando con deleite.

Flappy rio para ocultar su excitación. Después de todo, Kenneth podía aparecer en cualquier momento y los jardineros estaban por todas partes como gnomos, escondidos trabajando detrás de cada arbusto.

—¿Has tenido un buen partido de golf? —preguntó ella.

—Muy bueno. Ahora me tomaré un baño en la piscina, y luego... —La miró intensamente, fijándose en cada detalle de su hermoso rostro—. Luego te tomaré *a ti*.

La boca de Flappy se abrió y luego se cerró. Se quedó sin palabras. ¡Qué presunción! ¡Qué atrevimiento! ¡Qué arrogante era ese hombre! De no creer. Sin embargo, nunca se había sentido tan emocionada en su vida.

—Espero que me enseñes la cabaña —continuó, sosteniendo su mirada con sus ojos hechizantes.

Flappy estaba muy acalorada. Se abanicó con la revista. Después de una breve lucha interna encontró su voz, aunque le salió ronca.

—Claro. Ven a verme cuando hayas terminado. Estaré en el jardín.

Sabía que si lo acompañaba a la casa de la piscina él la besaría de nuevo, y luego el beso conduciría a otra cosa. Habían tenido suerte de que no los atraparan la primera vez, pero no era cuestión de tentar al destino.

—Disfruta de tu baño —le dijo.

Charles desapareció dentro de la casa. Flappy dio la vuelta a la terraza, se dejó caer en una de las sillas reclinables y cerró los ojos. Suspiró pesadamente. *Esto es una locura total*, pensó, sintiéndose peligrosamente fuera de control. Si había algo en lo que Flappy era muy buena, era en mantener el control. Pero ahora ese control se le estaba escapando de entre los dedos como si fuera arena. Todas sus buenas intenciones se habían evaporado, dejando a la bestia que llevaba dentro libre para causar estragos. De hecho, los deseos del cuerpo eran demasiado fuertes para que la mente los dominara; ella deseaba a Charles y lo deseaba *ahora*. No recordaba haber deseado algo tan desesperadamente en toda su vida. Abrió la revista y recorrió las palabras con la mirada, aunque no logró captar su significado. Cerró los ojos de nuevo y se preguntó cuánto tiempo le tomaría a Charles hacer sus largos en la piscina.

Quince minutos después lo oyó gritar su nombre. Se enderezó con un sobresalto.

—¡Aquí estoy! ¡En el jardín! —gritó. Charles apareció con el pelo mojado y despeinado, y Flappy se quedó sin aliento. Se levantó de la silla y dejó la revista—. Bien, déjame enseñarte dónde estará mi santuario —dijo, intentando que su voz sonara despreocupada. Si había algo en lo que Flappy era buena, era en fingir que no le pasaba nada, cuando la realidad era otra muy diferente.

Caminaron por el jardín. Flappy no lo hizo lentamente, como hacía siempre que quería darle tiempo a su invitado de apreciar los bordes cuidadosamente desmalezados, las esculturas y las fuentes ornamentales, los arcos de enredaderas y los senderos de rosas. Esta vez caminó sin demorarse y con una sola cosa en mente: llegar a la cabaña lo más rápido posible para satisfacer las demandas urgentes de sus entrañas.

Llegaron por fin y, con mano temblorosa, Flappy metió la llave en la cerradura y la giró. La puerta se abrió, liberando el olor cálido y mohoso de una casa que se utiliza muy poco.

—Bienvenido —dijo, y entró.

Charles cerró la puerta detrás de él y recorrió la habitación con su mirada, posándola finalmente en Flappy con todo su poder verde e hipnótico. Antes de que Flappy pudiera explicar dónde iba a ir la estatua de Buda o dónde pretendía instalar una pequeña fuente (porque el agua era un sonido muy relajante para los meditadores), los labios de Charles estaban sobre los de ella y sus brazos alrededor de su cuerpo, y estaba besándola profunda y apasionadamente, despertando a la bestia que había dentro de ella con una sacudida. Sus piernas cedieron y cayó en sus brazos como una muñeca de trapo, impotente para resistir la fuerza de su magnetismo. Estaba totalmente entregada y disfrutaba de cada momento, mientras pensaba que aunque nunca se volvieran a encontrar, se sentiría absolutamente feliz.

Entonces, Flappy recordó la cama alta bajo el alero. Sacó la mano de él de debajo de su camisa y lo llevó escaleras arriba. Sin una palabra, se dejaron caer sobre el suave colchón. A Flappy le hubiera gustado tener tiempo para correr las cortinas. Ahora Charles iba a ver su cuerpo desnudo a la luz del sol que entraba por la ventana. Cerró los ojos. Ya no podía evitarlo, y mientras él hundía la cara en su cuello y le acariciaba la piel por debajo de la camisa, Flappy decidió que en realidad no le importaba. Después de todo, él estaba acostumbrado a hacer el amor con una vaca de Ayrshire. Una tigresa blanca sería una mejora sustancial.

Después de que Charles llevara a Flappy a alturas inimaginables de placer, yacían entrelazados bajo las sábanas, con las mejillas sonrosadas, los ojos chispeantes y sin aliento, porque, a la edad de ambos, esa forma de hacer el amor era una especie de maratón.

—Ha sido maravilloso —suspiró Flappy, convencida de que nunca había experimentado algo tan increíble en toda su vida.

—Eres una mujer hermosa, Flappy. He estado soñando con este momento desde que mencionaste este pequeño santuario secreto, y no me he decepcionado. Eres una diosa. Demasiado buena para mí.

—¡Oh, Charles! Eso es una tontería. —Pero Flappy sabía que en realidad él tenía razón. Ella era, de hecho, demasiado buena para la mayoría de los hombres—. Tú estás por encima de todos los demás. Somos perfectos el uno para el otro.

—Es una suerte que hayamos decidido venir a vivir a Badley Compton —dijo él.

—Bueno, es un lugar encantador y con más cultura de la que uno esperaría...

—No, me refiero a ti, Flappy. Tengo suerte de haberte encontrado.

Flappy sonrió con placer.

—Es muy agradable oírte decir eso.

—¿Haces el amor con Kenneth? —preguntó él de repente, con un tono que revelaba un trasfondo de celos.

Flappy no estaba segura de cómo responder. No quería decir nada que pudiera disminuirla a los ojos de él, y no quería ser más desleal con Kenneth de lo que ya estaba siendo.

—No hablemos de Kenneth ni de Hedda —propuso—. Deja que solo seamos tú y yo, Charles. Aquí, en este mundo paralelo. En este pequeño santuario del placer.

—Tienes toda la razón, Flappy —asintió Charles—. No debería haber preguntado. Perdóname.

Ella se acurrucó contra su pecho.

—Claro, cariño. Te perdonaré cualquier cosa.

Ambos acordaron que, en el futuro, aunque tanto Hedda como Kenneth sabían que Charles iba a usar la cabaña para meditar, serían discretos. Se encontrarían en la cabaña alrededor de las cinco; llegarían por separado con un intervalo de diez minutos. Charles aparcaría el coche en el camino de la granja detrás de la propiedad, y Flappy estaría trotando por los jardines. Un esquema perfecto, cauteloso e infalible. Nadie iba a la cabaña, nunca. Kenneth no había estado allí desde que Flappy ofreciera a la ciudad una pequeña exposición de sus pinturas para recaudar fondos para unas reparaciones muy necesarias en el edificio del ayuntamiento. El dinero recaudado superó con creces la cantidad requerida. De hecho, muchas de sus acuarelas decoraban ahora las paredes de la gente más importante de Badley Compton.

Mientras caminaban de regreso a través de los jardines hacia la casa principal, Flappy le preguntó a Charles sobre su carrera como actor.

—Me he enterado de que fuiste actor —dijo, deteniéndose para oler una rosa de floración tardía.

—Sí, lo fui —respondió, y Flappy sintió un escalofrío de placer. Se lo imaginó con esquís, saltando desde un acantilado y abriendo un espectacular y patriótico paracaídas con la bandera inglesa.

—¿Recuerdas la serie *Hotel Fawlty*? —dijo él.

—¡Oh, sí! La de John Cleese. ¡Por supuesto que la recuerdo! —dijo Flappy con entusiasmo.

—Hice un *casting* para el papel de uno de los huéspedes del hotel.

—¿De veras?

—Sí, pero no me dieron el papel. Aunque estuve muy cerca —dijo, mostrándole lo cerca que había estado con el índice y el pulgar.

—¡Oh, qué mala suerte, cariño! —susurró ella—. ¿Qué otra cosa?

—También hice una prueba para *Withnail y yo*.

—Esa fue una película brillante —dijo Flappy, impresionada. Entrecerró los ojos, tratando de imaginar cuál habría sido su papel, porque seguramente, además de Withnail, Marwood, el tío Monty y Danny, no había muchos otros papeles para elegir. Ciertamente no sería el del viejo granjero gruñón.

—Iba a interpretar a Isaac Parkin, pero me vi afectado por una fiebre glandular y tuve que dejarlo.

—¡Qué pena! —dijo Flappy, decepcionada.

—Pero hice un anuncio extraño, mientras no se presentaba otra cosa.

El corazón de Flappy se hundió. ¡No podía haber sido para Daks!

—Para Daz, el jabón en polvo —dijo y se echó a reír—. ¡Ah! Las cosas que hice cuando era joven e ingenuo.

Flappy no quería insistir más en su carrera de actor, si es que se podía llamar así, cosa que en realidad no se podía hacer.

—¿Qué hiciste cuando dejaste de ser actor? —preguntó ella, con la esperanza de que fuera algo un poco más glamuroso.

—Me retiré —dijo.

—¡Oh! —dijo Flappy.

—He estado jubilado durante mucho tiempo. —Seguramente se referiría a unos cuarenta años—. Pero como tú, Flappy, lleno mis días de cosas interesantes. Mi principal pasatiempo es coleccionar arte.

—¡Eso es estupendo! —exclamó Flappy con alivio. Era justo lo que un caballero como Charles Harvey-Smith haría, coleccionar grandes obras de arte—. Mucho más digno que actuar —añadió.

—Mucho —asintió Charles—. ¿Te gusta Hockney?

—¡Por supuesto! ¡¿A quién no le gusta Hockney?!

—Bueno, tengo el ojo puesto en uno de esos.

A la mañana siguiente llovía a cántaros. Flappy yacía en la cama, escuchando el repiqueteo de las gotas de lluvia contra los cristales de la ventana, y se sentía muy contenta. Se estiró perezosamente y sonrió para sí misma, mientras el recuerdo de la tarde anterior volvía a ella en deliciosas oleadas de placer erótico. Nunca había sentido su cuerpo tan ligero. Nunca se había sentido tan flexible. Nunca jamás se había sentido tan viva. ¡Flappy, reina de Badley Compton, vivía una doble vida! ¿Quién lo hubiera dicho?

Al ser sábado, Persephone no vendría. Los jardineros tampoco. Tampoco Karen ni Tatiana, que venían todas las mañanas a limpiar. Kenneth tendría que cancelar su partido de golf, lo cual era una pena, porque de lo contrario ella habría tenido la casa para ella sola. Miró el reloj de su mesita de noche: eran las siete. Flappy siempre se despertaba a las cinco. Despertarse más tarde ya era algo extraordinario. Bastante extraordinario. Se sentó con un sobresalto.

Se puso la ropa de yoga y se dirigió hacia la piscina. Se detuvo un momento para contemplar el agua reluciente. Imaginó a Charles deslizándose a través de ella en su traje de baño y una oleada de deseo recorrió su piel, haciéndola sentir repentinamente temeraria. Si había algo que Flappy *nunca* había sido, era temeraria. Sin dudarlo un momento se quitó la ropa, toda. Luego se zambulló en la piscina. Una zambullida perfecta porque, hay que reconocerlo, Flappy era una excelente nadadora. Nadó un largo a buen ritmo, en estilo crol, seguido de una elegante braza, y luego de un igualmente elegante estilo de espalda. La sensación del agua fresca que invadía cada rincón y grieta de su cuerpo desnudo, la hacía sentir perversamente sensual. No se sentía una mujer de sesenta años, sino una mujer joven, experimentando los primeros ardores del amor. Una joven hermosa y perfecta, con una energía y un deseo ilimitados. ¡Sí, deseo! ¿Quién lo hubiera pensado?

Flappy era una mujer nueva. En lugar de hacer yoga, puso música pop (amaba en secreto a Kylie Minogue) y bailó desnuda frente al espejo. La alegría que burbujeaba dentro de ella era incontenible. La euforia se tradujo en movimientos de cadera, balanceos, saltos y rebotes. Al finalizar la canción estaba sin aliento y riendo de forma salvaje. Su cabello se había secado y convertido en una mata encrespada, y sus ojos ardían de pasión. Pasión por la vida, pasión por Charles y pasión por la nueva y audaz Flappy, que le sonreía (con aspecto un poco loco, hay que decirlo) desde el espejo.

Cuando Kenneth se despertó en la cama grande de su habitación, oyó a alguien cantar. Se quedó acostado un momento, preguntándose si Flappy habría encendido la radio en su dormitorio. Era muy raro que su mujer pusiera otra cosa que no fuera música clásica. Si había algo que estaba seguro de que Flappy aborrecía, era la música pop. Sin embargo, mientras se sentaba en la cama (su barriga hacía casi imposible mantenerse erguido sin caer de espaldas contra las almohadas), se dio cuenta con sorpresa de que, efectivamente, era música pop y, al aguzar el oído, que la voz pertenecía a Flappy.

No puedo sacarte de mi cabeza, cantaba Flappy alegremente, mientras se maquillaba en el tocador de la habitación de al lado. *La la la la la...* Kenneth parpadeó varias veces. Tal vez estaba soñando. Flappy nunca cantaba, excepto en la iglesia; como era de esperar, tenía una voz angelical. Pero no, no estaba soñando. Salió de la cama con un quejido y se tomó unos instantes para estabilizarse, sintiéndose un tanto mareado. Entró al baño y orinó. Luego se cepilló los dientes. Mientras tanto, su esposa seguía cantando con voz fuerte y segura en la habitación contigua. Finalmente, su canto fue sofocado por el ruido del secador de pelo. Kenneth odiaba los ruidos fuertes, así que volvió a su habitación y abrió las cortinas. Cuando vio que llovía se desilusionó. Hoy no habría golf. Suspiró y miró el cielo, esperando que apareciera algún jirón azul entre las nubes. Nada. Miró un poco más, por si acaso. Pero no, solo se veían nubes bajas del color de las gachas de avena. Fue a su armario y sacó un par de pantalones chinos rojos, un polo blanco y un jersey de cachemir amarillo. El tipo de ropa que usaba cuando no iba a jugar al golf. Acorde con la decepción.

Cuando el secador de pelo de su esposa se detuvo, entró a verla.

—Buenos días, cariño —dijo ella al verle.

Kenneth parpadeó dos veces y luego entrecerró los ojos. No podía precisar qué, pero hoy había algo decididamente diferente en ella. El cabello era el mismo, el rostro era el mismo y vestía un conjunto típicamente elegante (se diría que se lo había puesto sin pensarlo). Pero aun así, había algo distinto y un poco alarmante. Sin embargo, al no poder precisarlo, tampoco lo mencionó.

—Estás de buen humor hoy, cariño —fue todo lo que dijo.

—Lo estoy. Es sábado. Amo los sábados. No habrá nadie en casa, excepto nosotros.

—Bueno, sí, supongo que es cierto. Pero pensaba que te encantaba que estuviera repleta de gente.

—¡Oh! Me gusta, naturalmente. Siempre me alegra recibir invitados. Tengo mucha suerte de que tantas personas vengan a Darnley. Pero hoy, en realidad, me encanta que estemos solos.

—Pues bien, ¿desayunamos?

—Sí, desayunemos. Estoy hambrienta.

Flappy bajó las escaleras y entró en la cocina. Mientras tanto, Kenneth se sentía incómodo. ¿Flappy, cantando? ¿Flappy queriendo estar sola? Luego, para su horror, vio a Flappy untar con mantequilla una rebanada gruesa de pan tostado y mojar trocitos de ella en su huevo pasado por agua.

—No hacía esto desde que era una niña —dijo, riendo—. ¡¿A que es divertido?!

Kenneth frunció el ceño sobre su taza de café.

—No recuerdo que hayas comido pan en todos los años que llevamos casados —dijo, sonriendo para disimular su ansiedad.

—Le pondré leche a mi té —dijo Flappy por respuesta, sacando la botella de la nevera y llevándola a la mesa. No puso la leche en una jarra, como solía hacer, sino que la vertió directamente de la botella—. No te sorprendas tanto, Kenneth. Me he despertado esta mañana sintiéndome diferente.

Los hombros de Kenneth se relajaron. Al menos Flappy también se había dado cuenta, pensó. ¡Qué alivio!

—Iba a comentarlo, pero no estaba seguro de qué pasaba —dijo.

—Simplemente me he despertado sintiéndome feliz, cariño. Muy, muy feliz. Para empezar, me he despertado a las siete.

—¿A las siete?

—Lo sé. ¿No es eso extraordinario? Bastante extraordinario. Y luego he bajado las escaleras para hacer yoga, pero en lugar de eso he decidido nadar.

—¿Nadar? —jadeó Kenneth, dejando su taza de café en el plato para evitar que se cayera. Flappy no querría que estropeara su bonito juego de café de colores pastel de Fortnum's de Londres.

—¡Sí, a nadar! No he nadado en unos cuarenta años. Y luego...

—¿Hay más? —interrumpió Kenneth.

—He bailado.

—¿Has bailado?

—Sí, he bailado en lugar de hacer yoga. —No fue tan lejos como para decirle que había bailado *desnuda*. Habría sido demasiada información para que su pobre esposo la asimilara. Con lo que ya había escuchado, su rostro se había puesto pálido y parecía asustado.

Puso una mano sobre la de él.

—Cariño, no estés tan preocupado. No estoy enferma. ¡Solo estoy feliz!

—Pero ¿por qué estás tan feliz?

Ahora Flappy tenía que elegir sus palabras con cuidado. Mucho cuidado. No quería darle a su esposo ninguna razón para sospechar que había cometido un delito.

—Tengo tanta suerte, cariño... —dijo ella, mirándolo con ternura—. Tengo todo lo que quiero. Todo. De hecho, no hay nada que quiera que no tenga. Y todo es gracias *a ti*. —Kenneth volvió a fruncir el ceño, todavía con aspecto amedrentado—. Creo que he despertado con una enorme sensación de gratitud, querido. Simplemente se ha apoderado de mí de repente y me ha colmado de alegría. No se puede ser tan consentida como para dar por sentadas todas las bendiciones. Especialmente cuando una tiene tantas. ¿No estás de acuerdo?

Kenneth estaba conmovido. No sabía qué decir. Apretó las manos de su esposa y le dedicó una sonrisa agradecida.

Al día siguiente, Flappy y Kenneth fueron a la iglesia a la hora habitual. Flappy no insistió en que llegaran temprano. De hecho, llegaron uno o dos minutos tarde. Los asistentes ya estaban todos sentados. Mientras caminaba por el pasillo, Flappy dedicaba una sonrisa serena a los rostros que se volvían hacia ella. Sin embargo, solo tenía ojos para una persona: Charles. Notó de inmediato que los Harvey-Smith se habían colocado en la primera fila del otro lado de la iglesia, y parecían perfectamente satisfechos con ello. Hedda la saludó con la mano y Flappy le devolvió el saludo. Charles la miró a los ojos, pero Flappy miró hacia otro lado; era imperativo que se controlara en público, cuando los ojos de toda la congregación estaban puestos sobre ella.

Se sentó en su lugar y se tomó un momento para agradecer a Dios por sus bendiciones en una oración silenciosa. Tenía mucho por lo que agradecerle, y también un poco por lo que disculparse, debía admitirlo. Pero Dios era notoriamente indulgente, razonó, mientras abría su libro de oraciones. Ella era una de Sus ovejas, que actualmente se estaba desviando de Sus caminos. Si recordaba bien, ese era el tipo de ovejas a las que Dios amaba más.

9

Tras un almuerzo de domingo agradable pero no muy inspirador en casa de Mabel y John Hitchens, Flappy y Kenneth regresaban a su casa en el elegante Jaguar de Kenneth.

—No voy a esperar a que Gerald decore la cabaña —dijo Flappy—. Voy a empezar a meditar ya. No hay mejor momento que el presente cuando a uno se le ha ocurrido una buena idea. ¿No te parece?

—Pues sí —respondió Kenneth, reduciendo la marcha detrás de un camión que iba despacio. Se quedó un poco más atrás para ver si podía adelantarlo y luego volvió a su carril al ver que debía esperar.

—Quiero decir, al principio tienes muchas ganas de empezar —dijo Flappy.

—Y luego pierdes interés —añadió Kenneth.

—Si te refieres a mi pintura, Kenneth, no he perdido el interés. Estaba demasiado ocupada para seguir haciéndolo. Para pintar se necesita tiempo. Horas de paz y soledad. Con la meditación, con una hora ya está. Sin duda, si se ha profundizado mucho en uno mismo, tal vez lleve un poco más de una hora —añadió, pensando en Charles y en la probabilidad de que esa hora se convirtiera en dos—. Después de todo, la idea es dedicarse por completo. Voy a empezar esta tarde y no quiero que me molesten. Si me necesitas, llámame por teléfono. ¿Está bien, cariño? Si te aparecieras cuando estoy en medio de un flujo podrías asustarme, tal vez incluso matarme. Quiero decir, podría ser como despertar a alguien mientras está soñando.

—Creo que es un cuento de viejas —replicó Kenneth.

—Prefiero no tener que descubrir que no lo es —dijo Flappy—. Como te decía, la cabaña es mi santuario, mi pequeño rincón de paz y soledad, donde puedo comunicarme con mi Yo Superior sin ser interrumpida.

Kenneth no estaba seguro de cuál era su propio Yo Superior, pero no creía que Flappy tuviera uno, ya que de por sí se sentía superior. Sin embargo, accedió a no molestarla cuando estuviera allí. Luego, aprovechando que tenía vía libre, adelantó al camión con un rugido de motor.

Flappy y Charles habían ideado una forma de comunicarse en secreto por medio de parpadeos. Un parpadeo doble significaba las cinco en punto en la cabaña; un parpadeo largo significaba que no habría cita. Charles le había hecho un parpadeo doble al salir de la iglesia esa mañana. Flappy estaba muy excitada.

A las cinco menos cinco, recorrió los jardines con paso alegre, deteniéndose únicamente para cortar una rosa, para llegar a la cabaña con ella en la mano, aspirando su perfume. No quería que pareciera que había corrido al encuentro de él sin disfrutar de los jardines y del bonito día, porque de hecho era imposible dejar de admirar los jardines de Darnley bajo la luz del sol.

Tal como estaba previsto, Charles había aparcado en el camino detrás de la propiedad y se había dirigido a la cabaña, en la que había entrado haciendo uso de la llave que le había dado Flappy. Cuando ella entró, lo encontró en la planta superior, acostado en la gran cama sin nada más que sus calzoncillos. Charles palmeó el lugar vacío a su lado, mientras lucía su sonrisa más deslumbrante.

—Ven a mí, Flappy —dijo, y Flappy lo hizo, hundiéndose en sus brazos con el entusiasmo de una joven enamorada y envolviéndolo en una nube de nardos.

La mañana siguiente, después de nadar y bailar desnuda frente al espejo al ritmo animado de un tema de Shania Twain, Flappy se unió a Kenneth para desayunar. Una vez más, él se dio cuenta de que algo en ella había cambiado, y de nuevo no pudo precisar qué era.

—¿Con quién jugarás al golf hoy? —preguntó ella alegremente, porque Flappy se sentía descaradamente alegre esa mañana.

—Con Charles y Hedda —respondió Kenneth.

—¿Hedda? —dijo Flappy sorprendida, dejando el cuchillo con mantequilla suspendido sobre su tostada—. Pensaba que ella había dicho que rara vez jugaba.

—Pues este debe de ser uno de esos raros momentos —dijo Kenneth.

Flappy entrecerró los ojos, mientras su mente rápida intentaba adivinar la razón por la que Hedda querría acompañar a Charles al campo de golf. ¿Sospechaba algo? ¿Se había propuesto no perder a su marido de vista? Estaba segura de que Hedda no había decidido jugar al golf porque quería golpear una pelota, sino porque quería vigilar a su esposo. Pensándolo bien, si Kenneth hubiera sido parecido a Charles, ¡Flappy también habría querido vigilarlo!

Flappy esperaba que a Hedda no se le ocurriera unirse a ellos en sus sesiones de meditación en la cabaña.

Si no hubiera sido por el agitado día que tenía por delante, Flappy podría haber acompañado a Kenneth al campo de golf. En los primeros tiempos de su matrimonio lo había acompañado a menudo, compartiendo con él un aburrido almuerzo inglés en la sede del club después de una mañana siguiéndole por el campo, muerta de aburrimiento. Flappy encontraba el juego sumamente tedioso, y a sus amigos, insoportables. Ahora, sin embargo, el juego tenía más atractivo gracias a Charles, y la perspectiva de que Hedda hiciera su aparición en el campo había despertado su interés. Pero los días ocupados eran días ocupados, y Flappy nunca cancelaba un compromiso a menos que estuviera enferma o respondiendo a una necesidad imperativa, y el golf no entraba dentro de esa categoría.

—Bueno, espero que tengas un buen día —dijo cuando Kenneth miró su Rolex y decidió que era hora de marcharse.

Flappy se reunió con Persephone en el pasillo, a las nueve.

—Buenos días, Persephone —trinó, y Persephone notó de inmediato el rebote en el paso de Flappy y la inusual amplitud de su sonrisa. Su jefa estaba radiante. De hecho, le estaba dando un significado completamente nuevo a la palabra «radiante».

—¿Cómo ha sido su fin de semana, señora Scott-Booth? —le preguntó, siguiéndola a la biblioteca.

—Muy bueno. Gracias, Persephone —dijo Flappy—. ¿Cómo ha sido el tuyo?

—Tranquilo —respondió Persephone.

—Necesitas un novio simpático que te entretenga —dijo Flappy, y algo en su sonrisa le dijo a Persephone que sabía de lo que estaba hablando.

—Un novio me vendría bien —dijo Persephone.

—No hay nada más estimulante que estar enamorada, Persephone. Te mantiene joven, te provoca una deliciosa descarga de endorfinas, hace que la sangre te circule por todo el cuerpo y te pone de muy buen humor.

Persephone sabía que Flappy estaba hablando de sí misma. Flappy no podía evitar jactarse cuando tenía algo realmente emocionante de qué jactarse.

—No he conocido a nadie que me hiciera sentir así —confesó Persephone, observando a Flappy de cerca—. ¿El señor Scott-Booth le hizo sentir todas esas cosas?

—Supongo que sí, alguna vez —respondió Flappy con tono distraído, porque era cierto: se habían conocido hacía tanto tiempo que ella apenas podía recordar nada al respecto, y era lo bastante realista como para saber que si Kenneth no hubiera hecho aumentar los latidos de su corazón, no se habría casado con él—. Una nunca olvida la sensación —continuó, volviendo sus pensamientos una vez más hacia Charles—. Es embriagador. Delicioso. Probablemente la sensación más celestial que existe. —Suspiró—. ¡Oh! Volver a ser joven... —Le sonrió a Persephone—. Tú eres joven. No lo desperdicies. Aprecia lo hermosa que eres, mientras aún lo seas.

—Pero usted sigue siendo hermosa, señora Scott-Booth —dijo Persephone con sinceridad.

Persephone tenía razón, no cabía duda. Flappy seguía siendo hermosa. Pero el tiempo era lo que era y nada podía detener la degradación paulatina que provocaba su paso implacable.

—Lo sé, aún no he perdido mi atractivo —dijo resoplando—. Pero estoy cerca del abismo, Persephone. Tambaleándome en el borde.

—Si supiera cómo la ve la gente, no diría eso —dijo Persephone, riendo.

—¿Cómo me ve la gente? —preguntó Flappy, ansiosa por oír el cumplido que sabía que llegaría.

—Dicen que tiene el secreto de la eterna juventud.

Flappy había oído eso antes. Sin embargo, ese era el momento para un comentario autocrítico. Si Flappy era buena en algo, era en saber cuándo no parecer engreída.

—Mi secreto para la eterna juventud, Persephone, es tener en el ático un retrato mío en el que estoy fea y vieja —dijo, aludiendo a la clásica novela *El retrato de Dorian Gray* de Oscar Wilde, que nunca había leído. Flappy disfrutaba dejando caer alguna que otra referencia literaria de vez en cuando.

Dejó a Persephone ocupada en esas cosas aburridas que anteriormente solía hacer ella misma; también encargó algunas a sus damas de honor, como Mabel, y se fue a la ciudad en su lustroso Range Rover gris. Tenía una reunión parroquial a las once en el ayuntamiento, que le dio tiempo para pasar por el Café Délice. Flappy rara vez ponía un pie en el local de Big Mary. Por cierto, nunca entró allí con la intención de quedarse y tomar café. Eso de tomar café en un café con la gente corriente era terriblemente vulgar. Sin embargo, por alguna razón, hoy se sentía diferente. Estaba de excelente humor y se le antojaba uno de esos bollos pegajosos de Big Mary. ¿Cómo los había llamado? ¿Deseo del diablo? Se le hizo la boca agua al pensar en ellos mientras conducía por los caminos arbolados bañados por el sol con sus gafas oscuras y su sombrero trilby, cantando junto a Céline Dion.

Badley Compton estaba bastante lleno de gente a pesar de que era un lunes por la mañana. Las gaviotas se disputaban los contenedores, los pescadores se ocupaban de sus botes y la gente corriente (que no tenía la suerte de contar con un asistente personal) corría por las aceras hacia la oficina de correos, el quiosco de prensa o el supermercado. Flappy no pudo encontrar un espacio para aparcar cerca del café, por lo que tuvo que dejar el coche en la cima de la colina, debajo de algunos árboles, y esperar que los pájaros que allí se reunían no dejaran caer cosas desagradables sobre su coche. Mientras iba por la calle, notó a un anciano sentado en el banco que ella y Kenneth habían donado generosamente a la ciudad en memoria de Harry Pratt, a quien le gustaba sentarse allí para observar el ir y venir de los pequeños botes en el puerto, situado más abajo. ¡Qué bonito era ese banco, y qué bien que alguien lo disfrutara!, pensó Flappy. Se preguntó si el hombre habría leído la inscripción de la placa: «En afectuosa memoria de Harry Pratt (1919-2010), gentilmente donado a Badley Compton por Kenneth y Flappy Scott-Booth». De hecho, fue un gesto muy amable, reflexionó Flappy mientras cruzaba la calle y se dirigía al café, que se distinguía por el toldo de rayas rosas y blancas y las escasas mesas y sillas dispuestas en la acera.

Empujó la puerta y entró. Tal como esperaba, el café estaba bastante lleno. Después de todo, era el corazón de la ciudad. Flappy sospechaba que su presencia haría que latiera un poco más rápido de lo habitual. Recorrió con la mirada los rostros que se volvían para ver quién había entrado y vio a John Hitchens en una mesa, con su nieta pequeña y su golden retriever echado a sus pies, en el suelo. Esther, Madge y Sally estaban sentadas en otra mesa y había varias personas más (que Flappy conocía lo suficiente como para saludarlas con una sonrisa y un leve gesto de cabeza) dispersas por la sala.

—Hola, Flappy —dijeron Esther, Madge y Sally al unísono. Los tres la invitaron a unirse a su mesa convencidas de que no aceptaría, porque era bien sabido que Flappy solo entraba al café si necesitaba encargarle algo a Big Mary para uno de sus eventos.

—Claro —respondió Flappy ante el asombro de sus amigas—. Vendré en un segundo. Buenos días, John —dijo, deteniéndose junto a la mesa de John Hitchens—. ¿Y tú cómo te llamas? —le preguntó a su pequeña nieta.

—Mattie —respondió la niña.

—¡Ah, sí! Mattie. He oído hablar mucho de ti. Tú eres la que hace collares con conchas, ¿verdad? —Mattie rio y asintió—. ¡Qué lista eres! Apuesto a que son mucho más bonitos que cualquier cosa que uno pueda comprar en una tienda —afirmó sonriendo, y la niña le devolvió la sonrisa. Flappy sintió un dolor en el centro del pecho que la tomó por sorpresa. Después de todo era abuela, pero solo podía ver a sus nietos una o dos veces al año. Levantó la barbilla y suspiró. *Así es la vida*, pensó, sin permitir que los pensamientos negativos empañaran su día. Si Flappy era buena en algo, era en ser positiva frente al dolor.

—¿No deberías estar en la escuela? —preguntó.

—Estoy enferma —dijo la pequeña.

Flappy rio, porque no parecía enferma en absoluto.

—Ya veo. Pobrecilla. Déjame que te compre un pastelillo. ¿Está bien, John, si le compro un pastelillo a Mattie?

John miró a su nieta con cariño.

—¿Por qué no vas con la señora Scott-Booth a elegir uno?

La niña tomó la mano de Flappy.

—Puedes llamarme Flappy —dijo ella, acercándose al mostrador.

—¿Por qué te llamas Flappy?

—Esa es una muy buena pregunta —dijo Flappy, pero no respondió—. ¡Ah! Mira estos deliciosos pastelillos. ¡Buenos días, Mary!

Big Mary, que estaba en su puesto habitual detrás del mostrador, saludó a Flappy con cautela. No estaba acostumbrada a esta nueva Flappy que se demoraba en su café y se mostraba sociable. La niña eligió un pastelillo con chispitas y Flappy eligió un «deseo del diablo» para ella.

—Tomaré también una taza de café —añadió—. ¿Qué le hace una mancha más al tigre? —dijo, riendo entre dientes. Big Mary frunció el ceño. Tampoco estaba acostumbrada a la risa de Flappy. Era todo muy extraño. Hoy había algo notablemente diferente en Flappy.

—Le llevaré todo a la mesa, señora Scott-Booth —dijo Big Mary, alcanzando una taza del estante.

Flappy llevó a la niña de regreso a su mesa y luego se sentó con sus tres amigas, que habían estado susurrando a sus espaldas, preguntándose por el cambio que se había producido en ella. La verdad es que se la veía bastante alterada. Todas ellas recordaban el cambio que se había producido en Gracie Burton cuando decidió, de manera repentina y poco característica, ir a Italia para hacer un curso de cocina. Flappy había expresado a gritos su desaprobación. Si había algo que aborrecía, había dicho, era que las personas dejaran de ser ellas mismas. No era de extrañar que las tres mujeres se preguntaran ahora qué le había pasado a Flappy.

—¡A que es estupendo! —exclamó Flappy, quitándose las gafas de sol y enganchándolas del escote de su camisa de lino blanco—. Deberíamos hacer esto más a menudo. ¡Qué agradable es este café! Tan lleno de vida.

—Venimos aquí todo el tiempo —dijo Madge.

Sally rio para ocultar su nerviosismo; no era frecuente que socializara con Flappy sin antes tomar un trago para animarse.

—Casi todos los días, de hecho —agregó—. Ven cuando quieras.

—Gracias, Sally —dijo Flappy—. ¡Qué blusa más bonita llevas! —añadió, mirando el número azul y plateado brillante que lucía en la parte delantera, y que normalmente no le habría gustado. Si había algo que realmente odiaba, eran los brillos.

—¿De veras? Pensaba que... —Sally estaba a punto de decir que no esperaba encontrarse con Flappy, de lo contrario habría elegido algo más adecuado. Pero Flappy la cortó.

—Es preciosa. ¿Qué hay de malo en llevar algo alegre? Es estimulante. Ya hay suficiente negatividad en el mundo, ¿por qué no poner una sonrisa en la cara de todos con un poco de brillo?

Esther entrecerró los ojos.

—Estás de muy buen humor esta mañana, Flappy. ¿Qué está ocurriendo?

—Te ves maravillosa —añadió Madge con sinceridad. Porque no se podía negar, Flappy estaba radiante, con un aire nuevo y diferente, y ansiaban saber qué había producido el cambio.

—¿Tú crees? —preguntó ella encantada, con una sonrisa secreta extendiéndose por su rostro.

—Pareces un gato que ha cazado un ratón —dijo Esther, que era la única que tenía la suficiente confianza con ella para ser tan franca.

—He empezado a meditar —anunció como si fuera la primera en haberlo descubierto.

—¿A meditar? —se extrañó Sally—. ¿La meditación te da este aspecto?

—Sí, estoy redecorando mi pequeña cabaña y convirtiéndola en un santuario. Gerald me está ayudando.

—¿Has encontrado un gurú que te enseñe? —preguntó Madge. No podía creer que la meditación por sí sola hubiera causado una transformación tan marcada en Flappy.

—Aún no. Persephone está buscando uno. Mientras tanto, estoy meditando por mi cuenta. Todas las tardes a las cinco. Es muy tranquilo allí. Tranquilo e inspirador... —Suspiró, pensando en Charles—. Celestial.

Big Mary trajo la taza de café y el pastelillo de Flappy. Esta dio un mordisco y se estremeció de placer.

—Este es el mejor pastelillo que he probado en mi vida —afirmó, inhalando a través de las fosas nasales dilatadas y cerrando los ojos para saborearlo mejor.

Big Mary intercambió miradas con las otras mujeres. Si la meditación estaba teniendo ese efecto en Flappy, todas deberían estar meditando.

Flappy estaba de buen humor cuando llegó al ayuntamiento para la reunión parroquial. Sin embargo, perdió el hilo de sus pensamientos dos veces, y las dos veces tuvo que disculparse.

—Tengo muchas cosas en mente en este momento —explicó, y dejó que las otras mujeres tomaran las decisiones. Era muy raro que Flappy se sentara en el asiento trasero, cuando estaba acostumbrada a liderar las reuniones. Pero las otras mujeres estuvieron especialmente agradecidas por la oportunidad de lucirse, y observaban a una Flappy insólitamente apagada con una extraña combinación de aprecio y desconcierto.

En el almuerzo, Kenneth le dijo a Flappy lo excelente golfista que era Hedda.

—Incluso podría tener un hándicap cero, te lo digo. Increíble. Nos ha eclipsado a todos —dijo, mientras degustaba su plato de pollo de la coronación.

Normalmente, esta información habría resultado molesta para Flappy. No le gustaba que otras mujeres la superaran en sus habilidades. Pero hoy no sentía más que alegría y admiración por Hedda.

—¡Qué maravilla que tenga tanto talento para el golf! —dijo efusivamente—. Siempre admiro a la gente con talento, ¿no es cierto, Kenneth?

—Lo haces, sin duda —respondió.

—Es una mujer extraordinaria, ¿verdad? Tan dotada y, sin embargo, tan modesta. Detesto a la gente que se jacta, y Hedda no es una fanfarrona. *Nunca* me jacto de mis talentos y logros. Es mucho mejor que la gente se entere de ellos por otros. Al presumir, uno solo se expone a una caída. —Inhaló por la nariz, sintiéndose muy bien consigo misma por ser generosa y amable con la esposa de Charles—. ¿Cómo está Charles? —preguntó despreocupadamente—. Cuéntame qué tal ha sido la mañana, golpe por golpe.

Kenneth dio por sentado que el interés de Flappy en el juego tenía más que ver con su nueva amiga Hedda que con el golf en sí, pero le contó los momentos más destacados, disfrutando de la forma intensa en que ella lo miraba, atenta a sus palabras. Habitualmente, cuando él hablaba de golf, los ojos de ella vagaban y cambiaba el tema a la primera oportunidad.

—¡Qué fascinante! —dijo Flappy cuando hubo terminado—. A veces desearía tener tiempo para jugar al golf. Ya sabes, como cuando éramos jóvenes. Si hubiera seguido, habríamos podido disfrutarlo juntos, como Hedda y Charles.

—Me parece que Hedda no había jugado en mucho tiempo. Ha dicho que estaba oxidada.

—Pero no lo estaba, ¿verdad?

—No, no lo estaba.

—Aun así —dijo ella, poniendo su mano sobre la de él— somos muy felices, ¿verdad, cariño?

—Mucho —dijo él, sonriéndole—. No me importa si juegas al golf o no.

—¡Qué dulce eres! —exclamó, consciente de que vería a Charles a las cinco y que se sentía un poco culpable por ello. Ser muy amable con Kenneth la hizo sentirse mejor.

—¿Qué harás esta tarde? —quiso saber Kenneth, poniendo su servilleta sobre la mesa porque ya había acabado de comer.

—Gerald traerá mi Buda a las tres, y luego voy a meditar a las cinco, que es mi horario habitual. Lo recuerdas, ¿verdad, Kenneth?

—No te molestaré —la tranquilizó—. Estás tan ocupada pensando en los demás, que está muy bien que por una vez te tomes una hora para ti.

—Tal vez un poquito más de una hora —dijo Flappy.

—Tómate todo el tiempo que quieras —dijo Kenneth.

—Y luego tengo el club de lectura —añadió, recordando de repente que se suponía que había leído el libro. *No debo preocuparme*, pensó mientras se levantaba de la mesa; le pediría a Persephone que escribiera un breve resumen y algunas observaciones ingeniosas sobre los personajes y la trama.

A las tres apareció Gerald, con el Buda en una caja de cartón. Como era demasiado grande para transportarlo, Flappy llamó a uno de los jardineros para que lo llevara a la cabaña en una carretilla.

—¡Qué emocionante! —exclamó Flappy, caminando detrás del jardinero acompañada por Gerald—. No puedo esperar para verlo. Apuesto a que es precioso.

—Lo es —aseguró Gerald—. Estoy muy contento con él y sé que tú también lo estarás.

—Una debe tener un punto focal, ¿no es así? —dijo Flappy, arrancando una flor de lavanda y estrujándola entre el índice y el pulgar—. ¡Ah, qué aroma tan delicioso! —Lo inhaló con fuerza—. Debemos asegurarnos de que la habitación también huela bien, Gerald. Mi sentido del olfato es muy agudo, como sabes.

—Ya he pensado en eso —dijo Gerald, complacido de habérsele adelantado—. He traído incienso de los templos budistas de Nepal. Quiero que tu santuario sea lo más auténtico posible.

—Me conoces tan bien... —dijo Flappy con un suspiro de satisfacción, agarrándose del brazo de él.

Una vez en la cabaña, Gerald utilizó un cuchillo de cocina para abrir la caja. Rebuscó en el embalaje de poliestireno y levantó un Buda de jade. Flappy estaba encantada. Era justo lo que quería.

—Querido Gerald, ¿dónde has encontrado esta joya? —preguntó, observando la escultura mientras él la colocaba con cuidado sobre la mesa.

—Este chico ha hecho todo el camino desde Vietnam.

—¡Vietnam! —repitió ella, pasando los dedos por la curva del vientre del Buda y los pliegues de su túnica—. Es encantador. ¡Qué brillante de tu parte traerme algo tan especial! De Vietnam a esta tranquila casa de campo en medio de Devon... ¿Quién lo hubiera pensado?

—Voy a construirte un santuario aquí —dijo Gerald, desplazándose con determinación hacia el otro extremo de la habitación—. Quedará muy elegante. He traído velas e incienso. Sugiero que coloquemos al Buda en el centro, entre helechos, muchos helechos. Necesitas plantas para inspirarte, Flappy, y creo que deberíamos pintar las paredes de un relajante verde pálido.

—Maravilloso —dijo Flappy, aplaudiendo con entusiasmo, porque no podía contener la alegría que la desbordaba—. Quedará perfecto. Simplemente perfecto. —Luego se volvió hacia Gerald con una gran sonrisa—. Soy tan afortunada de tenerte, para que lo hagas todo por mí...

10

Flappy yacía en los brazos de Charles en la gran cama que había debajo del alero, suspirando satisfecha.

—Querido Beastie* —dijo, porque «Beastie» era el apodo que le había dado—, eres el amante más maravilloso. Realmente lo eres. Me haces sentir como una adolescente.

—Eres una adolescente en todo menos en el número, Bella —respondió, porque «Bella» era el apodo que le había puesto—. Si no me hubieras dicho tu edad, habría dicho que tenías al menos veinte años menos. No sé cómo lo haces.

—Tengo un retrato mío en el ático en el que me voy poniendo cada vez más vieja y fea —rio, repitiendo la historia que ya había utilizado al menos una docena de veces.

—Lo dudo mucho. Envejecerás, todos lo haremos, pero nunca te volverás fea. —Flappy se inclinaba a creerle, aunque envejecer no le hacía ni pizca de gracia—. Me gustan nuestras *cinque à sept*, las horas de los enamorados. Me hacen sentir como si estuviera en París en el siglo XVIII. Creo que todo el mundo debería tener un amante. Te pone de tan buen humor... Soy más amable con Kenneth, por ejemplo. En realidad, estoy de tan buen humor que estoy más amable con todos. Hoy, en la reunión de la parroquia, me he distraído un par de veces y he tenido que inventar alguna excusa. No podía decir que

---

* Bestia, fierecilla (N. del T.)

estaba soñando con mi amante y con todas las cosas deliciosas que me iba a hacer a las cinco en punto —dijo con una risita ronca.

Charles rodó sobre su costado y lanzó un gruñido (como una bestia).

—Creo que estoy listo para volver a hacerte todas esas cosas deliciosamente malvadas —dijo, tomando sus muñecas y sujetándolas por encima de su cabeza—. ¿Estás lista para otra ronda, Bella?

Cuando Mabel, Esther, Madge y Sally llegaron a Darnley para la reunión del club de lectura, Flappy ya se había bebido dos copas de *prosecco* (mientras cantaba junto a Cliff Richard en el baño) y estaba descansando en el sofá del salón. Llevaba una larga falda plisada y un jersey de cachemir gris perla, con la tercera copa en la mano. Tenía un aspecto inusualmente suelto y casual. No muy Flappy. Aparte de la ropa, no llevaba joyas y tenía el pelo ligeramente despeinado. Esta Flappy nueva e impredecible hizo que las cuatro mujeres se sintieran muy incómodas. Algo pasaba, no había duda. ¿Podría ser realmente la meditación?

—Servíos vosotras mismas —instruyó Flappy desde el sofá—. Hay *prosecco molto freddo e delizioso*, y una botella de *vino bianco*, si alguna lo prefiere. Quiero que todas estéis felices. *Tutte molto felici!* —Se sirvieron las bebidas en un silencio atónito, mientras Flappy sostenía una copa de vino medio vacía—. Gerald ha venido hoy con un Buda. Está hecho de jade y es el Buda más hermoso que he visto en mi vida. Veréis, si una va a hacer un santuario tiene que hacerlo correctamente, o no vale la pena hacerlo en absoluto. Gerald lo sabe, me conoce muy bien. Tengo tanta suerte de tener a Gerald...

Sally y Madge se sentaron con sus bebidas en el sofá, y Esther y Mabel en los sillones con las suyas. De repente, en la mente ocupada de Flappy surgió una idea. Se puso de pie, decidida.

—Venid, dejadme que os muestre mi Buda. Debéis verlo. Es imposible apreciar lo encantador que es sin verlo por una misma.

Las cuatro mujeres se levantaron.

—Traed vuestras bebidas —agregó Flappy, acercándose a la bandeja de bebidas para volver a llenar su copa—. No está bien dejar la copa medio vacía —sentenció con una risita, mientras llenaba la suya casi hasta el borde.

—Flappy, ¿te encuentras bien? —preguntó Mabel, que había entrado repentinamente en pánico al pensar que Flappy podría estar a punto de tener un colapso. ¿No se volvía loca la gente a veces, antes de tener un colapso?

—Mabel querida, nunca he estado mejor. Nunca. Estoy *molto felice. Molto, molto felice.* —Las saludó con la mano mientras cruzaba las puertas francesas—. Venid, venid. Antes de que oscurezca y nos caigamos entre los rosales.

Las cinco cruzaron los jardines, los muchos y hermosos jardines que se cultivaban con tanta devoción en Darnley. El sol se estaba poniendo, tiñendo el cielo de un pálido rosa anaranjado, y una multitud de pájaros se iba posando en las ramas de los castaños de indias, armando un gran alboroto. El rocío empezaba a humedecer la hierba, mientras las sombras se alargaban y el aire se enfriaba. El otoño se acercaba lentamente, agotando los últimos días del verano.

Flappy se sentía optimista. Caminaba a saltitos, deteniéndose de vez en cuando para oler una flor y hablar de ella. Las cuatro mujeres correteaban detrás de ella, intercambiando miradas ansiosas. Era muy extraño ver a Flappy así. ¿Estaba tal vez en un estado de bienaventuranza?, se preguntaron. ¿Era esto lo que Buda había querido decir cuando habló de la iluminación? ¿Había Flappy alcanzado el nirvana? ¿Se podía alcanzar el nirvana en solo una semana?

Llegaron a la cabaña. Flappy metió la llave en la cerradura y la giró. Inhaló el olor a incienso, porque cuando ella y Charles habían estado allí más temprano, ella le había enseñado su Buda y había encendido una barra de incienso, y la cabaña ahora olía como un templo nepalí. Inspiró profundamente—. ¡A que es divino! —dijo, refiriéndose al olor—. Te eleva, ¿no? Hace que una se sienta bastante mareada.

Sally miró a su alrededor. Nunca antes había estado en la cabaña de Flappy. Sería el lugar perfecto para escribir, pensó, y se imaginó en esa cabaña al fondo del jardín, entre los árboles, en la tranquilidad y la soledad.

—¡Es preciosa! —exclamó con envidia—. Una joya.

Flappy flotó hasta el Buda, que Gerald había colocado contra la pared, con el incienso y las velas de té.

—Ha venido desde Vietnam —les dijo, acariciándolo cariñosamente.

—Cuéntanos, ¿cómo lo haces? —inquirió Esther, tratando de imaginarse a Flappy en la alfombra, con las piernas cruzadas y diciendo «om».

—Me siento aquí —respondió Flappy, imaginando lo que haría si meditara, cosa que aún no había hecho por culpa de Charles—. Y pongo mis manos así. —Apoyó los pulgares contra sus dedos índice—. Entonces me concentro en mi respiración. Hacia adentro por la nariz, hacia afuera por la boca. Con cada exhalación, profundizo más y más hasta que estoy muy, muy lejos. Ya no soy nada. Estoy más allá del ego. Más allá de las preocupaciones de la vida. Soy una con la Fuente.

—¿La Fuente? —preguntó Esther, arrugando la nariz. Todo sonaba demasiado New Age para su gusto.

—La Fuente es lo que llamarías «Dios» —respondió Madge, tomando un trago de *prosecco*—. Es la Luz. De donde venimos todos.

—Y adonde vamos todos —añadió Flappy, con una hermosa sonrisa en su rostro, lo que sugería que estaba un poco más lejos en el camino que ellas.

—¿Alguien logra llegar? —preguntó Mabel, porque si realmente era la meditación lo que hacía que Flappy se sintiera tan relajada y feliz, entonces a ella también le gustaría meditar.

—¡Qué duda cabe! Cualquiera puede hacerlo —respondió Flappy—. Todos tenemos que empezar en algún momento. Se mejora con la práctica.

—¿Por qué no iniciamos un club de meditación, como nuestro club de lectura? —sugirió Mabel—. Podrías enseñarnos cómo hacerlo, Flappy.

Flappy no parecía tan entusiasmada como esperaba Mabel.

—Bien... —empezó, arrugando la nariz.

—¡Qué idea tan brillante! —dijo Madge—. Una vez estuve en un retiro de yoga y meditación en la India. Fue mágico.

—No estoy segura de que meditar sea lo mío —afirmó Esther—. No creo que pueda sentarme por mucho tiempo sin hacer nada.

—Pero ese es el punto —dijo Mabel con entusiasmo—. Como decía Flappy, no es que no estés haciendo nada, estás viajando. Sí, eres una viajera que emprende una aventura para llegar a su yo más profundo.

—No estoy segura de tener uno —repuso Esther.

—Todo el mundo lo tiene —aseguró Madge—. El secreto de la Iluminación es encontrarlo.

—Me gustaría escribir aquí —intervino Sally—. Es un lugar perfecto para crear.

—Si meditas, es posible que te encuentres más inspirada, Sally —dijo Mabel—. ¿Qué dices, Flappy? ¿Podemos unirnos a tu club de meditación?

Flappy no sabía que tuviera tal cosa. Se tambaleó un poco, se apoyó en el Buda y luego dijo:

—Una vez que Gerald haya redecorado y completado mi santuario, ya veremos.

La mañana siguiente, Flappy se despertó a las nueve y cuarto con dolor de cabeza. Se llevó una mano a la frente y soltó un gemido. Si la memoria no le fallaba, y no solía hacerlo, nunca había tenido resaca. Las resacas eran para los que no podían controlarse, para personas sin mesura ni dignidad. Flappy no era una de esas. Al menos no lo había sido hasta ahora. Miró el reloj de su mesita de noche, parpadeó un par de veces y luego volvió a mirarlo. No podía creer que fueran más de las nueve. No había dormido tanto desde que era una adolescente. Dormir hasta tarde era para gente como Kenneth, que tenía una gran barriga, que roncaba y llenaba sus días dedicándose exclusivamente a jugar al golf. No era para personas ágiles, esbeltas y practicantes del yoga como ella.

Lentamente, Flappy se incorporó y quedó sentada en el borde de la cama. Persephone estaría abajo y Kenneth se estaría levantando, pensó con desánimo. Se planteó fingir que había estado levantada desde las cinco, pero su mente, habitualmente aguda y expeditiva, hoy se encontraba lenta y vacía, incapaz de producir ninguna idea brillante. Arrastró sus pies por la alfombra en dirección al baño. Supo por el olor a pasta de dientes que Kenneth ya se había levantado. Kenneth nunca se levantaba antes que ella, no lo había hecho en todos los años que llevaban casados. Flappy se había propuesto que fuera así. Ningún hombre debería encontrarse por la mañana con una mujer con ojos de sueño y aliento mañanero. Si había algo en lo que era muy buena era en estar siempre presentable y oler bien en la mesa del desayuno.

Flappy se horrorizó ante lo que vio en el espejo del baño. Tanto que se quedó con la boca abierta. La anciana del espejo también, y se llevó una mano a la boca y le devolvió la mirada, presa del pánico. Parpadeó un par de veces, pero no la hizo desaparecer. Flappy tuvo que esforzarse más que nunca, pero al fin recuperó su determinación. Nunca antes la había necesitado tanto. Con determinación e inquebrantable concentración, se dedicó a reparar el daño causado por una noche de consumo excesivo de alcohol. Se lavó la cara, se cepilló los dientes y luego fue a su tocador, donde se llevaría a cabo el trabajo duro. No era el momento de bromear sobre el retrato que envejecía en el ático, porque el retrato estaba justo allí, mirándola desde el espejo. Flappy bajó las escaleras a las diez. Se había puesto unos pantalones informales y una camisa azul con cuello abierto. Orejas, cuello y muñecas estaban engalanadas con sus infaltables joyas de oro. Tenía el cabello alisado y su piel, si bien no presentaba su típico resplandor, al menos se veía uniforme. Aparte del rímel, poco había podido hacer por sus ojos enrojecidos, por lo que optó por ocultarlos tras unas glamurosas gafas de sol. No tenía sentido negar que había bebido demasiado; bien podría convertir los efectos en algo aparentemente deliberado.

Persephone estaba en la biblioteca, sentada en su escritorio. Al ver aparecer a Flappy, dejó de hacer lo que estaba haciendo y se puso de pie.

—Buenos días, señora Scott-Booth —dijo, sabiendo que sería descortés preguntarle cómo estaba.

—Buenos días, Persephone. Me temo que bebí demasiado anoche con las chicas. Estoy pagando por ello esta mañana.

—Pues no se diría —dijo Persephone con tacto.

—Eres muy dulce, Persephone —dijo Flappy con una lánguida sonrisa—, pero me temo que voy a tener que usar gafas de sol dentro de casa, cosa que nunca hago. Solo las celebridades de segunda y las estrellas de cine vanidosas e inseguras usan gafas de sol en interiores. Es terriblemente vulgar, pero no me queda otra opción. Mis ojos parecen los de un sabueso.

—¿Quiere que vaya a la ciudad y le compre unas gotas para los ojos? Conozco una marca que va muy bien para los ojos enrojecidos.

—¿Estás segura? —dijo Flappy, esperanzada. Detestaba parecer un sabueso.

—Totalmente. Iré ahora mismo, si quiere.

—Muy amable de tu parte, gracias.

—La señora Harvey-Smith ha llamado para preguntar si estaría disponible para jugar al *bridge* esta tarde. Ha dicho que ha invitado a un par de jugadoras muy buenas y que le encantaría que la acompañara, ya que usted juega mejor que las demás.

—¿Ha dicho eso? —dijo Flappy, halagada—. ¡Qué bonito por su parte! A decir verdad, la semana pasada les di un repaso a todas. Llámala y dile que me encantaría ir, apenas pueda escaparme de mi reunión de la tarde.

Persephone puso cara de desconcierto y empezó a revisar la agenda.

—¿Qué reunión es esa, señora Scott-Booth?

—No hay ninguna reunión, Persephone. Si trabajar para mí te enseña algo, y espero que así sea, aprenderás que siempre vale la pena parecer ocupada, especialmente cuando no lo estás. A nadie le interesan las personas que no son requeridas por otros. Personas a las que nadie quiere.

—¡Ah! Ya lo veo —dijo Persephone.

—Voy a buscarme algo de comer. Me siento bastante mareada esta mañana. Espero recuperarme a tiempo para el *bridge*. No quiero defraudar a Hedda —afirmó, y se dirigió hacia la cocina.

Kenneth estaba en la mesa de la cocina, leyendo *The Times*. El *Daily Mail* estaba a la vista, en la isla.

—¡Ah! Buenos días, cariño —dijo él—. ¿Estás bien? Pensé que podrías haber muerto durante el sueño, pero luego, al ver que respirabas, me he dado cuenta de que no lo habías hecho y que probablemente habías tenido una gran noche. Así que he dejado que siguieras durmiendo.

Flappy frunció el ceño.

—¿A qué hora has llegado a casa? ¿Y podrías recordarme adónde ibas?

—He ido a la cena de golf en el club, a la que no has querido asistir —respondió él.

Flappy se llevó una mano a la cabeza.

—¡Oh! —En realidad, no podía recordar nada al respecto.

Kenneth rio entre dientes.

—Estabas desmayada cuando llegué a casa.

—¿Desmayada?

—Sí, estabas acostada en la cama, totalmente vestida.

Flappy se quedó boquiabierta.

—¿Vestida? —repitió, sentándose.

—Así es. Te puse el pijama y te metí en la cama.

Flappy estaba horrorizada. ¡Qué situación más indigna! Se llevó una mano al pecho, mientras una ola de calor se extendía por su rostro.

—¿Me acostaste tú?

Kenneth le dirigió una mirada divertida.

—Cariño, soy tu marido. ¿Quién más iba a llevarte a la cama?

Ella respiró hondo.

—No sé qué decir.

Si había algo en lo que normalmente era muy buena, era en saber decir lo correcto.

—No hay nada que decir. Tuviste una noche intensa con las chicas. Estoy seguro de que te divertiste mucho. —Puso una mano sobre la de ella—. Para ser honesto, me alegro de que te hayas emborrachado. A veces tienes que relajarte un poco.

—Bueno, parece que he estado un tanto relajada, ¿no?

—Pues sí. —Luego se rio, con esa clase de risa que lleva mucho tiempo reprimida y estalla de repente—. Me llamaste «Beastie» —dijo.

Flappy palideció.

—¿Beastie?

—Sí, Beastie.

¡Dios mío! Estaba a punto de perder el sentido.

—No recuerdo que nunca antes me hayas llamado «Beastie» —dijo Kenneth, al que se le veía muy contento con el nombre—. Pero puedes volver a llamarme así, si quieres. Creo que me queda bien.

Flappy trató de sonreír.

—Las cosas que una dice cuando sueña... —murmuró.

—Y, por cierto, nos han traído un ejemplar del *Daily Mail* con *The Times*. Debe de ser algún error. Le pregunté a Persephone si era suyo, pero, tal como he pensado, ella es demasiado intelectual para leer esa clase de panfleto.

—Avisaré al repartidor.

—Y tómatelo con calma hoy —dijo él, levantándose.

—Lo haré.

—Y ahora, Beastie va a jugar al golf —anunció él, con una gran sonrisa.

Persephone se dirigía a la ciudad para comprar las gotas para los ojos de Flappy. Era un bonito día de principios de otoño. El viento era ligeramente fresco y el intenso brillo del sol bañaba las zarzamoras mientras la joven conducía por los sinuosos caminos que llevaban a Badley Compton. Aparcó el coche frente al Café Délice y estaba a punto de ir a la farmacia cuando apareció Mabel Hitchens.

—Persephone —dijo, mirando a un lado y al otro de la calle—, ¿te puedo robar unos minutos?

Persephone estaba perpleja. Mabel parecía ansiosa.

—Por supuesto. Voy a comprar algo en Boots para la señora Scott-Booth.

—Eso puede esperar. Ven y toma un café conmigo —dijo decidida, y la hizo entrar al café.

Esther, Madge y Sally ya estaban en una mesa de la esquina. Cuando vieron a Persephone, le sonrieron y acercaron otra silla. Ella las saludó y se sentó.

—¿Qué quieres tomar? —preguntó Mabel.

—Un café con leche estaría bien, gracias —respondió ella. Mabel fue al mostrador para pedirle a Big Mary el café con leche y otra ronda de cafés para ella y las otras mujeres.

—Bonito día —dijo Sally, mientras esperaban a que Mabel volviera a la mesa.

—Desde luego —asintió Persephone.

—Siempre pienso que la primavera y el otoño son las estaciones más bonitas —dijo Madge.

—Yo también —dijo Esther—. Enero y febrero son muy duros, especialmente si sales a caballo todos los días. Aun así, alguien tiene que hacerlo.

Mabel volvió a la mesa y se sentó.

—Verás —dijo con un tono de voz conspirativo—, necesitamos hablar contigo sobre Flappy.

—¡Oh! —musitó Persephone incómoda, sintiéndose desleal de repente.

—Flappy no es ella misma estos días —dijo Esther—. Se ha vuelto muy rara y está haciendo cosas extrañas y fuera de lugar, como emborracharse.

—Sí, parece que tiene una buena resaca esta mañana —reconoció Persephone.

—Tú estás con ella todos los días. Se nos ha ocurrido que es posible que sepas lo que le está pasando —dijo Sally.

Persephone se encogió de hombros. No quería ser indiscreta, pero claro, esas mujeres eran las mejores amigas de Flappy. Quizás tenían razón al preocuparse por ella. En efecto, Flappy había estado actuando de manera extraña.

—Acabo de empezar a trabajar para la señora Scott-Booth —empezó Persephone—. Así que no estoy segura de qué es lo normal. Pero puedo decirles que se ha habituado a meditar todas las tardes, a las cinco.

—¿Sola? —inquirió Mabel.

—Bueno, le estoy buscando un gurú que le enseñe cómo hacerlo correctamente, pero hasta ahora no he encontrado a ninguno. Los gurús no crecen en los árboles en Badley Compton.

—Necesitas un indio —dijo Madge con firmeza—. Flappy querrá que sea auténtico.

—¿Cuánto tiempo se queda meditando? —preguntó Sally.

—No estoy segura. Yo me marcho a las seis, y ella aún no ha vuelto. ¿Una hora y media? ¿Dos horas?

Las cuatro mujeres se miraron pensativas, mientras Big Mary les servía los cafés.

—¿Va todo bien entre ella y Kenneth? —siguió interrogando Madge cuando Big Mary se hubo ido.

—Creo que sí —respondió Persephone—. El señor Scott-Booth juega al golf todas las mañanas, pero vuelve para almorzar. Desayunan y almuerzan juntos todos los días. Parecen felices.

—Entonces, ¿ella no está teniendo una aventura? —rio Esther.

—¡Esther! —gritó Mabel—. ¡No puedes decir eso! Si hay una persona en Badley Compton que no tendría una aventura, esa es Flappy. —Se volvió hacia Persephone—. Flappy es una mujer de elevados principios morales —dijo con solemnidad.

—Pero se la ve distraída —observó Sally.

—Y algo despistada —añadió Madge.

—E insólitamente feliz —completó Esther.

—¿No está feliz normalmente? —preguntó Persephone.

—No *tan* feliz. Ahora está más que feliz —aclaró Esther.

—Es como un estado de beatitud —dijo Madge, asintiendo lentamente para demostrar que sabía cómo era dicho estado debido al retiro que había realizado en la India—. Si está así por la meditación, debe de ser porque ha alcanzado un lugar al que el común de las personas no llega.

Mabel suspiró.

—Suelo hablar con ella por teléfono todos los días, pero no me ha llamado últimamente.

—Se está volviendo bastante amiga de la señora Harvey-Smith —dijo Persephone.

—Flappy no es el tipo de persona que deja a sus amigos porque aparece alguien más importante. Decididamente, no es así —aseveró Mabel, preguntándose en secreto si dejar a sus amigos no sería más que otro síntoma del peculiar cambio en Flappy.

Persephone las dejó terminando sus cafés y salió. Puso rumbo a la farmacia a por las gotas para los ojos, pensando en las amigas de Flappy y en lo poco que realmente la conocían. Lo que Flappy decía y lo que hacía eran dos cosas muy diferentes, pero esas mujeres estaban impresionadas, como Flappy quería que estuvieran. Persephone tenía una idea bastante clara de lo que le había pasado a Flappy, pero no estaba dispuesta a compartirla con nadie. Prefería quedarse al margen y ver cómo se desarrollaban las cosas. ¿Meditación? *¿De verdad* pensaban que se trataba de eso?

—La meditación —concluyó Mabel—. Es eso. Pero, ¿cómo lo está haciendo, sola, sin un gurú?

—Tenemos que averiguarlo —dijo Madge.

—Espiémosla —sugirió Sally, temblando de excitación.

Las otras tres la miraron horrorizadas. Pero luego, tras pensarlo un poco más, el horror desapareció y fue reemplazado por un sentimiento de intriga y de travesura. Se miraron las unas a las otras con aire culpable.

—¿Y si nos descubre? —preguntó Madge nerviosamente, reduciendo su voz a un susurro.

—No lo hará —aseguró Sally con firmeza—. Tendremos cuidado. Aparcaremos en el borde de la propiedad, detrás de la cabaña, y nos deslizaremos a través del bosque. Podríamos mirar por la ventana. Si está meditando, tendrá los ojos cerrados.

—Buen plan —se entusiasmó Esther.

—Muy bueno —asintió Madge.

—Y si nos descubriera, podríamos decir que la estábamos espiando por preocupación —dijo Mabel.

—Exactamente —la apoyó Sally.

—Solo queremos recuperar a la antigua Flappy —dijo Mabel, y asintieron con la cabeza. Era lo que *todas* querían.

11

Flappy no se encontraba bien. Salió al jardín y se echó en una de las tumbonas. Cuando Persephone regresó de Badley Compton con las gotas encontró a su jefa dormida, con la revista *Spectator* sobre el pecho. Preocupada de que se quemara con el sol, Persephone movió la sombrilla para proteger su rostro. A pesar de que eran principios de septiembre, el sol todavía estaba bastante fuerte, y Persephone sabía cuánto apreciaba Flappy su piel. Gracias a ese pequeño gesto, cuando Flappy se despertó no tenía la cara roja como una langosta, sino ligeramente sonrosada. La siesta le había hecho bien y se sentía mejor.

—Me he encontrado con sus amigas en el café de Big Mary —le dijo Persephone al verla entrar.

—¿Cuáles? Tengo tantas amigas en Badley Compton...

—La señora Hitchens, la señora Hancock, la señora Tennant y la señora Armitage —enumeró Persephone.

—¡Ah! Un verdadero aquelarre. Supongo que estaban hablando de mí —dijo Flappy, abanicándose con la revista—. Todavía hace calor ahí fuera, ¿no? Menudo verano hemos tenido.

—Me han preguntado cómo se encuentra usted —respondió Persephone con cautela.

—Era de esperar. Supongo que estaba algo achispada anoche. No es propio de mí. Nunca me pongo achispada. —Sonrió, con una pizca de placer—. Creo que es imperativo soltarse el pelo de vez en cuando,

¿no crees, Persephone? La vida es muy aburrida si uno siempre se comporta correctamente, y qué mejor ocasión para soltarse el pelo que cuando se está con los mejores amigos?

—Tiene razón —dijo Persephone. Solo había trabajado para la señora Scott-Booth durante un par de semanas, pero ya sabía que la mejor política era estar siempre de acuerdo. Lo había aprendido de Kenneth, que en eso era un maestro.

—Esta noche voy a jugar al *bridge* con la señora Harvey-Smith —le recordó Flappy—. Estaré ocupada con mi meditación habitual a las cinco. Recuerda, nadie debe molestarme. Es muy importante. Cuando se trata de profundizar en el subconsciente, es necesario evitar cualquier interrupción.

—No se preocupe, señora Scott-Booth. Todos aquí sabemos que no deben molestarla.

—Así es. Somos *tan* afortunados... El personal es muy considerado aquí en Darnley.

Flappy se sentía mejor, pero aún no al cien por cien. Un setenta, diría, si se pusiera a pensar, lo cual hizo porque no tenía nada más que hacer ese día. De haber hecho su sesión de yoga se sentiría equilibrada y serena, lo sabía. Si hubiese nadado y bailado desnuda, habría vuelto a sentir esa maravillosa sensación de euforia que la había acompañado la semana anterior. Pero no, se había emborrachado y, debido a su falta de autocontrol, ahora se sentía pesada. Nada parecía capaz de aligerarla. Ni siquiera imaginar a Charles haciéndole todas esas cosas deliciosamente traviesas logró levantarle el ánimo. Decidió que pasaría la tarde en su dormitorio, bajaría a la cabaña para meditar ante su Buda a las cinco y luego iría a lo de Hedda para el *bridge* de las siete. Detestaba tener que cancelar la cita con Charles, pero era inevitable. Bella no estaba en su mejor momento hoy, y Beastie se merecía solo lo mejor.

Mientras Flappy dormía en su habitación a oscuras, Persephone estaba en la biblioteca trabajando en la organización del mercadillo, el té del Festival de la Cosecha, el desfile de disfraces infantil de Halloween y la Noche de las Hogueras, y respondiendo a todos los correos electrónicos dirigidos a Flappy relativos al comité parroquial y a varios otros comités y grupos de los que formaba parte. Contestó el teléfono, se puso en contacto con las jardineras Karen y Tatiana y, en general, se hizo cargo de la gestión de Darnley, que requería mucha atención al ser un lugar tan grande. Mientras tanto, Flappy dormía y soñaba con Charles y con lo bien que le iría a ella en la mesa de *bridge* esa noche, porque Flappy, hay que reconocerlo, era una jugadora extraordinariamente buena. Cuando se despertó, casi había recuperado su nivel de entusiasmo normal. Su hígado se había autorreparado como lo hacen los hígados sanos como el suyo, y sus ojos ya no estaban inyectados en sangre. No necesitaba gafas oscuras para ocultar los ojos de sabueso. Solo necesitaba un poco de maquillaje, una infusión de hierbas y tal vez un plátano con miel para sentirse bien de nuevo.

Con paso alegre y el perfume de las rosas en sus fosas nasales, se abrió paso a través de los jardines bien cuidados hasta la cabaña, para su meditación. Lamentaba haber cancelado el encuentro con Charles, porque ahora se sentía con ganas. Aun así, tal vez una hora de contemplación la llevaría a estar al cien por cien para la partida de *bridge* de Hedda. Después de todo, tendría muchas tardes para pasar con Charles. Las veía extenderse hacia el horizonte y por encima de él; una serie de encuentros celestiales que parecía no tener fin. Se preguntó si era posible que el cuerpo se desgastara con tanta actividad, mientras metía la llave en la cerradura y la giraba.

Encendió las velas de té y las cuatro varillas de incienso que Gerald había colocado cuidadosamente alrededor del Buda en bonitos recipientes de cerámica. Conectó su móvil Apple en altavoz y puso la música New Age que Persephone había seleccionado para ella, que reproducía el sonido de un arroyo corriendo por un bosque. Deliciosamente calmante, pensó. Por último, roció las flores que había recogido en el camino y colocado a los pies del Buda (algo que consideró bastante auténtico), se quitó los zapatos y se sentó con las piernas cruzadas sobre el cojín de color naranja brillante que Gerald le había comprado para ese fin. Gerald siempre estaba tan atento a los detalles, reflexionó mientras se ponía en la posición de loto. Se preguntó cuándo haría los arreglos para pintar las paredes y qué telas sugeriría para las cortinas y las persianas. Tal vez debería cambiar también la alfombra. Se imaginó que Gerald ya había pensado en eso, porque siempre pensaba en todo. Luego, mientras ponía las manos sobre las rodillas y unía ligeramente los pulgares con los dedos índice, pensó en la suerte que tenía de poder sentarse en esa posición, porque la mayoría de las mujeres que conocía (y los hombres, por supuesto), eran demasiado rígidos para siquiera intentarlo. Pero años de yoga habían mantenido flexible a Flappy. Tan flexible, de hecho, que podría mantener esta posición durante horas si fuera necesario. Flappy nunca se jactaba de ello, pero sería un error no reconocer que tenía el cuerpo de una mujer mucho más joven.

Mientras cerraba los ojos y trataba de aquietar su mente, lo cual era casi imposible considerando lo ocupada que estaba, Mabel, Madge, Esther y Sally, que venían en el coche de Mabel, aparcaron en el borde de la propiedad, a poca distancia detrás de la cabaña. Salieron del coche nerviosas y en silencio.

—¿Crees que estamos haciendo lo correcto? —preguntó Madge, deseando de repente estar en cualquier otro lugar, menos allí.

Mabel se volvió hacia ella. Habiendo tomado el control en ausencia de Flappy, Mabel estaba resultando ser un tanto tiránica.

—¿Quieres que volvamos a tener a la antigua Flappy? —preguntó con decisión.

—Sí —aseguró Madge, pensando que tampoco le gustaba demasiado la nueva Mabel.

—Entonces ven conmigo. —Mabel miró su reloj—. Son las cinco y cuarto. Debe de estar en eso ahora.

Las otras dos no protestaron, y siguieron a Mabel por el sendero que serpenteaba entre los árboles. La luz de la tarde se volvía dorada mientras las mujeres avanzaban sigilosamente sobre el suelo moteado de sombras, tratando de no hacer ruido.

—¡Shhh!— siseó Mabel cuando Esther hizo crujir una rama a su paso, colocando el dedo índice en los labios. Esther dijo «Lo siento» sin emitir sonido, pero tan pronto como Mabel se dio la vuelta, miró hacia Sally y Madge y puso los ojos en blanco. Las dos le sonrieron, solidarias.

Por fin llegaron a la parte trasera de la cabaña. A pesar de que estaba a cargo de la expedición, el corazón de Mabel comenzó a latir con fuerza. Se puso una mano en el pecho, con la esperanza de calmarlo. Las cuatro estaban de pie, apretadas contra la pared. Madge empezó a sentirse mal. No quería que Flappy la pillara. Sally estaba tan nerviosa como las demás, pero pensó que el riesgo de ser atrapada valdría la pena, ya que podría incluir la aventura en uno de sus libros. Esther estaba decidida a culpar a Mabel de toda la escapada, en caso de que Flappy las descubriera. Esperaron a que Mabel diera la orden. Mabel dudó, preguntándose en un repentino destello de lucidez si era realmente una buena idea. Esther levantó la mano. Después de todo, habían llegado hasta allí, pensó. Bien podían seguir con el plan hasta el final.

—Vamos —dijo, y sin esperar a que las otras tres la siguieran, dobló la esquina.

La mente de Flappy era como un grillo rebelde. Cuanto más le decía que se quedara quieta, más saltaba, como si lo hiciera solo para fastidiarla. Trató de concentrarse en la música; luego se concentró en su respiración, y finalmente trató de imaginar que cada pensamiento era una nube que flotaba en su mente. Pero las nubes se convirtieron en ovejas y comenzaron a retozar de forma molesta y fuera de control, y no logró visualizar a un perro pastor para que las volviera a su corral. Restaba una sola manera de calmar la mente. Tendría que probar con «om».

En el momento en que la cara de Esther se asomó por la esquina inferior izquierda de la ventana, Flappy comenzó a cantar «om». Su pecho vibraba de una forma agradable. *Sí*, pensó entusiasmada, *esto me hace sentir realmente bien.* Inspiró profundamente y repitió «ooommmmmm», que se convirtió en un zumbido largo que comenzaba detrás de sus costillas y le salía por la nariz. «Ooooommmmm.»

Mabel, Madge y Sally se unieron a Esther en la ventana. Con ojos muy abiertos e incrédulos, observaron a Flappy. Allí estaba, sentada en posición del loto, a la luz de las velas y en medio de una niebla de incienso, zumbando alegremente para sí misma. La expresión de éxtasis en su rostro confirmó lo que Madge había sabido todo el tiempo: Flappy había llegado al Nirvana. Había aquietado su mente ocupada y descendido al centro mismo de su ser, a la cámara secreta de su subconsciente, a la esencia misma de su alma. Flappy se había unido a la Fuente.

Las mujeres no podían moverse ni dejar de mirarla. Después de todo, era un espectáculo emocionante ver a alguien alcanzar la Iluminación, y se habían quedado paralizadas. Cada una de ellas se preguntaba en silencio si ese estado de felicidad estaría a su alcance, o si solo estaba al alcance de personas superiores y de mente elevada como Flappy. Después de lo que pareció mucho tiempo, Mabel tiró de la manga de Esther, que se volvió para mirarla. Asintió, y le dio un codazo a Sally, quien a su vez empujó a Madge. Se alejaron de la ventana y regresaron al coche por donde habían venido. Los mosquitos revoloteaban en la luz mortecina, el aire se había vuelto húmedo y desde el mar soplaba un frío otoñal. Pasó un rato antes de que hablaran. La visión las había dejado sin palabras y un poco desilusionadas; no parecía que alguna vez fueran a recuperar a la antigua Flappy.

A las siete menos cinco, Flappy entró en Compton Court en su Range Rover, cantando con Dolly Parton *Nine to Five*. Aparcó delante de la puerta principal, se alisó el pelo frente al espejo, se pellizcó las mejillas y sonrió, porque la meditación le había otorgado un brillo juvenil y se sentía muy complacida consigo misma. Johnson la recibió en la puerta. Intercambiaron cortesías, y él le dedicó una sonrisa que, aunque guardaba la distancia adecuada entre mayordomo e invitada, la hizo sentir como si perteneciera a Compton, como si fuera una amiga íntima de su dueña. Johnson la condujo al salón, porque las noches se habían vuelto demasiado frías para sentarse en la terraza. Hedda se levantó para saludarla.

—¡Flappy! —exclamó con cara de felicidad—. ¡Qué alegría verte!

—Es maravilloso estar aquí —respondió Flappy amablemente. Las dos mujeres se tomaron de las manos y se besaron en la mejilla.

—Me encanta cómo hueles, Flappy —dijo Hedda—. Cada vez que vas a algún lado dejas una nube de nardos detrás de ti.

—Es de Jo Malone —declaró Flappy con orgullo.

—No cabe duda —dijo Hedda—. La esencia de nardos de Jo Malone es inconfundible. —Se volvió hacia las otras dos damas sentadas en los sofás—. Conoces a Mary, por supuesto, pero no creo que conozcas a Amanda Worthington. —Flappy se sorprendió al comprobar que así era. Conocía a casi todo el mundo en Badley Compton—. Amanda vive en Appledore —continuó Hedda. Bueno, eso lo explica, pensó Flappy. No conocía a todo el mundo en Appledore.

Flappy estrechó la delgada mano de Amanda y se fijó en su cabello alborotado y su rostro insulso y sin vida, y pensó que se parecía a un arreglo de flores secas que ha estado demasiados años al sol en el alféizar de una ventana, de modo que todos los colores se han convertido en un beige apagado. Sin embargo, al oír hablar a Amanda, Flappy se dio cuenta de que era muy refinada. No llegaba a ser una aristócrata como Hedda y lady Micklethwaite, sino que estaba un escalón por debajo. De clase media alta, para ser exactos, y a Flappy le gustaba ser exacta en esos asuntos. Amanda aparentaba no llevar maquillaje y lucía joyas discretas y delicadas en sus pequeñas muñecas y orejas; seguramente alhajas familiares transmitidas de generación en generación, que deberían haber quedado desterradas en el fondo de un cajón por su falta de estilo. Si había algo en lo que Flappy era buena, era en arreglarse con estilo. Amanda Worthington carecía totalmente de él.

Flappy se sentó en uno de los sillones, y cuando Johnson le preguntó en voz baja qué le gustaría beber, respondió lo bastante alto como para que Amanda lo oyera:

—Algo suave, Johnson, gracias. Me conoces tan bien que confío en que me prepararás algo bueno.

Johnson no conocía bien a Flappy, pero no parpadeó. Simplemente asintió y respondió con gentileza.

—Por supuesto, señora Scott-Booth. Déjelo en mis manos. —Unos minutos más tarde regresó con un refresco de saúco adornado con menta, en una bandeja de plata.

—Excelente —dijo Flappy, tomando la copa de cristal y sonriéndole con calidez—. Gracias, Johnson.

Flappy mantuvo una conversación educada con Amanda, aunque fue un desafío. La mujer era bastante agradable, pero, por Dios, era muy aburrida. Flappy deseó estar sentada en el otro sillón, más cerca de Hedda y Big Mary. Las dos reían a carcajadas, con la intimidad de los miembros de una familia, a pesar de que solo se habían conocido unos cinco meses antes. Flappy no pudo evitar admirar a Hedda por incluir a Big Mary, quien, había que reconocerlo, era una persona muy corriente. Con su cabello color platino y sus pantalones, por no mencionar su acento de Devon, no encajaba en Compton Court con la sobrina de un marqués. Sin embargo, Hedda no se daba aires. Podía ser estridente, segura de sí misma y comportarse con esa seguridad de la gente nacida en una mansión, pero no era una esnob. Si Flappy odiaba una cosa por encima de todas las demás, era a una esnob. La gente con clase no era esnob, solo aquellos que no estaban en ese nivel miraban por encima del hombro a las personas menos importantes. Flappy *nunca* haría algo así. Después de todo, la duquesa de Devonshire era amable con todos, Flappy la admiraba mucho, y aunque no le gustaba alardear estaba segura de que ella y la duquesa eran realmente muy parecidas.

Fue un alivio cuando Hedda anunció que era hora de jugar al *bridge*.

—Tal vez será mejor que vaya al baño antes —dijo Flappy, que no lo necesitaba pero había oído la voz de Charles a lo lejos, hablando con Johnson—. No será más que un minuto —dijo, dándose prisa.

Siguió el sonido de las vocales de Charles que le llegaban de forma entrecortada, a través de un pasillo e internándose en territorio desconocido. Efectivamente, allí estaba él, sosteniendo en sus manos una pintura con marco dorado.

—¡Flappy! —exclamó, y sus bonitos ojos verdes se iluminaron.

—No creo que sea una sorpresa —dijo ella, sonriendo con coquetería.

—No. Sabía que vendrías. Me alegro de que te hayas escabullido.

—Quería saludarte.

—Te he echado de menos hoy —dijo él, bajando la voz.

—Yo también a ti.

Charles colocó el cuadro en el suelo, apoyándolo contra la pared, y dejando sus manos libres para rodear la cintura de Flappy. La besó en la boca.

—Hueles divinamente, Bella —dijo.

—Tú también, Beastie. —Mientras lo decía, la cara roja de Kenneth se materializó frente a sus ojos. Parpadeó para alejarla.

—Te deseo —dijo Charles, y la urgencia en su voz le produjo a Flappy un aleteo en el estómago.

—Debemos esperar hasta mañana —suspiró.

—No puedo.

—Debes hacerlo. —Flappy entró en pánico de repente. ¿Pensaba tomarla allí mismo, en el pasillo? Él sonrió y Flappy sintió una flojera—. Encontraré una manera. Déjamelo a mí.

—Será mejor que vuelva al salón antes de que me echen de menos —dijo Flappy, zafándose de su abrazo.

—Te veré más tarde —dijo Charles. Flappy le lanzó una mirada severa, lo que solo lo volvió más ardiente—. Lo haré —dijo con firmeza y una expresión pícara—. Esta es mi casa y haré lo que quiera. Lo verás.

Flappy regresó al salón y encontró a las mujeres ya sentadas a la mesa.

—Vamos, Flappy —dijo Hedda—. Eres mi compañera, así que será mejor que estés en forma.

—¡Oh! Estoy en forma —aseguró Flappy, que seguía alterada y a punto de estallar de excitación. ¿Cómo iba Charles a arreglárselas para que estuvieran solos esa noche? Y en su casa, además. Con Hedda, Big Mary y Amanda sentadas en el salón, sin darse cuenta de nada. ¡Qué increíblemente emocionante! Volvió su atención hacia las cartas. No quería decepcionar a Hedda, y ciertamente no quería verse eclipsada por esa vieja y aburrida mujer que parecía un arreglo de flores secas. Sin embargo, apenas empezaron se dio cuenta de que Amanda era un demonio jugando al *bridge*. El arreglo de flores secas cobró vida de repente, y el beige se convirtió en un desafiante color escarlata. La mujer que no parecía tener nada interesante se volvió muy animada y (Flappy tuvo que admitirlo) también ocurrente, mientras les ganaba a todas con facilidad.

Al final de la partida, Flappy tuvo que fingir que no le importaba perder; después de todo, solo las personas de baja categoría perdían los estribos cuando no ganaban. Flappy ciertamente no era una de ellas. Era graciosa y encantadora, concluyó, aunque (hay que decirlo) esa tarde tuvo que esforzarse por encontrar esas cualidades en sí misma. La señora Ellis había preparado una deliciosa cena ligera, y las cuatro mujeres se sentaron alrededor de la mesa de la cocina, hablando de las distintas jugadas en una animada charla *post mortem*.

Fue al final de la cena, mientras Flappy tomaba un té de menta fresca y Hedda disfrutaba de una botella de vino dulce de postre en compañía de Big Mary y Amanda, cuando apareció Charles.

—Buenas tardes, chicas —dijo con voz alegre. Llevaba un jersey de cachemira turquesa puesto de forma casual alrededor de los hombros. Se inclinó y besó a cada una de ellas. Flappy tuvo que hacer un gran esfuerzo para no delatarse. Pero cuando se trataba de actuar, Flappy superaba a Meryl Streep. Estaba verdaderamente dotada. Sonrió de esa forma encantadora e indiferente tan suya, y nadie habría adivinado lo que ella y Charles hacían en la cabaña.

Después de una breve conversación, en la cual Hedda le informó de que ella y Flappy habían perdido ante Amanda y Big Mary, porque aún no había encontrado una jugadora que pudiera superar a Amanda, Charles levantó del suelo la pintura que traía.

—Cariño, estoy tratando de encontrar un lugar para colgar esto —le dijo a Hedda—. Tal vez tú y tus amigas podéis darme algún consejo.

Hedda negó con la cabeza, riendo.

—No seas tonto. No tengo ni idea. Pregúntale a Flappy —sugirió, mirándola—. Ella es la única alrededor de esta mesa con buen ojo para ese tipo de cosas. ¿Te importaría, Flappy? Me harías un gran favor.

Flappy asumió un aire tímido, lo cual era todo un logro para una mujer que nunca se había sentido tímida en su vida.

—No estoy segura de estar cualificada —dijo.

—Estás mucho más cualificada que cualquiera de nosotras —aseveró Hedda.

—Vamos, Flappy —la animó Charles—. Tú podrías ser la ministra del Buen Gusto de Badley Compton.

Flappy dejó su taza de té. *Ya era* la ministra no oficial del Buen Gusto de Badley Compton, pensó con satisfacción.

—Muy bien. Si realmente no puedes hacerlo tú mismo... —dijo, levantándose.

—Eres un encanto —dijo Hedda, llenando de nuevo las tres copas de vino—. Gracias, Flappy.

Flappy siguió a Charles fuera de la cocina, asombrada de que se le hubiera ocurrido una forma tan ingeniosa de verla a solas.

—Eres un demonio —dijo, encantada.

—Un demonio y una bestia —rio él—. ¡Es evidente que soy un hombre muy peligroso!

Subió rápidamente la amplia escalera, y Flappy tuvo que admitir que la escalera de Compton era más grandiosa que la de Darnley, aunque (pensó con deleite) Darnley tenía más encanto. Aceleró el paso para seguirlo.

—Hay un pasillo aquí arriba donde podría quedar muy bien —dijo él, girándose y guiñándole un ojo.

—¡Oh, Beastie! —dijo ella efusivamente— ¡Eres tan travieso!

Un momento después estaban en una habitación de huéspedes, con la pintura tirada en la alfombra, haciendo el amor en la grande y mullida cama con dosel. Flappy pensó que era lo más emocionante que había hecho en su vida. Una locura que superaba sus sueños más atrevidos. Pensar que Charles Harvey-Smith estaba dentro de ella mientras su esposa, su sobrina y su amiga estaban abajo en la cocina, en una bendita ignorancia... La emoción la llevó a un clímax más rápido de lo normal, pero Flappy se sintió bastante aliviada. No quería que Hedda los descubriera en flagrante delito. Charles salió de encima de ella, rodó hacia un costado y suspiró con placer.

—¡Soy una bestia! —exclamó.

Flappy se quedó mirando el techo desde la cama con dosel. Estaba decorado con paneles adornados con bonitas pinturas, descoloridas por el paso de los siglos, y se preguntó por qué no tenían una cama como esa en Darnley.

—Todavía no puedo creer que lo hayas logrado —dijo.

—Te he dicho que lo haría.

—Sí, lo has dicho.

—Esta es *mi* casa, y tú eres *mi* amante. Te tomaré cuando me apetezca.

Flappy sintió un escalofrío de emoción. Nunca había sido la amante de nadie antes. Además, la palabra «amante» implicaba una mujer joven y sexi con curvas en todos los lugares correctos. Se sentía halagada.

—Y, además, en tu propia casa. Nunca hubiera pensado que tendrías el valor.

—Si fuera más joven, lo haría de nuevo.

—¿Qué? ¿Ahora?

—Sí, Bella, ahora. Si tuviéramos veinte años, no te decepcionaría.

Ella contuvo el aliento.

—¡Beastie, eres insaciable!

Charles miró hacia abajo y descubrió, para su sorpresa, que su entusiasmo volvía a aumentar.

—¡Dios mío! —exclamó—. ¿Estás lista para otra ronda, Bella?

12

La noche de la fiesta de Hedda y Charles se aproximaba, y Flappy centró su mente ocupada en un asunto trivial pero muy importante. ¿Qué se pondría? Era una cuestión llena de posibilidades. Por un lado, Flappy tenía una reputación que mantener, ya que era sin duda la mujer mejor vestida de Badley Compton. Ese era un hecho indiscutible, como que Big Mary hacía los mejores pastelillos y Mabel Hitchens era la más chismosa. Por otro lado, al ser un alma sensible y discreta, Flappy no quería incomodar a otras personas, en especial a su anfitriona, que se estaba convirtiendo en una de sus amigas más íntimas. En resumen, no quería eclipsar hasta el punto de deslumbrar. Quería mostrarse elegante, con buen gusto, con un toque de su estilo inimitable (aunque Mabel se esforzaba mucho), pero al mismo tiempo quería parecer amigable. No iba a ser fácil.

—Persephone —llamó desde el salón, cinco días antes de la fiesta. La joven apareció con presteza y una expresión de alerta, lista para cualquier cosa. Flappy se estaba habituando a la cara de la chica y decidió que le gustaba mucho. Era inteligente y, siendo ella misma una persona inteligente, era capaz de apreciar una mente rápida y ágil—. Necesito comprar un vestido para la fiesta de Hedda. No tengo nada adecuado en mi armario. Me gustaría que vinieras conmigo a la ciudad y me ayudaras a elegirlo.

Ciudad, en este caso, no significaba Badley Compton. Sin duda, *allí* no había nada que valiera la pena. La ciudad era Chestminster, que estaba a cuarenta minutos en coche hacia el norte.

Las dos partieron en el coche de Flappy, que puso música clásica.

—Aborrezco la música pop —afirmó. Persephone sabía que no era cierto porque unos días antes, Flappy le había pedido que cargara gasolina y, tan pronto como encendió el motor, oyó la voz de Céline Dion cantar *Think Twice* a todo volumen en el reproductor de cedés. Sin embargo, Persephone sabía cuál era la mejor manera de responder a su jefa.

—Estoy de acuerdo con usted, señora Scott-Booth —dijo—. La música clásica es tan elegante... Me temo que la mayoría de la gente, especialmente la de mi edad, no es tan culta y refinada como usted y preferiría cantar escuchando a Radio One.

—Las masas, tan poco educadas... —asintió Flappy con un suspiro—. Sin embargo —agregó con generosidad—, algún día la apreciarán. Todos estamos en nuestro camino espiritual, ¿no? No importa cuánto tiempo nos lleve o por qué camino viajemos, todos llegaremos allí al final. —Resopló un poco, porque después de todo había tomado la vía rápida, y seguramente llegaría mucho antes que todos los demás.

—Tiene toda la razón —coincidió Persephone—. ¿Cómo le está yendo en su meditación?

—Maravillosamente —dijo Flappy con entusiasmo—. A veces siento que he ido tan lejos que tengo miedo de no volver.

—Eso no sería bueno.

—No. Estaría muerta —dijo Flappy con una sonrisa, porque desde que había empezado su aventura con Charles todo le parecía divertido.

Persephone también rio.

—Estoy segura de que eso ocurre muy raramente.

—Aun así, necesito permanecer en contacto con la realidad, Persephone —dijo con seriedad—. ¿Cómo es ese dicho? Uno no debe tener una mente tan celestial que no sirva para lo terrenal.

Persephone estuvo de acuerdo.

—Por cierto, todavía estoy tratando de encontrarle un gurú. No es fácil en Badley Compton. Hay algunos candidatos, pero necesito averiguar si son auténticos o solo charlatanes que quieren aprovecharse de usted.

—¡Por Dios! Eso sería terrible. Una se vuelve tan vulnerable cuando ha avanzado tanto en el camino...

Llegaron a Chestminster, una ciudad que contaba, además de con una magnífica catedral gótica, con unos almacenes John Lewis y un café Starbucks. Flappy dejó el coche en el aparcamiento municipal y luego se dirigió por la calle peatonal hasta la tienda que nunca le fallaba, Chic Boutique. La propietaria, una mujer menuda e impecable de mediana edad, estaba casualmente en la tienda y, cuando vio a Flappy, la abrazó como a una amiga a la que hacía tiempo que no veía.

—Señora Scott-Booth, ¡qué sorpresa tan agradable! —dijo efusivamente, y luego saludó a Persephone con cortesía. Por la atención que le prodigó a Flappy en exclusiva, estaba claro que no esperaba que Persephone comprara nada.

—He traído a mi asistente personal, Cheryl —dijo Flappy pomposamente—. Persephone tiene muy buen ojo para este tipo de cosas y valoro su opinión. Necesito un vestido para una fiesta.

—¿Qué tipo de fiesta? —preguntó Cheryl.

—Es un cóctel en Compton Court. La última fiesta del verano —explicó Flappy.

—Así que necesitas algo de entretiempo. Los días se hacen más cortos y hace bastante frío cuando se pone el sol. Ven, déjame enseñarte lo que tenemos.

Flappy siguió a Cheryl hasta donde estaban los vestidos de fiesta, mientras Persephone contestaba su teléfono móvil. Era Gerald, que quería concertar una cita para esa tarde a fin de presentar sus diseños para la cabaña.

—A las tres sería perfecto —dijo Persephone.

—Que sea a las cuatro —interrumpió Flappy, que había escuchado la conversación. Si Gerald estuviera en la cabaña cuando Charles llegara, le daría a su encuentro un aire de respetabilidad. Ocultarse a plena vista, pensó para sí misma con satisfacción. Le enviaría a Charles un mensaje de texto para advertirle.

Flappy eligió cuatro posibles vestidos y Cheryl los colgó en el probador.

—¿Puedo ofrecerte una taza de café? —le preguntó.

—Sí, estupendo. Y otra para Persephone. La tengo tan ocupada que necesita reponer energías, ¿no es así, Persephone?

—Desde luego —respondió ella—. Muchas gracias.

Persephone se sentó en el sofá tapizado de color rosa y bebió su café mientras Flappy salía del probador con cada uno de los trajes. Persephone tuvo que admitirlo: todo lo que se puso le quedaba de maravilla. Flappy tenía ese tipo de cuerpo esbelto al que todo lo queda bien.

—¡Oh! Ese azul es tu color —dijo Cheryl cuando Flappy salió con un vestido índigo profundo que acentuaba de forma increíble su delgada cintura y sus caderas.

Flappy se admiró a sí misma en el espejo.

—Sí, parece ser mi color, ¿no es cierto?

—Todo le queda bien, señora Scott-Booth —dijo Persephone con sinceridad—. ¿Alguna vez ha sido modelo?

—No —respondió Flappy, arrugando la nariz con disgusto—. Verás, siempre he tenido la suerte de tener un buen cerebro. La de modelo es una profesión para mujeres superficiales, que no tienen nada que ofrecer más que su belleza. Nunca confiaría *únicamente* en eso. La belleza se desvanece, después de todo. —Se llevó una mano a la cara—. Soy tan afortunada de que la mía no se haya desvanecido todavía... —Luego añadió, con ese toque de autodesprecio que le era característico, porque si había algo que Flappy no hacía era alardear—: Por supuesto, finalmente lo hará. El tiempo nos acaba alcanzando a todos, ¿no es cierto?

Flappy estaba encantada con el vestido azul. Era perfecto. Elegante a los ojos de las mujeres y sutilmente sexi a los de Charles. Con sus joyas de oro y un chal que tenía en casa y que lo complementaría maravillosamente, consolidaría su posición como la mujer mejor vestida de Badley Compton. Cuando estaba a punto de salir de la tienda, su teléfono la alertó de que tenía un mensaje de texto. Lo sacó del bolso, se puso las gafas de lectura y echó un vistazo. Era de Charles. «Buenos días, B. Hoy estoy hecho un demonio. Espero con ansias que lleguen las cinco. Espero que estés lista para mí.»

Flappy sintió una agitación en sus ingles. Estaba lista para él ahora. «Querido B, siempre estoy lista *para ti*. No veo la hora de que sean las cinco.»

Se volvió hacia Persephone.

—Vamos a comprarte un vestido *para ti* también —proclamó, porque ahora estaba de muy buen humor y se había vuelto más generosa.

—¿En serio? —dijo Persephone sorprendida.

—Cheryl, ¿qué tienes para Persephone?

Media hora y dos tazas más de café después, Persephone salió de la tienda con su jefa, cargada con dos voluminosas bolsas de compras y una gran sonrisa.

—Es usted muy amable, señora Scott-Booth —dijo por décima vez.

—Te lo mereces. Trabajas muy duro, y yo siempre recompenso cuando la recompensa es merecida.

—Bueno, gracias. Es tan generoso por su parte pensar en mí...

—Es un placer. Después de todo, mis hijas ahora son mayores y viven al otro lado del mundo. Incluso cuando vivían en casa era difícil comprar algo que les gustara.

En ese momento le vino a la mente un recuerdo desagradable; una pelea que habían tenido las tres en Londres, en el segundo piso de Harvey Nichols. Todo lo que Flappy les sugería lo encontraban horrible, y por otro lado Flappy se había negado a pagar por lo que *ellas* habían elegido. Persephone, en cambio, había aceptado el vestido que Flappy había elegido para ella y luego le había dado las gracias de todo corazón. Esa era la clase de salida de compras que Flappy disfrutaba. Era una pena que sus hijas no hubieran sido más parecidas a Persephone.

Se detuvieron en una cafetería de camino al aparcamiento, y Flappy compró un pastelillo para cada una.

—Dime —dijo mientras se acomodaban en una mesa para dos junto a la ventana—, ¿cuándo tuviste novio por última vez?

—Me separé de Zac hace un año. Habíamos estado saliendo durante cuatro. Nos conocimos en la universidad.

—¡Oh! Eso es mucho tiempo. ¿Te rompió el corazón?

—Había durado lo que tenía que durar. Ambos lo sabíamos, pero aun así, fue difícil para los dos. Le echo de menos, pero no me arrepiento de que hayamos terminado.

—Un día, cuando estés feliz con otra persona, mirarás hacia atrás y darás las gracias a tu destino por no estar con Zac.

Persephone puso una cara triste.

—Eso espero, señora Scott-Booth. El problema es que en Badley Compto no hay ningún hombre que me guste.

—Es una laguna pequeña, estoy de acuerdo —dijo Flappy pensativa—. Para pescar algo necesitas extender más tus redes.

Persephone se encogió de hombros.

—¿Y cómo lo hago?

—Déjamelo a mí. Te encontraré a alguien, ya verás.

—¿De veras? —dijo Persephone, y rio. Flappy ya había sido lo bastante generosa al comprarle un vestido y un pastelillo. Esperar que también le consiguiera un novio parecía demasiado.

Flappy insistió.

—Si alguien puede encontrarte un novio, Persephone, esa soy yo.

—¿Cómo lo haría?

—Contactos —respondió Flappy con aire misterioso—. Se trata de a quién conoces, y yo conozco a todo el mundo.

Flappy llegó a casa a tiempo para el almuerzo. Karen había preparado un delicioso plato vietnamita de pescado, verduras y arroz al vapor.

Estaba tan bueno que Flappy decidió invitar a las chicas a una cena temática y fingir que ella lo había cocinado. Estarían muy impresionadas con el pescado al estilo vietnamita.

Kenneth había disfrutado de una buena mañana en el campo de golf. Cuando le dijo con quiénes había estado jugando y la lista no incluía a Charles, Flappy perdió interés. Kenneth se quedó un poco sorprendido. Se había acostumbrado a que ella le pidiera detalles del juego, de lo que había hecho y de sus conversaciones. Sin embargo, cuando ella le contó que se había comprado un vestido nuevo en la ciudad, pensó que eso lo explicaba todo. Flappy estaba con la cabeza en otra parte hoy, lo cual era comprensible. Faltaban solo cinco días para la fiesta de Hedda y Charles, y Kenneth sabía lo importante que era la vestimenta para su mujer.

Después del almuerzo, Flappy estaba en su dormitorio, tendiendo su vestido nuevo sobre la cama junto con el chal a juego, cuando sonó el teléfono. Estaba tan distraída imaginando su sensacional llegada a Compton Court para la fiesta, haciendo que todas las cabezas de las personas que estaban en el jardín se giraran para verla, que se olvidó de dejar que el teléfono sonara las ocho veces habituales. Lo atendió después del segundo timbre, y de inmediato le llegó la voz de Mabel, impulsada por un torrente de entusiasmo.

—¡Flappy, tengo noticias! —exclamó. Como Mabel no había tenido noticias de Flappy durante varios días, la noticia en cuestión había sido preparada para despertar su interés y recordarle lo útil que podía ser Mabel cuando se trataba de captar los chismes de la ciudad y de mantener a Flappy informada. Big Mary le había contado acerca de la partida de *bridge* en casa de Hedda, en la que había participado Flappy, pero no Mabel. Esta temía que Flappy estuviera dejando de lado a sus viejas amigas por una nueva.

—Soy toda oídos. ¿Qué pasa? —dijo Flappy, sentándose en el borde de la cama preparándose para oír esa noticia presuntamente sensacional. Por la agitación de Mabel, no esperaba menos.

—¿A que no adivinas quién vendrá a la fiesta de Hedda?

La voz de Mabel temblaba de emoción al ver que había despertado la curiosidad de Flappy, tal como esperaba.

—No sé. ¿Quién?

—¡Monty Don!

Flappy se quedó boquiabierta. La presencia del famoso jardinero sería, indudablemente, algo sensacional. Flappy tenía todos sus libros (aunque solo había mirado las fotografías) y lo había visto por televisión. Tenía que admitir (aunque no públicamente, porque era alérgica a ser como los demás) que lo encontraba atractivo. Sin embargo, le molestó un poco que Hedda no se lo hubiera dicho ella misma.

—Bueno, eso *es* una noticia —reconoció Flappy, y el corazón de Mabel se llenó de alegría por haber podido decirle a su amiga algo que aún no sabía.

—John lo supo por Big Mary esta mañana. Big Mary es una gran admiradora de Monty Don. —Mabel rio entre dientes—. ¿No lo somos todos?

—Es un horticultor muy apasionado —dijo Flappy con aire conocedor. Si esperaban que ella se pusiera al nivel de cualquier otra mujer de mediana edad de Badley Compton y hablara de lo guapo que era el invitado, estaban muy equivocados. Hablar sobre la apariencia de las personas no era algo propio de Flappy—. Tiene una mente brillante —agregó con altivez, para que quedara claro—. Sus libros son increíblemente informativos. ¿Los has leído, Mabel?

—No, no lo he hecho. Lo acabo de ver en la televisión. Es realmente guapo.

—¿Lo es? —dijo Flappy, sonando poco convencida.

—¡Oh, Flappy! Tienes una mentalidad demasiado elevada —dijo Mabel con una carcajada—. Ni siquiera te has dado cuenta de lo guapo que es Charles Harvey-Smith.

—Es un coleccionista de arte, ya sabes. Si hay algo de arte que él no sepa, no es asunto de nadie.

—Por cierto, ¿cómo va tu sala de meditación? —preguntó Mabel, cambiando de tema y sonrojándose mientras hablaba, porque la vergüenza por haber espiado a su amiga aún le dolía.

—Gerald y yo hemos estado trabajando en los diseños. Viene esta tarde para hablar conmigo. Quedará espléndida.

—¡Oh! Eres tan disciplinada... Hace falta disciplina para poder sentarse y meditar como lo haces tú.

—Siempre he sido disciplinada. Después de todo, si una no fuera disciplinada, nunca podría llevar a cabo todas las cosas que debe hacer diariamente, a pesar de estar tan terriblemente ocupada.

—Te admiro de veras, Flappy —dijo Mabel, a quien la culpa por haber espiado a su amiga la hacía adularla aún más—. Por cierto, ¿qué te pondrás para la fiesta?

A Flappy le irritó que la fiesta de Hedda fuera «la fiesta» y no «la fiesta de Hedda».

—¿A qué fiesta te refieres, Mabel?

—La fiesta de Hedda.

—¡Ah, sí! Esa fiesta. No, no lo he pensado. Estoy segura de que habrá algo en mi armario que sirva.

—Si no lo encontraras, siempre podrías pasarte por Chic Boutique. Allí siempre tienen cosas bonitas —dijo Mabel.

—Tal vez, si tengo tiempo. Pero la verdad es que estoy terriblemente ocupada.

—Bueno, no te sigo molestando, Flappy —dijo Mabel mirando su reloj y preguntándose si tendría tiempo para darse una vuelta por Chestminster. —Adiosito.

A las cuatro llegó Gerald en su viejo Volvo Estate. El maletero estaba lleno de rollos de tela y papel pintado, y cajas de muestras. Apareció en la puerta de Flappy con un portafolio negro bajo el brazo. Flappy lo saludó con cordialidad y lo llevó directamente a la cabaña, deteniéndose solo un momento para admirar a un abejorro que jugueteaba entre los pétalos de una rosa. Pensándolo bien, las rosas siempre habían sido muy especiales en Darnley. Una vez en la cabaña, Gerald dejó su portafolio sobre la mesa, abrió la cremallera y sacó cuatro paneles de inspiración. Uno para la planta baja, uno para cada uno de los dos dormitorios y el cuarto para el salón-cocina. Se había tomado la libertad de diseñar una redecoración total, sabiendo que sería fácil persuadir a Flappy para que gastara más dinero de lo que Kenneth esperaba. Nadie se entusiasmaba con un proyecto de decoración tanto como ella.

Flappy miró atentamente cada uno de los paneles, mientras Gerald le contaba la idea tras las muestras de telas y los colores de las paredes. Realmente eran preciosos, porque Gerald tenía muy buen gusto.

—¿Qué te está pareciendo el Buda? —preguntó Gerald.

—Muy inspirador, Gerald. De hecho, debo encender el incienso y las velas antes de que llegue Charles. ¿Sabes que es mi compañero de meditación?

Gerald arqueó una ceja.

—¿Quién? Charles el Guapo? ¿El marido de Hedda?

—¿Es guapo? —preguntó Flappy poniendo su mejor cara de inocencia, con los ojos muy abiertos de alguien que nunca había pensado en eso.

—Mucho —confirmó Gerald.

—Bueno, ¿no tengo suerte entonces de tener un compañero de meditación tan guapo? —De repente, a Flappy se le ocurrió que no se había acordado de enviarle a Charles un mensaje de texto de advertencia—. Llegará en un minuto.

Miró su reloj. De hecho, no tardaría más que cinco minutos.

—¡Qué bien! —murmuró Gerald, apresurándose a encender el incienso y las velas ante el Buda—. ¿Qué piensa él de tu bonita estatua?

—Que es muy adecuada para la meditación. Es algo fundamental —afirmó Flappy, mirando hacia la puerta y esperando que Charles hiciera una entrada discreta.

Justo cuando Gerald se inclinaba con la cerilla encendida, la puerta se abrió de repente y entró Charles, como un gladiador que acaba de derrotar a los leones en el Coliseo.

—¡Beastie está aquí! —exclamó con voz retumbante. Llevaba una rosa entre los dientes—. ¿Dónde está la Bella?

Flappy palideció. Gerald se puso de pie, con una expresión de sorpresa en su rostro. Charles miró a Gerald como si fuera un león que se hubiera levantado de entre los muertos, y se quitó con lentitud la rosa de la boca. Hubo un momento de insoportable incomodidad, y luego Flappy se echó a reír. Una risa ligera e indiferente. La risa de una mujer que sabe que su vida depende de salir de forma elegante de una situación potencialmente peligrosa. Si había algo en lo que Flappy era buena, era en convertir algo explosivo en algo inocuo.

—¡Oh, Charles! ¡Shakespeare otra vez, no! —exclamó. Luego se volvió hacia Gerald—. Le dije que ibas a estar aquí, así que *ce petit drame* debe ser para tu beneficio. —No sabía muy bien por qué se le había colado el francés. Debía de haber sido porque estaba terriblemente nerviosa.

Charles entendió de inmediato y se echó a reír también.

—¡Te he pillado! —dijo, señalando a Gerald.

Gerald, con la confusión pintada en su rostro, también rio, aunque su inquietud era evidente.

—Sí, lo has hecho —dijo, mirando a Charles y a Flappy alternativamente.

—¿Sabías que Charles había sido actor? —dijo ella.

—Shakespeare era uno de mis fuertes —dijo Charles, dirigiéndole a Gerald sus bonitos ojos y una deslumbrante sonrisa—. Es una escena de *Mucho ruido y pocas nueces*. Lo cual no era cierto, pero Gerald solo había leído *Noche de Reyes* de Shakespeare en la escuela; obra de la cual tampoco recordaba nada.

—Bueno, si tuvieras un trabajo te diría que no renunciaras a él para ser actor —dijo Gerald, un poco cohibido ante tanta belleza.

—¿Qué piensas del Buda de Flappy? —preguntó.

—¿El Buda? Creo que es maravilloso. De hecho, solo mirarlo me inspira a sentarme en la posición del loto y buscar el Nirvana.

—¡Oh, Charles, qué gracioso eres! —dijo Flappy, poniendo una mano en la espalda de Gerald y guiándolo hacia la puerta—. Tenemos que empezar ya.

—Claro.

—Me encanta todo, Gerald. Envía la factura a Persephone y ella se encargará del pago del depósito. Y empieza de una vez. Quiero que mi pequeño santuario esté listo lo antes posible. Mientras tanto, Charles y yo lo utilizaremos tal como está, ¿verdad, Charles?

Gerald estaba encantado de que Flappy le hubiera encargado el proyecto. Ni siquiera había mirado el presupuesto. Añadiría algunos gastos más, se dijo mientras se despedía de Charles y Flappy y salía de la cabaña. Recorrió el sendero y atravesó los jardines, pensando en lo bien parecido que era Charles. Se concentró en sus ojos, del color del topacio verde, y en su increíble sonrisa, que hacía que las líneas en sus mejillas se profundizaran de esa manera tan atractiva, y olvidó la extraña forma en que había hecho su aparición. Si no conociera tan bien a Flappy, se habría dicho que ella y Charles eran algo más que amigos.

—Pensaba advertirte —dijo Flappy, mientras Charles observaba a Gerald desaparecer por el jardín.

—Ha faltado poco —dijo él, alejándose de la ventana.

—Lo siento. Me he distraído comprando un vestido nuevo para tu fiesta.

Charles sonrió.

—Bailaré contigo —dijo, deslizando sus manos alrededor de la cintura de ella.

—¿Habrá baile? —se extrañó Flappy—. Había pensado que era solo un cóctel.

—Lo habrá, naturalmente. Me gusta mucho bailar. También habrá cena. A Hedda le encantan las fiestas.

—¡Oh! —dijo Flappy, preguntándose si había comprado el vestido adecuado para la ocasión—. ¿Qué se pondrá Hedda? —Charles se encogió de hombros—. No tengo ni idea. Me interesa mucho más lo que te pondrás tú, y si podremos escabullirnos. —Levantó las cejas y sonrió de forma sugerente.

—¡Eres una bestia! —dijo Flappy riendo.

Charles se hinchó de placer.

—¡Eres mi Bella! —Luego la tomó en sus brazos y la llevó escaleras arriba.

13

La mañana de la fiesta de Hedda y Charles, Flappy se despertó a las cinco de la mañana de muy buen humor. Su cuerpo rezumaba emoción y entusiasmo, y se sentía embargada por un amor incondicional hacia el mundo y todos los que lo habitaban. Estaba feliz. Tremendamente feliz.

Abrió las cortinas. Fuera, los muchos y hermosos jardines de Darnley estaban inmersos en la tranquila y silenciosa penumbra del amanecer. El horizonte se teñía de un rubor rosa pálido, mientras la mañana emergía con lentitud de debajo del edredón aterciopelado de la noche. Qué hermosa era esta hora mágica, que anticipaba el movimiento suave de los pájaros y otros animales al despertar, el aliento interior de la naturaleza antes de comenzar la frenética actividad del día.

La ensoñación de Flappy fue interrumpida por el sonido retumbante de los ronquidos de Kenneth en la puerta de al lado. Pero ella estaba de buen humor. Nada podía empañar la felicidad que sentía por dentro. De hecho, su corazón era como un bollo tibio, suave y elástico en su pecho, y solo sentía amor y afecto por su marido, aunque roncara como un cerdo.

Bajó a la piscina, se quitó la bata de seda y se zambulló desnuda en el agua, atravesándola como un alcatraz. Completó el primer largo deslizándose con una elegante braza, disfrutando de la sensualidad que le proporcionaba el agua envolviendo su cuerpo, y refrescando sus ingles, que ardían de anhelo por las caricias de Charles. El segundo largo fue de espalda, el tercero estilo crol y el último, una braza menos impresionante porque ya se había quedado sin fuerzas. Se secó con una toalla y se dirigió al gimnasio. Estaba demasiado inquieta para hacer yoga esa mañana. Demasiado excitada. Demasiado feliz. Solo había una cosa que hacer y era bailar desnuda al ritmo de *It's Raining Men* de The Weather Girls. Siempre le había gustado esa canción y hoy, con la fiesta de Hedda a la vista, encajaba perfectamente con su estado de ánimo. Con el pelo alborotado y las mejillas sonrosadas, Flappy saltaba en el suelo de madera, moviendo las caderas y dando patadas, sacudiendo los hombros y riendo a carcajadas, salvaje y apasionadamente, desatando a la bestia. La feroz bestia que había estado escondida durante tanto tiempo en el frío de su inconsciente más profundo, que ahora estaba en libertad para expresarse con todo su anhelo, su ardor y su placer. Se sintió maravillosamente bien. Es más, nunca se había creído capaz de sentirse de esa manera, y todo había sido gracias a Charles, por hacerle probar un poco de ambrosía y liberar su verdadera naturaleza.

Cuando se reunió con Kenneth en la mesa del desayuno, Flappy ya estaba vestida, peinada y lista para su día. Y hoy sería un gran día. Tenía *muchas* citas importantes. Además, tenía que lucir espléndida para la fiesta de Hedda y Charles. Era lo que se esperaba. La gente de Badley Compton debía verla impecable.

Kenneth estudió a su mujer con detenimiento, intentando descubrir por qué se veía tan diferente. Su cabello estaba igual que siempre, aunque ligeramente despeinado; sus ojos estaban brillantes y chispeantes, pero los ojos de Flappy siempre habían sido brillantes y chispeantes. ¿Era su piel, tal vez? ¿Sería posible que se estuviera volviendo más joven en lugar de más vieja? Por otro lado, había una agilidad en sus movimientos que no estaba allí antes, una energía nueva.

—Flappy —dijo mientras untaba mantequilla en su tostada—, ¿qué está pasando?

Flappy abrió mucho los ojos.

—¿Qué quieres decir? ¿Con qué?

—Contigo —dijo él, y sus ojos la escrutaron de nuevo.

Flappy tragó saliva. Sintió un calor y un hormigueo en la parte posterior del cuello.

—No estoy segura de saber de qué estás hablando, querido —respondió jovialmente, intentando ocultar su incomodidad.

—Te ves preciosa —dijo él sonriendo—. Eres la única mujer en Badley Compton que parece estar rejuveneciendo, no lo contrario.

—¡Oh, *eso*! —exclamó ella con alivio. Bueno, ella sabía de qué se trataba. Se echó a reír y estuvo a punto de repetir lo de siempre sobre el feo retrato del desván, cuando se dio cuenta de que no era momento para bromas. Era el momento de la astucia. Si había algo en lo que Flappy era buena, era en saber cuándo debía ser astuta.

—Tan solo tengo suerte —dijo, y sonrió cariñosamente a su esposo—. Buenos genes y un matrimonio feliz.

Él le dio unas palmaditas en la mano.

—Aposté al caballo ganador, ¿no? —dijo con una risita.

—Yo también —respondió ella, aunque no le agradó mucho que la compararan con un caballo.

A las nueve, cuando Persephone llegó, Flappy la estaba esperando con una lista de tareas.

—Buenos días, Persephone —trinó.

—Buenos días, señora Scott-Booth. Tiene la agenda llena hasta el almuerzo. Cita de peluquería a las diez, con manicura y pedicura. Debería quedar libre a la una y media.

—Bien —dijo Flappy—. Puedes llevarme a la ciudad. No quiero tener que conducir de regreso con las uñas aún húmedas. Mientras esperas a que salga, puedes hacer algunos recados para mí. —Le entregó la lista a Persephone—. Cosas habituales, sin complicaciones. Y puedes tomarte un café y un pastelillo en el Café Délice si quieres. El arreglo de mi cabello suele llevar algún tiempo. Es que tengo mucho pelo. El pobre David se pasa horas cada vez que tiene que hacerme las mechas. Le doy doble propina. Una tiene que ser generosa cuando puede.

Mientras se dirigían a la ciudad en el Range Rover de Flappy, tenían puesta la radio en la emisora de música clásica. Flappy suspiró con placer contemplando el cielo azul y las nubes blancas como plumas que flotaban en él. Hedda estará contenta, pensó. La lluvia no empañará la fiesta. Sería una noche estrellada y de luna llena, perfecta para la última fiesta del verano. El año siguiente sería Flappy quien se encargaría de dar la última fiesta del verano. Pero por ahora, estaba feliz de permitirle a Hedda ese privilegio, teniendo en consideración que se estaba acostando con su esposo. Mostrarse generosa con Hedda era lo menos que podía hacer.

Aparcó junto a la acera y las dos se bajaron. Flappy se dirigió a la peluquería, mientras Persephone permaneció unos instantes de pie junto al coche, releyendo la lista de compras. Cuando terminó de ocuparse de los encargos y comprobó que le sobraba tiempo, fue al Café Délice a por el pastelillo y la taza de café que Flappy le había ofrecido. No le sorprendió ver a las señoras Hitchens, Armitage, Hancock y Tennant sentadas a una mesa con las cabezas juntas, como un cuarteto de brujas. Les sonrió, las saludó con cortesía al pasar y se puso en fila detrás de un joven de cabello oscuro que estaba hablando con Big Mary mientras ella le preparaba el café. Los ojos de Persephone se posaron en los pastelillos y se preguntó cuál elegiría hoy. ¿El que tenía pepitas o el del glaseado rosa? Mientras Big Mary se giraba para alcanzar un plato del estante, el joven se volvió hacia ella. Captó la mirada de Persephone y sonrió.

—Hola —dijo.

—Hola —respondió Persephone.

Al joven le gustó lo que vio, porque agregó:

—Mi favorito es el pastelillo de chocolate. Ayer me comí un trozo y soñé con él toda la noche.

Persephone se rio.

—Yo soy más una «chica vainilla», pero me cuesta elegir.

—¿Entre cuáles? —preguntó él, acercándose a ella para mirar a través del cristal. Persephone señaló los dos pastelillos en cuestión.

Él pensó durante un instante, rascándose la barbilla.

—Personalmente, elegiría el que tiene pepitas.

—¿Por qué?

—Porque me recuerdan a mi infancia. Soy un nostálgico —afirmó con una sonrisa de disculpa, como si ser un nostálgico fuera una debilidad.

Persephone notó que sus ojos eran verdes como cristales de mar.

—Vale, me pediré el de pepitas —dijo—. Yo también soy una nostálgica.

—No me culpes si luego te arrepientes.

—No me arrepentiré —rio ella—. Creo que es una buena elección.

—Por cierto, me llamo George —dijo, estirando una mano.

—Persephone —dijo ella, tomándosela.

—¿Eres de por aquí?

—Sí, vivo en Badley Compton.

—Bonito lugar, ¿verdad?

—Me gusta. Algunas personas lo encuentran demasiado tranquilo, imagino. —Parecía londinense. Ciertamente no era de aquí, de Devon, pensó ella. Badley Compton no había producido nada tan atractivo, que ella supiera.

—Bueno, me temo que debo marcharme. Ha sido un placer conocerte —dijo, tomando su café para llevar del mostrador.

—Gracias por recomendarme el pastelillo —dijo ella, decepcionada por que él se fuera tan pronto.

—Un placer. Espero que lo disfrutes.

Persephone le pidió a Big Mary un café con leche y un pastelillo con pepitas.

Cuando se giró, George ya se había ido.

Un poco más tarde, a unas manzanas de distancia, Flappy estaba sentada en una cómoda silla frente al espejo, leyendo la revista *Hello!*, cuando entró Mabel. La peluquera estaba detrás de Flappy, aplicando cuidadosamente el tinte sobre los mechones de pelo y envolviéndolos en papel de aluminio.

—Hola, Flappy —dijo Mabel, sorprendida de encontrarla leyendo ese tipo de revista.

—Hola, Mabel. ¿Vienes a arreglarte el pelo? —dijo Flappy con una sonrisa.

—Pues sí —respondió ella animada—. Estoy ansiosa por la fiesta de esta noche. Big Mary dice que habrá un espectáculo sorpresa.

—¡Oh! —dijo Flappy, tratando de que no se notara su contrariedad. Por lo general era ella quien organizaba las presentaciones de artistas en las fiestas de Badley Compton—. ¡Qué maravilla! Me pregunto de quién se trata.

—No tengo ni idea. Big Mary no me lo dijo. Estoy segura de que será algo emocionante.

Mabel se acomodó en la silla de al lado de Flappy.

—¿La quieres? —dijo Flappy, entregándole la revista—. Yo ya la he hojeado. Me encanta leer *Hello!* en la peluquería. ¿A ti no? Es agotador leer el *Economist* y el *Spectator* todo el tiempo. Hay que darle un descanso al cerebro.

Mabel, que no sentía vergüenza por leer *Hello!*, la recibió encantada.

—Por cierto, ¿a que no adivinas con quién estaba intentando ligar un chico en el café?

Flappy no se molestó en tratar de adivinar. Después de todo, podría ser cualquiera.

—No lo sé —respondió—. ¿Con quién?

—Con Persephone —dijo Mabel con una sonrisa pícara.

—Bueno, eso no me sorprende. Es una chica guapa.

—Pero no vas a creer quién era el chico.

—¿Quién?

—El hijo de Hedda y Charles, George.

Ahora sí había captado su interés.

—¿El hijo de Hedda y Charles está en Badley Compton? —preguntó Flappy con sorpresa. Tenía la vaga idea de que tenían hijos, pero no habían mencionado que ninguno de ellos vendría a la fiesta.

—Sí. Es muy guapo. Tiene los ojos de su padre —dijo Mabel—. Charles tiene unos ojos preciosos, ¿verdad?

—No estoy segura de haberlo notado —dijo Flappy con tono indiferente—. Dime, ¿los has visto intercambiar números de teléfono? ¿Tomaron café juntos?

—No. Charlaron sobre los pastelillos. Él le preguntó si era de Badley Compton, y luego se marchó con su café para llevar. Aunque creo que a ella le ha gustado. Lo decía su lenguaje corporal, y el haber permanecido en el café más de lo necesario.

Mabel disfrutaba dándole a Flappy los detalles, y estaba encantada de que los estuviera devorando.

—¡Vaya! —murmuró Flappy, pensativa. Entrecerró los ojos e hizo espacio en su ocupada mente para pensar en algo. En efecto, tuvo una idea y, es justo reconocerlo, una extremadamente buena.

Mabel la observó con interés. Conocía a Flappy lo suficiente como para saber qué significaba la expresión concentrada de su rostro.

—¿Qué estás tramando? —le preguntó.

Flappy sacó el móvil de su bolso.

—Voy a hacer que inviten a Persephone a la fiesta de esta noche.

Mabel parecía horrorizada.

—No se lo vas a preguntar a Hedda, ¿verdad?

—Claro está que no voy a preguntarle a Hedda si puedo traerla —dijo Flappy—. Soy demasiado sutil para eso.

—¿Cómo vas a hacerlo?

—Escucha y aprende, Mabel —dijo Flappy con una sonrisa—. Persephone necesita un novio y George es justo el tipo de hombre que se merece. Después de todo, su tío abuelo era marqués.

Tras unos segundos, Persephone contestó el teléfono.

—Persephone —dijo Flappy—, necesito que me hagas un pequeño favor. Ve a la tienda de Branwell Street y compra un generoso ramo de flores para Hedda. Solo blancos y verdes, por favor. Tiene que ser elegante y de buen gusto, y muy grande. Cynthia sabe lo que me gusta y tengo cuenta allí, así que no tendrás que pagar. Me gustaría que escribieras una nota para acompañar a las flores, que diga: «Querida Hedda, te deseo suerte esta noche. Con afecto, Flappy». Luego quiero que vayas a Compton Court y las entregues. Es importante que no se las des a Johnson. ¿Lo entiendes? Necesito que las entregues *personalmente* a Hedda. Debes insistir en que sea así. Luego, debes preguntarle a Hedda si puedes ayudarla de alguna manera. Quiero que le ofrezcas tus servicios. Dudo mucho que los necesite, pero es gentil ofrecérselos, ¿no?

Cuando colgó, vio que Mabel tenía el ceño fruncido.

—¿Cómo puedes garantizar que Hedda la invitará a su fiesta?

Flappy le dedicó una sonrisa de complicidad. Si Flappy era buena en algo, era en entender a la gente.

—Lo hará —aseguró—. Porque esa es la clase de persona que es Hedda. Además, ya ha invitado a la mayor parte del pueblo y querrá a una chica bonita que entretenga a su hijo. Puedes apostar, mi querida Mabel, que Persephone vendrá a la fiesta esta noche, y que lucirá el vestido perfecto.

Cruzó las manos sobre el regazo y sonrió a su reflejo, sintiéndose muy complacida consigo misma.

Una hora más tarde, Persephone estaba frente a la gran puerta de Compton Court, tocando el timbre. En sus brazos acunaba un enorme ramo de azucenas y rosas blancas, tal como Flappy le había pedido. Era espléndido, y debió de costar una fortuna. No pasó mucho tiempo antes de que la puerta se abriera y tuviera a Johnson frente a ella, mirándola con asombro.

Estuvo a punto de indicarle que llevara la entrega a la entrada de servicio en la parte trasera de la casa, donde el personal contratado para la fiesta estaba ocupado desempacando toda clase de mercancías, pero reconoció el automóvil de la señora Scott-Booth y de repente se dio cuenta de que la chica con las flores era la asistente personal con la que había hablado por teléfono en varias ocasiones.

—Tú debes de ser Persephone —dijo.

—Y usted debe de ser Johnson —respondió ella, sonriendo.

—En efecto. ¿Me permite que las lleve? —Estiró las manos para tomar las flores.

—La señora Scott-Booth me ha pedido específicamente que se las entregue a la señora Harvey-Smith en persona.

Johnson enarcó las cejas. Eso era algo muy inusual.

—¿De veras? —dijo, pensando en la temible señora Scott-Booth.

—Si no le importa, será mejor que haga lo que me ha pedido —dijo Persephone—. No lleva muy bien que la desobedezcan.

Johnson arqueó nuevamente sus cejas blancas y pobladas y asintió, con una mirada comprensiva.

—Entonces será mejor que entre. La señora Harvey-Smith está en la carpa. Estoy seguro de que no le importará dedicarle un momento de su tiempo.

Persephone siguió a Johnson a través de la casa hasta el jardín de la parte trasera, sobre cuyo césped se había erigido una bonita carpa de estilo indio en rojos, azules y dorados. Era la carpa más espléndida que Persephone había visto jamás. Se preguntó qué pensaría Flappy al respecto, porque, que ella supiera, Flappy nunca había puesto una carpa tan espléndida y, sin duda, se sentiría un poco contrariada. De la carpa entraba y salía un torrente de gente atareada, cargando sillas y mesas, jarrones y flores, equipos de iluminación y Dios sabe qué más, como abejas en una colmena. En medio de la carpa, hablando con una mujer de aspecto importante, estaba la propia abeja reina, Hedda Harvey-Smith, vestida de manera informal con *jeans* y un polo.

Johnson y Persephone avanzaron en dirección a ella. Hedda interrumpió su conversación. Al ver a Persephone y las flores, sonrió.

—¿Son para mí? —preguntó ella, con el rostro iluminando por la agradable sorpresa, a pesar de que ya había un magnífico despliegue de flores en cada mesa.

—Soy Persephone, señora... —empezó la joven.

—¡La asistente personal de Flappy! —exclamó Hedda—. He oído hablar mucho de ti. ¡Qué amable eres al traerme estas flores! ¡Y qué dulce y amable por parte de Flappy! —Leyó la nota—. ¡Qué encanto! —dijo, sacudiendo la cabeza con afecto—. Dile que se lo agradezco mucho. Me emociona que haya pensado en ello.

—La señora Scott-Booth me pidió que le preguntara si necesita ayuda. —Persephone se echó a reír—. Pero puedo ver que ya tiene todo bajo control. La carpa es increíble. Nunca había visto una tan bonita en mi vida.

—Me complace mucho que te guste. Sin embargo, no es mérito mío, sino de Jill. Jill, esta es Persephone.

Las dos mujeres se dieron la mano. Johnson tomó las flores de Persephone.

—Pondré esto en un jarrón —dijo, y se dirigió a la casa.

De pronto, Hedda miró por encima del hombro de Persephone y una expresión de adoración se adueñó de su rostro.

—¡George!

Persephone se volvió y se encontró con el joven con el que había hablado en el café esa mañana. Él pareció gratamente sorprendido de verla.

—¿Persephone? —preguntó mientras su sonrisa se ensanchaba.

Hedda estaba confundida.

—¿Os conocéis?

—Nos conocimos en el Café Délice esta mañana —dijo George—. ¿Has disfrutado de tu pastelillo con pepitas?

—Lo he disfrutado —respondió ella, riendo.

—¡Uf! Por un momento pensé que estabas aquí para regañarme por sugerirte el pastelillo equivocado.

Hedda entrecerró los ojos y miró de Persephone a su hijo y viceversa.

—En realidad, Persephone —dijo—, me vendría muy bien tu ayuda. George va a colocar las tarjetas con los nombres de los invitados. Podrías echarle una mano. Y, mientras lo haces, tal vez querrías escribir una con tu nombre. Me encantaría que vinieras esta noche, si estás libre. Podrías sentarte al lado de George.

Persephone no se lo esperaba. Se sentía como Cenicienta siendo invitada al baile.

—¡Oh! Me encantaría —respondió—. Espero que no estropee la disposición que tenía prevista.

Hedda le tocó el brazo y sonrió.

—Querida, serás la única persona de la edad de George. Creo que en realidad somos *nosotros* los que te necesitamos *a ti*.

—Ven, Persephone —dijo George—. Vamos a ponerte a trabajar.

A la una y media, Persephone estaba esperando en el asiento del conductor del coche de Flappy, a que su jefa saliera de la peluquería. Lo hizo con los dedos estirados, porque el esmalte de uñas de color frambuesa aún no estaba completamente seco.

Persephone le abrió la puerta y la ayudó con el cinturón de seguridad, para que no se le estropeara la manicura. Mientras se dirigían hacia Darnley, le contó a Flappy sobre la invitación de Hedda.

—¡Qué amable por su parte! —dijo Flappy, aparentando sorpresa—. ¿Cómo es ese hijo suyo? ¿Es guapo?

—Creo que lo es —respondió Persephone—. Pero la belleza está en el ojo del que mira, ¿no es así?

—Ciertamente —asintió Flappy. Era evidente que a Persephone le gustaba. Después de todo, Flappy era una experta en captar lo que le pasaba a las personas—. ¿No es una suerte que tengas un vestido nuevo tan bonito para la ocasión?

—No puedo agradecerle lo suficiente, señora Scott-Booth, que me lo haya comprado —dijo con sinceridad—. Es como si hubiera sabido que me invitarían a la fiesta.

Flappy sonrió para sí misma.

—Digamos, Persephone, que mi sexto sentido me dijo que podrías necesitar un vestido.

Persephone movió la cabeza con asombro.

—Debe de ser vidente —comentó.

—Vidente no —corrigió Flappy—. No soy más que una persona intuitiva. Debe de ser toda la meditación que estoy haciendo.

14

Flappy se colocó frente al largo espejo de su dormitorio y admiró su reflejo. No se podía negar, el azul era realmente su color. Sonrió con satisfacción y una pizca de tristeza, porque a medida que envejecía le pesaba más el paso del tiempo. Era consciente de las líneas que se profundizaban en su rostro, y del cambio en la textura de su piel. Esa pérdida de vitalidad no era algo fácil de aceptar para una mujer hermosa; aborrecía la idea de que algún día la gente se refiriera a su belleza en tiempo pasado, cuando toda su vida le habían dicho lo bella que era. No quería que le dijeran que *había sido* muy guapa. La gente fea lo tenía más fácil, dijo, girándose para admirarse a sí misma de lado, porque no tenían nada que perder y mucho que ganar, ya que la vejez igualaba el campo de juego. Bueno, a pesar de que aún faltaba tiempo para que el campo de juego se emparejara, Flappy todavía se veía bien. Extremadamente bien. Al menos, se aseguró a sí misma, tenía una personalidad vivaz e interesante, algo que el tiempo no podría arrebatarle. Mientras estuviera bien de la cabeza, continuaría deslumbrando con sus réplicas ingeniosas y sus comentarios inteligentes. Seguiría siendo un activo en cualquier reunión.

Kenneth entró en la habitación de ella vestido de esmoquin, que Flappy había insistido en que llevara a pesar de que la invitación decía simplemente que la vestimenta debía ser «glamurosa». Si Flappy iba a llevar un vestido largo hasta los pies, Kenneth tenía que vestirse a juego. Le sonrió con afecto. Puede que parezca un sapo, pensó, pero sería un sapo muy elegante con su esmoquin. Kenneth observó a su esposa con admiración.

—Estás deslumbrante, cariño —dijo, y Flappy se encogió de hombros ante el cumplido, como si la avergonzara, aunque no lo hiciera. Los cumplidos nunca la hacían sonrojar.

—¡Oh, cariño! Eres tan dulce... —dijo—. A mi edad, una tiene que trabajar duro para estar más o menos decente. Pero gracias. Tú también estás guapo.

Kenneth intentaba reacomodar su cintura.

—Los pantalones me aprietan un poco alrededor del vientre —dijo con una risita—. Pero creo que podré pasar la noche sin salirme de ellos.

A Flappy no le gustaba la idea de que a Kenneth le saltara el botón de la cintura.

—¿Has probado sentarte? —preguntó. Sería horrible que se sentara y se le reventara el pantalón.

Kenneth se dejó caer en la cama de ella con una mueca.

—Mete la barriga para adentro, Kenneth —dijo Flappy—. Las chicas tenemos que hacerlo todo el tiempo.

Lo cual no era cierto, porque el vientre de Flappy estaba perfectamente plano.

Kenneth hizo el esfuerzo, pero no logró aliviar la incomodidad, solo que su rostro se tiñera de color burdeos. Entonces Flappy tuvo una idea.

—Quítatelos, cariño —ordenó—. Les coseré un trozo de elástico para que no tengas que usar el botón en absoluto.

Fue a buscar su cesta de costura, que rara vez utilizaba porque generalmente había alguien que lo hiciera por ella. Sacó una aguja, un carrete de hilo y un paquete de elástico negro. Cinco minutos después, Kenneth se subía los pantalones por las caderas y se los acomodaba en la cintura con satisfacción.

—Mucho mejor —declaró, sentándose en el borde de la cama una vez más y saltando un poco para mostrar lo bien que estaba.

—No te olvides de subirte la cremallera —le advirtió Flappy. No queremos que se caigan, ¿verdad?

—Los pájaros viejos no se caen de sus nidos —dijo Kenneth con una sonrisa.

—Eso es desagradable, Kenneth. ¡No quiero pensar en pájaros viejos en absoluto!

Kenneth rio entre dientes a su manera bonachona, y le dio un beso en la mejilla.

—Gracias, Flappy. No sé qué haría sin ti. Eres una joya. Una verdadera joya. Un diamante. La mejor joya que existe.

Flappy le devolvió la sonrisa, con el nudo de la culpabilidad apretándola justo debajo de las costillas. Era imperdonable traicionar a Kenneth de esa manera, pensó, considerando lo agradable y cariñoso que era. Si hubiera sido alguien horrible, se lo merecería. Pero no merecía ser un cornudo. Sin embargo, no había nada que ella pudiera hacer al respecto, ya que ni ella ni Charles harían nada para acabar con la aventura. Simplemente tendría que aceptar que así eran las cosas y no preocuparse por el futuro o, mejor dicho, por lo que había hecho en el pasado. Tenía que vivir el momento. Si Flappy era buena en algo, era en vivir el momento cuando tocaba.

Partieron hacia la fiesta en el Jaguar de Kenneth. Flappy miró por la ventana y sintió una repentina ola de melancolía. La luz de comienzos de otoño era suave e iluminaba los ondulantes campos de rastrojos con un tenue resplandor ámbar. El cielo era de un azul verdoso, y la primera estrella titilaba como la luz de un barco distante atravesando la niebla. La luna llena comenzaba a salir incluso antes de que el sol se ocultara lentamente detrás de los árboles. Las estaciones estaban en su punto más hermoso cuando una daba paso a la otra. Era el cambio lo que era tan encantador. Flappy disfrutaba de ese cambio mientras recorrían los sinuosos caminos hacia Compton Court. Había una humedad en el aire que no había estado allí antes, un dulce olor a naturaleza cambiante, a la lenta muerte del verano.

Las luces de Compton Court resplandecían. Las antorchas iluminaban el camino hacia la casa y había guirnaldas luminosas en los árboles. Flappy estaba demasiado deslumbrada por la belleza que la rodeaba para sentir envidia. Además, iba a pasar una noche maravillosa; la envidia no tenía cabida en la velada que Flappy imaginaba que viviría.

Los jardineros de Compton Court señalaban a los invitados que aparcaran en un campo cercano a la casa. Mientras Kenneth conducía hasta el lugar que les correspondía, Flappy observaba los rostros familiares de los que subían por un sendero que atravesaba la hierba alta hasta la casa. Por suerte, Flappy no llevaba tacones altos. Vio a Sally apoyada pesadamente en el brazo de su esposo, mientras se tambaleaba sobre unos vertiginosos tacones de aguja. Flappy abrió la portezuela del coche y posó sobre el césped sus pies enfundados en unos delicados zapatos de seda. Levantando con gracia la parte delantera del vestido, dejando entrever sus esbeltos tobillos, caminó con soltura y elegancia hacia la fiesta. Una vez en la casa, cuya fachada, había que reconocerlo, era una de las más hermosas que había visto en su vida, ella y Kenneth recorrieron un camino jalonado de luces hacia la parte trasera de la casa, donde se levantaba la carpa en toda su magnificencia india. Flappy estaba hechizada. Nunca había visto una carpa como esa. Realmente, era el tipo de maravilla que uno podría encontrar en los jardines del palacio del marajá en Udaipur, aunque ella nunca había estado allí. Hedda y Charles estaban en la entrada, con sus cuatro hijos, uno de los cuales Flappy supuso que debía de ser George.

—¡Hedda! —exclamó Flappy, tomándola de las manos y besándola en ambas mejillas.

—¡Flappy! —exclamó Hedda, recorriendo con admiración el vestido de Flappy con la mirada—. Estás preciosa.

—Tú también —respondió Flappy, aunque, siendo sincera, «preciosa» no era el adjetivo apropiado para Hedda. Iba muy bien vestida, eso sí, con un largo vestido morado que, admitió Flappy para sus adentros, era un color que combinaba bien con su pálida piel inglesa y su cabello castaño, pero era demasiado fornida para ser considerada bella. Sin embargo, lo que le faltaba de belleza se compensaba con una personalidad vivaz y desenvuelta, y con los diamantes y amatistas que brillaban en sus orejas y en su escote. Reliquias familiares heredadas de la marquesa, sin duda.

Cuando Flappy vio a Charles, se hundió en esos ojos verde mar y se sintió henchir de alegría. Esa noche iba a ser especial, lo sabía. Esa noche bailarían y pasearían por el jardín a la luz de la luna, y nadie sabría las cosas deliciosamente perversas que habían hecho en la cabaña.

—Flappy —dijo Charles, observándola con un destello de codicia en sus ojos—, estás magnífica.

Charles, que vestía un esmoquin como Kenneth, lo llevaba muy bien.

Flappy sabía que *él* no necesitaba llevar un elástico en el pantalón para esconder el resultado de beber demasiadas botellas de vino rosado. Llevaba el pelo apartado del rostro, revelando un pico de viuda al estilo de Hollywood, y sus dientes blancos relucían contra su piel bronceada. Flappy contuvo el aliento y sonrió, porque sabía que si abría la boca diría algo que la delataría. Si Flappy sabía una cosa, era cuándo mantener la boca *cerrada*.

Flappy pasó a saludar a los hijos de los anfitriones. Eran personas simpáticas y sonrientes, con los buenos dientes de su padre y la buena piel de su madre. George era el más guapo, pensó Flappy con satisfacción, y se preguntó si Persephone ya había llegado y lo había deslumbrado con su vestido.

Kenneth y Flappy entraron en la carpa, aceptaron las copas de champán y saludaron a sus amigos mientras se abrían paso. Flappy estaba asombrada por la decoración. Los elaborados arreglos de flores en las mesas; las diminutas luces del techo, que parecían estrellas; los pilares recubiertos de rosas. No pudo evitar calcular la cantidad de dinero que había costado ese lujoso evento y se dio cuenta, con creciente admiración, de que Hedda y Charles eran mucho más ricos de lo que ella había imaginado.

—¡Flappy! —gritó Mabel, saludando con la mano mientras se dirigía hacia ella a través de la multitud—. ¡¿No te parece divino?! —exclamó cuando la alcanzó. Las dos mujeres se besaron—. ¡Debe de haber costado una fortuna!

Flappy la miró con desaprobación.

—¡Oh, Mabel! Es terriblemente ordinario hablar de dinero, en especial en una noche como esta. A mí nunca se me ocurriría ponerme a estimar el coste de una fiesta mientras estoy en ella.

La sonrisa de Mabel vaciló.

—Tienes toda la razón, Flappy. No sé qué me ha podido pasar. ¿Pero no es espectacular?

—Realmente lo es —dijo Flappy—. Y estás preciosa, Mabel.

La sonrisa de Mabel regresó. Se había comprado el vestido en Chic Boutique. Cheryl le había dicho lo que Flappy se había comprado para que pudiera comprar algo similar, pero no *demasiado* similar.

—¿No es divertido vestirse de gala? No me he vestido así en mucho tiempo. De hecho, ¡no creo que Badley Compton haya sido nunca testigo de tal extravagancia!

Su comentario puso el dedo en la llaga, y Flappy había decidido que esa noche *no* iba a dejar que nadie lo hiciera. Sin embargo, después de haber organizado decenas de cócteles, cenas y fiestas benéficas a lo largo de los años, era irritante tener que reconocer que la fiesta de Hedda las eclipsaba a todas. Flappy tuvo que esforzarse para encontrar su paciencia.

—Tienes toda la razón, Mabel. No creo que Badley Compton haya presenciado nunca algo de este nivel. ¡Qué suerte tenemos de que Hedda y Charles decidieran mudarse *aquí*, a nuestro pequeño rincón provinciano del mundo!

Mabel se dio cuenta de repente de la torpeza que había cometido. Pero qué propio de Flappy ser tan generosa, pensó.

—Aunque debo decirte, Flappy, que aunque esta carpa es más grande que cualquier otra que se haya visto en Darnley, hay una elegancia en tus fiestas que es única y especial. Ni siquiera Hedda, con todo su dinero, puede eclipsarte en ese aspecto.

Flappy levantó la barbilla. Era consciente de que lo que había dicho Mabel no era estrictamente cierto. Después de todo, Hedda era sobrina de un marqués: si alguien sabía de clase, era ella. Sin embargo, al menos a los ojos de Mabel, el *amour propre* de Flappy había quedado salvaguardado. Porque era verdad, las fiestas de Flappy tenían cierta magia.

No pasó mucho tiempo antes de que apareciera Sally, tambaleándose de emoción.

—Flappy, Mabel, ¡adivinad quién ha llegado! —dijo excitada. A Flappy no le gustaban los juegos de adivinanzas. A Flappy le gustaba *saber*.

—Casi todo el mundo en Badley Compton —contestó con una mueca.

—Monty Don —dijo Mabel con una sonrisa radiante.

—¡Sí! ¡Monty Don! —chilló Sally—. Es aún más guapo en la vida real que en la tele.

Flappy sintió que se le despertaba el interés. Sin embargo, no quería que Sally supiera que estaba impresionada. Flappy no formaba parte de las multitudes de seguidores de ninguna celebridad. Su hábitat natural era estar frente a la multitud, dirigiéndola, dando ejemplo, siempre por delante.

—No estoy muy interesada en su apariencia —declaró con un resoplido—. Pero no puedo negar que es un horticultor maravilloso. Me gustaría mucho tener la oportunidad de hablar con él sobre su libro *The Irvington Diaries*.

—¡Yo solo quiero conocerlo! —dijo Sally, riendo a carcajadas—. Me da igual de qué hable.

Un momento después, Esther y Madge se acercaron para sumar su entusiasmo al de Sally, pero la atención de Flappy estaba en otra parte. Mientras se alejaba en busca de Charles, sus amigas la miraban desconcertadas.

—Demasiada meditación es algo malo —dijo Esther sombríamente—. Siempre he pensado que está muy sobrevalorada.

—Es que ella está en otro plano —dijo Madge—. Cualquier mujer de nuestra edad que no se emociona con Monty Don está en otro plano.

Sally asintió.

—Para ser sincera, tenemos más probabilidades de hablar con Monty Don si Flappy no está con nosotras. Flappy dominaría la conversación. Ya sabes cómo es —agregó, consciente de que no era aceptable ser grosera con Flappy—. Es demasiado hermosa.

—Bueno, chicas, vayamos a buscarlo —dijo Mabel, adentrándose entre la multitud seguida por Esther, Madge y Sally.

Flappy fue atrapada por el vicario y su esposa antes de que tuviera la oportunidad de encontrar a Charles. Siendo la mujer educada y amable que era, y Flappy era, de hecho, particularmente educada y amable, no evitó hablar con ellos porque habría sido una descortesía, sino que entabló conversación como si lo que le decían fuera lo más interesante que había oído en toda la semana. Cuando finalmente pudo alejarse, oyó al reverendo hablar con su esposa.

—Es encantadora, ¿no es así, Joan? Siempre tiene tiempo para los demás.

El comentario hizo que Flappy se sintiera algo mejor acerca de su infidelidad, porque el vicario estaba en contacto con Dios y ella sabía que sus cosas no estaban muy en orden en esa área.

Antes de que pudiera llegar hasta Charles fue interceptada por innumerables personas, lo cual resultó muy molesto. Pero ese era el problema de ir a una fiesta donde se conocía a todo el mundo: que todo el mundo quería hablar con una. Cuando por fin Flappy logró acercársele sonó el gong, y la habitación quedó en silencio. Los convocaban a cenar. Eso no era lo que ella había planeado, pero se tragó su decepción, sonrió como si lo estuviera pasando de maravilla y fue a examinar el plano de los asientos. Más adelante, lo sabía, habría oportunidades de hablar con Charles. Ella bailaría con él, seguramente, y caminarían juntos por el jardín con las guirnaldas centelleantes en los árboles y la luna llena mirándolos, y todo sería romántico, tierno y sensual. Tal vez se robarían un beso en un rincón secreto del jardín. Sabía que habría muchos jardines secretos, como los había en Darnley. De hecho, Darnley tenía los jardines secretos más hermosos de todo Badley Compton.

Mientras Flappy estaba de pie junto al gran tablero con el plano de los asientos, Kenneth apareció a su lado.

—Hola, querida —dijo, deslizando una mano debajo de su brazo—. ¿Ya has encontrado dónde nos sentaremos?

—No, ¿y tú?

—Sí, estoy en la mesa de Hedda —le dijo.

—¿Y yo no estaré allí? —Flappy sintió una punzada en el corazón. Siendo una amiga tan cercana de Hedda, pensaba, debería estar sentada en su mesa. Flappy no sabría cómo encarar a sus amigos, si vieran que no estaba en la mesa principal.

—Estarás al lado de Charles —dijo Kenneth, apretándole el brazo. Él más que nadie sabía cuánto significaba para Flappy estar sentada junto al anfitrión.

El ánimo de Flappy se levantó de una sacudida.

—¡Ah! Al lado del anfitrión. ¡Qué honor! —dijo, apenas capaz de contener su emoción.

—¿Dónde estarás sentada, Flappy? —Eran Mabel y las otras, que aún no habían encontrado a Monty Don.

—Estaré junto al anfitrión —respondió Flappy con un resoplido—. Soy muy afortunada por tener una ubicación tan buena.

Las cuatro mujeres la miraron con envidia, porque después de Monty Don, sería junto a Charles Harvey-Smith con quien les gustaría sentarse.

Flappy no podía haber llegado a la mesa más rápido de lo que lo hizo. A los que intentaron atajarla les dijo (de forma muy cortés y amable, eso sí), que debía darse prisa porque su asiento estaba al lado del anfitrión, y todos entendieron que era descortés hacer esperar al anfitrión. Por fin, ella y Charles estaban de pie, uno al lado del otro. Él la miró con esos ojos increíblemente atractivos y Flappy se sumergió en ellos como si fuera la Sirenita tragada por el mar.

—Hedda dispuso los asientos —dijo él con una sonrisa que hizo que a Flappy le cosquilleara el estómago.

—¡Qué amable por su parte! —respondió Flappy. E ingenuo, pensó con una pizca de suficiencia.

Charles le acercó la silla y ella se sentó. Saludó al hombre a su derecha, a quien nunca había visto antes. Parecía un viejo profesor, con gafas pequeñas y redondas y cabello ralo. Se presentó, pero Flappy estaba demasiado distraída para retener su nombre. Se dio cuenta de que al otro lado de Charles estaba la insípida (aunque una maestra en el *bridge*) Amanda Worthington. Allí no había competencia, pensó mientras sacaba la servilleta y la ponía sobre sus rodillas. Charles le sirvió vino y Flappy tomó un sorbo. Como estaba a su derecha, lo tuvo para ella sola durante la primera mitad de la cena. Tendría que volverse y hablar con Amanda durante la segunda mitad. Sin embargo, Flappy sabía que había una gran probabilidad de que no lo hiciera en absoluto. Cuando no estaba en la mesa de *bridge*, Amanda tenía poco que decir.

Charles presionó su rodilla contra la de ella. Ella le devolvió la presión. Mientras hablaban, él se las arregló para ponerle la mano en el muslo.

—Llevas un vestido precioso, Flappy —susurró—. Pero en lo único que puedo pensar es en quitártelo.

—¡Oh, Beastie, qué travieso por tu parte decir eso aquí!

—Pero es que solo puedo pensar en eso, Bella. No solo tengo la suerte de estar sentado junto a la mujer más hermosa de la fiesta, sino también de acostarme con ella.

Los ojos de Flappy se deslizaron a izquierda y derecha. Nadie estaba escuchando. Cada persona en la mesa estaba absorta en su propia conversación.

—Te estás volviendo imprudente, Beastie. Tendré que pedirte que te moderes.

—Y yo tendré que decirte que no puedo hacerlo y que no lo haré. Me haces cosas, Flappy, que ninguna otra mujer me hace. Creo que podremos escaparnos después de la cena para que pueda hacerte cosas que ningún otro hombre te hace.

La temperatura de Flappy estaba empezando a elevarse. Sentía que le ardía el rostro. Él apretó su muslo contra el de ella.

—Voy a bailar contigo esta noche, Flappy, y luego te haré el amor.

Con esa expectativa en mente, Flappy tomó un trago de vino. Luego otro. Necesitaba fortalecerse para estar allí cenando cuando en realidad quería entrar corriendo a la casa y acostarse en una de las camas con dosel de Hedda, y que Charles le quitara el vestido y las bragas de seda que se había puesto para la ocasión y le hiciera toda clase de cosas placenteras. La espera era casi intolerable. Pero la toleró, porque si había algo en lo que Flappy era buena, era en sujetar a la bestia cuando necesitaba ser sujetada.

Hubo un momento en el que Charles se volvió hacia el otro lado. Para disgusto de Flappy, porque eso significaba que tendría que hablar con el profesor. Pero antes de hacerlo, su mirada recorrió las mesas hasta encontrar a Persephone. Se alegró de ver que su asistente personal llevaba su precioso vestido nuevo, y que estaba sentada nada menos que junto a George. Flappy se sentía muy complacida consigo misma. Era emocionante comprobar que su plan había sido un éxito.

Mientras Flappy escuchaba al profesor, Charles seguía llenándole la copa de vino. La sonrisa de ella parecía dibujada de forma permanente en su cara; el profesor hablaba y hablaba, sin darse cuenta de que estaba aburriendo a su hermosa compañera de mesa. ¡Dios, qué aburrido era! De hecho, Flappy no podía recordar la última vez que se había sentado al lado de alguien cuyo tono de voz le produjera sueño. No podía esperar a que terminara la cena para que ella y Charles pudieran escaparse.

El calvario de Flappy llegó a su fin cuando Charles dio unos golpecitos con su cuchillo contra su copa de vino y las conversaciones se apagaron lentamente. Se puso de pie. *¡Qué alto y guapo es!*, pensó Flappy mirándolo embelesada.

—Mis queridos amigos —empezó, y ella se dio cuenta de que alguna vez había pisado las tablas porque su voz profunda y retumbante le recordaba a esos grandes actores de la Royal Shakespeare Company. *Sería un Hamlet maravilloso*, pensó mientras su mente vagaba una vez más hacia la cama con dosel y el buen rato que pasarían en ella—. Hedda y yo estamos encantados de que todos ustedes estén aquí esta noche, porque realmente queríamos conocerlos y darles las gracias por recibirnos en Badley Compton tan cálidamente. Cuando Hedda sugirió que nos mudáramos aquí no me entusiasmé demasiado, pero vinimos hasta aquí y ella me enseñó esta magnífica casa, pero fue la ciudad la que me acabó de convencer. Todos me recibieron con una sonrisa, todos me dedicaron su tiempo. ¡Qué diferente me resultó de Londres, donde nadie tiene tiempo para nadie! Es posible que el club de golf Scott-Booth haya sido un factor clave en decisión, por supuesto... —rio, y todos los presentes rieron con él. Flappy estaba encantada de que mencionara su apellido—. Lo que quiero es agradecerles que sean una comunidad tan encantadora, de la que Hedda y yo nos sentimos honrados de formar parte. Alzo mi copa en homenaje a mi encantadora esposa, por hacer que esta velada sea tan maravillosa. Tengo que admitir que no he tenido nada que ver con ello. Y alzo mi copa por ustedes, la gente de Badley Compton, nuestros nuevos amigos.

Todos se pusieron de pie y brindaron por Hedda y por los habitantes de Badley Compton. Flappy chocó su copa contra la de Charles y él le dedicó una sonrisa que contenía todas las travesuras que habían hecho alguna vez. Las mejillas de Flappy se sonrojaron de placer, porque esa sonrisa era para ella y solo para ella. Nunca antes en su vida se había sentido tan especial.

De pronto, arrancó la música. Era un tango. Y si Flappy sabía una cosa, era cómo bailar bien el tango.

15

Flappy se sentía un poco inestable sobre sus pies. El vino y la emoción se le habían subido a la cabeza y se sentía mareada, risueña y un poco temeraria. Años atrás, cuando era joven, había trabajado en Buenos Aires como niñera. Esto no era algo que ella mencionara nunca, porque haber sido niñera no era el tipo de cosa que le habría gustado que ninguno de sus amigos supiera. Sin embargo, lo había sido y durante ese tiempo se había enamorado del tango. Se sentaba en las calles empedradas de San Telmo, la parte más antigua de la ciudad, y miraba bailar a los porteños (la palabra correcta para citar a los habitantes de la ciudad de Buenos Aires). El tango era algo tan lleno de pasión que quizás había resonado con la pasión profunda que guardaba dentro de ella y que esperaba ser liberada. Después de un tiempo, uno de los bailarines, un anciano con un bigote cómico y unas cejas que bailaban un tango propio, le preguntó si le gustaría aprender, y ella aprovechó la oportunidad. Ahora, mientras caminaba tambaleante hacia la pista de baile con Charles, Flappy estaba ansiosa por mostrar los pasos, si es que podía recordarlos. Naturalmente, se necesita a un compañero que también los conozca, y Charles no era uno de ellos. Lo cual no disuadió a Flappy, que, animada por el vino, no estaba dispuesta a dejarse intimidar.

Había pocas personas en la pista de baile, pero Flappy era consciente de que tenía todas las miradas puestas en ella. Eso en sí mismo era embriagador: le gustaba ser el centro de atención. Charles la tomó en sus brazos e hicieron lo que todo aspirante incauto a bailarín de tango hace: avanzaron en línea, mejilla contra mejilla. Pero Flappy no era una novata. Ella sabía bailar y lo iba a demostrar. Con un gesto teatral, como si estuviera en el escenario de Señor Tango en Buenos Aires, se apartó de Charles y con destreza y de manera bastante inesperada, inició una secuencia de complicados pasos que volvían a su memoria como si fueran una habilidad innata. Impulsada por una ola de nostalgia, la música la llevó de vuelta a San Telmo. Parándose de puntillas, arrastró los pies, hizo la figura del ocho y luego la invirtió. Dio paraditas, se pavoneó y volveó a patear, sin darse cuenta de que los invitados, hipnotizados, se levantaban de sus sillas uno por uno para poder verla mejor. Flappy se movió por la pista de baile con la elegancia y el aplomo de una bailarina profesional. Charles estaba tan asombrado como todos los demás, incluido Kenneth, quien no tenía ni idea de que su esposa supiera bailar el tango. Charles no tuvo que esforzarse mucho, porque Flappy bailaba a su alrededor, subiendo los pies contra sus piernas y entre ellas, arqueando la espalda y moviendo la cabeza. Cuando terminó la música, se recostó en los brazos de Charles y levantó una pierna en el aire. La falda de su vestido flotó a su alrededor, revelando sus delgados muslos y sus gráciles pantorrillas. Mantuvieron esa posición durante un largo instante, porque Flappy era consciente de lo bien que se veía. La sala estalló en aplausos. Ella, a su vez, se sentía como si fuera a estallar de placer, y probablemente también de agotamiento, porque ahora que había terminado se daba cuenta de que le faltaba un poco el aliento y que quizá se había excedido.

Flappy logró mantenerse en pie. Charles besó su mano. Luego se volvió hacia los invitados e hizo un gesto hacia Flappy, invitándola a hacer una reverencia. No estaba segura de que sus piernas le respondieran, así que simplemente inclinó la cabeza, y todos la vitorearon. Flappy se sentía como una estrella, lo que era una muy buena sensación, sin duda. Lanzó besos como si estuviera en un escenario y sonrió triunfante. Charles se volvió hacia ella y sacudió la cabeza con asombro.

—¿Dónde has aprendido a bailar el tango? —preguntó.

—En Buenos Aires —respondió ella.

—¿Qué hacías en Buenos Aires?

Fue uno de esos momentos en los que Flappy tuvo que elegir entre la verdad, que era incómoda, y una mentira, algo poco digno de ella. Sin dudarlo, eligió lo último.

—Mi padre trabajaba en la embajada británica en Buenos Aires. El tango fue una de tantas cosas que aprendí allí.

—Eres una caja de sorpresas, Flappy —dijo él, guiándola fuera de la pista de baile—. ¡Supongo que ahora vas a decirme que aprendiste a jugar al polo!

Antes de que Flappy pudiera responder, sus amigos la estaban felicitando. Luego, Hedda se acercó corriendo, la abrazó y dijo que nunca había visto algo tan maravilloso en su vida.

—Estás llena de sorpresas, Flappy. No tenía que haberme molestado en procurarnos entretenimiento —dijo riendo.

Flappy y Charles volvieron a sus asientos y las luces se atenuaron. Un foco iluminó un piano negro y brillante. Flappy se preguntó quién iba a tocarlo. No podía imaginar que alguien pudiera hacer algo más deslumbrante que ella. Sin embargo, hubo muchos momentos en su vida en los que tuvo que admitir que estaba equivocada, y ese resultó uno de ellos. Jason Donovan entró en la pista de baile y fue recibido con aplausos entusiastas.

Flappy estaba asombrada de que Hedda hubiera logrado que Jason Donovan viniera y cantara en su fiesta. Debía de ser infinitamente más rica de lo que pensaba, se dijo. En circunstancias normales, Flappy podría haber experimentado un poco de envidia, pero esa noche, después de haber bailado el tango con tanto éxito, solo sentía euforia. Tomó un trago de vino de la copa que Charles acababa de rellenar y escuchó la voz maravillosamente profunda y cálida de Jason cantar todas sus canciones favoritas. Mientras se recostaba en su silla y se dejaba envolver por la música reflexionó sobre la velada, posiblemente la más emocionante que había vivido. Charles presionó su rodilla contra la de ella, y supo que la velada solo podía mejorar.

Era casi medianoche cuando Charles y Flappy escaparon al jardín. Hedda estaba en la pista de baile con sus hijos, las parejas de ellos y George y Persephone, que solo tenían ojos el uno para el otro. Sin embargo, Flappy estaba demasiado ocupada para apreciar el éxito de sus esfuerzos. Seguía a Charles en la noche hasta un jardín secreto, al que ingresaron por una puerta en la pared que lo rodeaba. En el jardín, plateado a la luz lechosa de la luna, él la hizo girar y la besó.

—Has estado extraordinaria en la pista de baile, Bella. No creo que olvide esta noche mientras viva.

—¡Oh, Beastie! Eres demasiado encantador —respondió ella.

—Y tú, demasiado modesta.

—Lo sé, es uno de mis muchos defectos. Debo aprender a aceptar cumplidos cuando alguien tiene la amabilidad de hacérmelos.

—Quiero colmarte de cumplidos —murmuró él, presionando los labios en su sien—. Pero en lugar de ello, te colmaré de besos.
—Flappy estaba en el cielo. De hecho, no imaginaba que el cielo fuera a ser algo tan hermoso—. Te amo, Flappy —dijo Charles.

Flappy se quedó desconcertada. El amor era una palabra muy importante. De hecho, Flappy solo le había dicho «Te amo» a Kenneth, y eso había sido muchos años antes. No tenía tiempo para reflexionar sobre el amor en ese momento, pero sabía que seguía amando a Kenneth de todos modos. En cuanto a Charles, no estaba segura de amarlo.

Los labios de él estaban cerca de los suyos y la miraba a los ojos, expectante. Evidentemente, esperaba oír que ella también lo amaba. En ese punto, Flappy tuvo la opción de decirle la verdad (que lo *deseaba*) o mentirle y decirle que lo *amaba*. No hizo ninguna de las dos cosas. Echó la cabeza hacia atrás, y le dio un largo y apasionado beso.

En ese momento oyeron un fuerte gemido, que los trajo bruscamente de vuelta a la realidad. Se separaron con rapidez, como si los hubieran picado. Allí, en la entrada del jardín amurallado, estaban Persephone y George.

Flappy los miró con horror. Una serie de visiones aterradoras pasaron frente a sus ojos: la desesperación de Kenneth, la furia de Hedda, Badley Compton rechazándola como una buscona y una puta. Deseó que el suelo se abriera, se la tragara entera y nunca más la dejara salir. Fue posiblemente el peor momento de su vida.

—Vamos, George —dijo Charles en un tono de voz diseñado para restar importancia a la situación.

George miró a su padre con disgusto.

—¡¿Qué estás haciendo, papá?! —exclamó.

—Estaba besando a Flappy. Lo admito. Me declaro culpable de los cargos. Pero era solo un besito. —Sonrió a Flappy—. Los dos estamos un poco borrachos, ¿verdad, Flappy?

Flappy no se atrevía a mirar a Persephone, pero pudo percibir, con su visión periférica, que la chica estaba sorprendida. Su rostro se había puesto blanco y parecía casi fantasmal a la luz de la luna. Flappy no sabía qué hacer. Flappy, que siempre sabía decir lo correcto, se había quedado sin palabras. Flappy, que normalmente tenía tanto control, descubrió, para su total consternación, que no tenía ninguno.

Entonces, Persephone habló.

—Señora Scott-Booth, creo que el médico le ha dicho que no debía beber alcohol con su medicación.

Flappy aprovechó la coartada que le ofrecía.

—He estado bebiendo —dijo con voz vacilante, pensando que quizás ayudaría a convencer a George de que no estaba en sus cabales. Miró a Charles.

—Lo siento. No estoy segura de lo que estaba haciendo. Creo que será mejor que me vaya a casa.

—Yo la llevaré —dijo Persephone, dando un paso adelante y ofreciéndole el brazo—. Apóyese en mí. —Y luego le dijo a George—: Lo siento, George, pero creo que será mejor que acompañe a la señora

Scott-Booth a casa. Es evidente que no está bien. Darnley está a solo diez minutos de distancia. Regresaré enseguida.

George le dedicó una leve sonrisa y se rascó la cabeza. Estaba claro que encontraba la situación desconcertante.

—Eres muy amable, Persephone. —Luego, a Charles—: Tenemos que hablar. Mamá no se alegrará cuando se entere de esto.

Flappy salió del jardín por la puerta por la que habían entrado, con la amenaza de que Hedda se enterara resonando en sus oídos. De repente, deseó estar lo más lejos posible de Compton Court.

Persephone logró meter a Flappy en su coche sin que nadie la viera; sabía exactamente cómo llegar al aparcamiento sin pasar por la carpa, gracias a haber ayudado a George con la distribución de las plazas el día anterior. Una vez en camino, Flappy confesó.

—Te voy a decir la verdad, Persephone —dijo con un suspiro. Si Flappy era buena en algo, era en saber cuándo había terminado el juego y era hora de ser honesta—. Te las has arreglado para sacarme de allí con dignidad, por lo que te estoy enormemente agradecida. —Vaciló, porque lo que estaba a punto de decir era muy poco digno—. He estado teniendo una aventura con Charles. Ha estado ocurriendo durante unas tres semanas. He perdido el control.

Persephone siguió con la mirada puesta en el camino, lo que fue un alivio para Flappy, porque no quería que chocaran ni tampoco que la joven la mirara a los ojos.

—Nunca se me ocurriría juzgarla, señora Scott-Booth —dijo Persephone con calma—. Sé muy poco de su vida. No estoy en condiciones de emitir un juicio.

—Creo que será mejor que me llames Flappy —dijo Flappy—. Si vamos a hablar de mi vida sexual, será mejor que te consideres mi amiga.

Persephone sonrió, comprensiva.

—No eres la primera en tener una aventura y ser atrapada, Flappy. Lo que debes hacer ahora es limitar los daños. Las dos personas en las que hay que pensar son el señor Scott-Booth y la señora Harvey-Smith.

—Si estás sugiriendo que se lo cuente a Kenneth, me temo que simplemente no podré hacerlo. Le rompería el corazón. No puedo hacerle eso. —La idea de perder a Kenneth hizo que el corazón de Flappy se retorciera de dolor. Puso una mano temblorosa sobre su pecho—. Amo a Kenneth —dijo en voz baja. No amo a Charles. Es solo un capricho. Un estúpido capricho.

—No es una estupidez, Flappy. Es algo comprensible; es un hombre muy guapo. No me sorprende que haya sucumbido a su encanto.

—Eres muy amable, Persephone, pero a mi edad debería saber comportarme.

—La edad no tiene nada que ver. Uno es tan viejo como se siente, y ¿por qué alguien de sesenta años debería tener menos necesidades sexuales que alguien de veinte? Eres un ser humano que se ha sentido atraído por otro. Es tan simple como eso.

—Pero estoy casada, y además felizmente casada. Me he dejado llevar. ¿Crees que George se lo dirá a su madre?

Persephone, que solo conocía a George desde hacía dos días, no pudo responder a eso.

—Lo averiguaré y te lo haré saber. Si se lo cuenta a su madre, te sugiero que vayas y hables con ella.

—Y tendré que pedirle disculpas —dijo Flappy, tragando con dificultad. No le gustaba la idea de disculparse con Hedda.

—Sí, aunque no necesita saber cuánto tiempo ha durado la aventura. El señor Harvey-Smith dijo que fue solo un beso. Puedes decirle que te dejaste llevar por el tango y una cosa llevó a la otra. Échale la culpa a la bebida y a tu medicación.

—¿Para qué podría ser la medicación? —preguntó Flappy. Nunca había tenido que tomar medicamentos de ningún tipo. Era muy afortunada por tener tan buena salud.

—Para la depresión —sugirió Persephone.

—¿Depresión?

—Sí. Porque entonces ella sentirá lástima por ti.

Flappy rio sombríamente. No quería que Hedda sintiera lástima por ella, bajo ningún concepto.

—Espero que esto quede entre nosotras —dijo.

—Por supuesto. Intentaré persuadir a George para que se mantenga en silencio, pero no puedo prometerte nada. En realidad no lo conozco. No estoy segura de lo que va a hacer.

—Te gusta, ¿no? —dijo Flappy girándose para mirarla, con una sonrisa maternal.

—La verdad es que sí —respondió Persephone, devolviéndole la sonrisa.

—Amor joven —dijo Flappy con nostalgia—. Es algo maravilloso. Tienes que atesorarlo.

—Por cierto, sé que fuiste tú quien diseñó la estrategia para que me invitaran a la fiesta.

—¿Lo sabes?

—Sí, has sido ingeniosa.

Flappy se rio. Reír sentaba bien, sobre todo cuando se tenían muchas ganas de llorar.

—Tengo mis métodos —dijo—. Estoy feliz de que haya funcionado. Incluso los mejores planes a veces fallan. George es tan guapo como su padre. Hacéis buena pareja. ¿Le gustó tu vestido?

—Mucho —dijo Persephone—. Gracias, Flappy.

—No, soy *yo* quien debe agradecerte que me hayas rescatado esta noche.

Persephone detuvo el coche frente a la casa y Flappy bajó.

—Hablemos de esto mañana, cuando haya hablado con George —digo Persephone—. Y trata de dormir un poco. Le diré al señor Scott-Booth que te he llevado a casa.

Señor Scott-Booth, pensó Flappy mientras caminaba hacia la puerta principal de su amada Darnley, tan hermosa a la luz de la luna. *Señor Scott-Booth. ¿Cómo he podido tratarlo con tan poco respeto? Después de todo lo que me ha dado a lo largo de los años, los muchos años de nuestro matrimonio. He hecho algo despreciable. Si alguna de mis amigas se hubiera comportado así con su marido, la habría evitado. Me habría mantenido en mi elevado terreno moral, porque siempre ha sido más elevado que el de los demás, y le habría dado un sermón sobre la decencia y la moderación. Pero aquí estoy, caída desde una gran altura, con el orgullo magullado y los besos de Charles convertidos en cenizas en mi boca, enfrentándome a perderlo todo. Querido Kenneth, mi adorable Sapo, ¿podrás perdonarme algún día?*

Empezó a llorar. Grandes lágrimas rodaban por sus mejillas y caían sobre el suelo de mármol mientras caminaba lentamente por el pasillo. Miró los retratos y sus ojos se detuvieron en los de Kenneth. No lo había mirado a los ojos en mucho tiempo. Allí estaba él con su ropa amarilla de golf, sentado en una silla con las piernas cruzadas, un palo de golf en la mano. Tenía la barriga redonda, el rostro brillante, las mejillas regordetas y sonrosadas y una sonrisa amplia y contagiosa, y Flappy sintió que el corazón le rebosaba de amor. Un amor que penetró en cada rincón y cada grieta, como miel dorada. Flappy se dio cuenta de cuánto había dado por sentado a Kenneth. Era una verdad impactante. Solo ahora, mientras se tambaleaba a punto de perderlo, se daba cuenta de cuánto lo valoraba.

Subió trabajosamente por la amplia escalera (de hecho, la escalera de Darnley era muy amplia) y se dirigió, tambaleándose, a su dormitorio. Se dejó caer sobre su cama con un sollozo.

¡Oh! Esta es realmente una noche oscura del alma, pensó, apretando su rostro contra una almohada y llorando a gritos. *¡Estoy completamente sola!,* se lamentó. *Mis hijos están al otro lado del mundo. De hecho, no podrían estar más lejos de mí si lo intentaran, y voy a perder mi hogar, mi precioso Darnley y a mi esposo también. No me quedará nada más que el arrepentimiento. Y una no puede vivir con arrepentimiento. Sería mejor que me tirara por la ventana. ¡Sí! Debería hacer las paces con Dios, a quien he tratado casi tan mal como a Kenneth, y luego acabar con todo.* Se levantó de la cama y se acercó a la ventana. Fuera, la cara redonda de la luna le sonreía, iluminando los jardines, los magníficos jardines,

con una luz suave y acuosa. ¿Cómo podía la luna sonreír así cuando Flappy se sentía tan desolada? Abrió la ventana e inhaló el dulce aroma de la tierra húmeda y las hojas en descomposición. La noche era silenciosa y tranquila, y guardaba sus secretos en las sombras que se demoraban alrededor de los árboles y arbustos. Flappy levantó los ojos hacia las estrellas. Brillaban como un dosel aterciopelado sobre el césped, y pensó que si bien los jardines de Compton Court eran encantadores, esto era algo completamente diferente. Comprenderlo la dejó sin aliento. Esto era el cielo. Y, si el cielo estaba aquí en Darnley, no tenía sentido saltar por la ventana y dejarlo atrás.

Flappy oyó el ronroneo característico del Jaguar de Kenneth. Se le contrajeron el estómago y el corazón, y sintió como si fuera a vomitar. Rápidamente se quitó el vestido y se puso el pijama. Se sumergió bajo el edredón y apagó la luz. Se quedó en silencio durante lo que pareció una eternidad. Oyó el ruido de la llave en la puerta, pero solo pudo escuchar los latidos de su corazón.

Finalmente, la puerta principal se abrió y se cerró, y se oyeron los pasos de Kenneth en las escaleras. Se acercaba con rapidez, y Flappy se preguntó si lo sabía. ¿Iba a gritarle? ¿Tendría que hacer las maletas e irse?

Contuvo la respiración.

Kenneth entró en el dormitorio. Flappy cerró los ojos con fuerza. Percibió el peso de él sobre el colchón cuando se sentó en el borde de la cama. Y entonces sintió una mano que acariciaba su cabello.

—Cariño, ¿estás despierta?

Flappy fingió que no lo estaba. Luego lo pensó mejor y respondió débilmente.

—Sí.

—¿Estás bien? Persephone me ha dicho que ha tenido que traerte a casa.

—¡Oh, Kenneth! —exclamó ella, sentándose y echándole los brazos al cuello—. Me he emborrachado. ¡Estoy tan avergonzada! ¿He hecho el ridículo?

—No, cariño, has estado maravillosa. ¿Cuándo aprendiste a bailar el tango así? ¡Has estado increíble!

Estaba tan orgulloso... Flappy se sintió enferma por la culpa.

—Espero que no estés molesta conmigo —dijo él, apretándola con fuerza.

—¿Enfadada *contigo*? ¿Por qué debería estarlo?

—Porque no he ido a felicitarte después de verte bailar. No quiero que pienses que estaba celoso de Charles. No lo estoy. Me alegra que hayas tenido la oportunidad de mostrarles a todos lo bien que bailas. Pero debería haber sido el primero en felicitarte.

Flappy lo besó en la mejilla.

—Eres un encanto por pensar eso. Habría sido agradable, sin duda, que me hubieras felicitado. Después de todo, tu opinión es la única que me importa. Pero en ese momento no me importaba nada. De hecho, estaba un poco borracha, así que no me di cuenta. Luego fui al jardín a tomar un poco el aire y me invadieron las náuseas. Por suerte, Persephone estaba allí y se ofreció a llevarme a casa. Y yo no he querido arruinar tu velada pidiéndote *a ti* que me llevaras.

—Ha sido una fiesta maravillosa, ¿no? —dijo Kenneth.

—La mejor fiesta que recuerdo.

—¡Jason Donovan, imagínate!

—Lo sé, deben de ser enormemente ricos —dijo Flappy con una risita.

Kenneth también rio. Se puso de pie.

—No te mantendré despierta. Debes dormir. Seguiremos charlando en el desayuno.

—Cariño, ¿dormirías en mi cama esta noche? —dijo Flappy, deseando de repente que la abrazara—. Sé que suena tonto, pero no quiero estar sola.

—Si es lo que quieres..., aunque roncaré —le advirtió.

—No me importa, de hecho creo que me gustará el sonido de mi Sapo esta noche.

—Y mañana me quedaré remoloneando un rato en la cama antes de levantarme.

—Yo también —dijo ella—. Podríamos quedarnos los dos.

Kenneth se puso el pijama y se cepilló los dientes. Luego se deslizó en la cama junto a su esposa. Ella se dio la vuelta y se acurrucó contra él.

—Esto es agradable —dijo él.

—Sí, lo es —asintió ella, disfrutando de la cercanía. Se preguntó por qué, durante tantos años, no había querido estar cerca de él. Cerró los ojos e intentó no pensar en George y en lo que podría pasar.

—Buenas noches, querida —dijo Kenneth, y la besó en la frente.

—Buenas noches, mi Sapo —respondió ella—. No lo había llamado así durante mucho tiempo, pero sonaba muy bien.

16

Flappy se despertó con dolor de cabeza, lo cual no fue una sorpresa. Sin embargo, el hecho de que Kenneth estuviera acurrucado contra ella, haciendo la cucharita, sí lo fue. El hecho de que le gustara también fue una sorpresa para Flappy. Miró el reloj de la mesita de noche. Eran las nueve y media. Inmediatamente pensó en Persephone, que estaría esperándola abajo con noticias, y se levantó de la cama con cuidado, para no despertarlo.

Rápidamente, se cepilló los dientes, se lavó la cara y se puso la bata de seda y las pantuflas. No tenía sentido preocuparse de que Persephone la viera así, cuando la chica sabía de su aventura con Charles. Después de tomarse un par de analgésicos, se apresuró a bajar las escaleras.

Persephone estaba en su escritorio en la biblioteca. Estaba radiante y le brillaban los ojos. No parecía alguien que había estado bailando hasta el amanecer la noche anterior.

—¿Qué ha dicho? —preguntó Flappy, entrando en la habitación y cerrando la puerta detrás de ella.

Flappy se dio cuenta de que las noticias no eran buenas. Se sentó, sintiendo un terrible vacío en el estómago.

—Se lo dirá a su madre —dijo Persephone con gravedad. Se notaba que le dolía decirlo, porque el brillo de sus ojos se apagó repentinamente—. Ha dicho, además, que ya ha sucedido antes.

Flappy tragó saliva.

—Ya veo —dijo, sintiéndose miserablemente derrotada.

—Pero no le dirá ni una palabra a nadie más. Hasta donde él sabe, fue un beso rápido en el jardín amurallado y nada más. Él no te culpa. Dice que su padre se aprovechó de ti, como lo había hecho con otras mujeres antes. —Flappy asintió—. Creo que será mejor que vayas a ver a Hedda esta misma mañana.

Flappy asintió de nuevo, mientras el vacío que sentía en el estómago era reemplazado por una pesadez, como si la estuvieran rellenando de cemento.

—Sí, supongo que eso es lo que debo hacer.

—Lo siento, Flappy. He tratado de persuadirlo de que no se lo contara a su madre.

—Estoy segura de que lo has hecho —respondió Flappy, pero no podía sonreír—. Gracias.

—¿Quieres que te acompañe? Puedo esperar en el coche.

—No, está bien. Esta es una batalla que debo enfrentar sola.

—Hedda podría ser más comprensiva de lo que crees, teniendo en cuenta que Charles ya lo ha hecho antes.

—Puede que sí, pero en general las mujeres se apresuran a culpar a otras mujeres. —Se encogió de hombros y miró hacia la ventana—. Si estuviera en su lugar, estoy segura de que me culparía.

—¿Puedo prepararte una taza de café? —ofreció Persephone, que sentía pena por su jefa. Por su parte, ella no se sentía cómoda con esta nueva y derrumbada Flappy. Anhelaba que regresara la segura Flappy.

—Sí, ven y hazme compañía. Podrías prepararme mentalmente antes de que vaya a la horca —rio con amargura—. Aun así, no puedo quejarme. Me lo he buscado.

Las dos mujeres fueron a la cocina y Flappy se sentó a la mesa.

—¿Cómo te fue con George anoche? —dijo—. Por favor, dime que has tenido una hermosa velada. Me ayudaría a sentirme mejor.

Una gran sonrisa iluminó el rostro de Persephone.

—Me ha besado —confesó.

El ánimo de Flappy se levantó un poco.

—¡Oh, cuánto me alegro! —exclamó—. Confío en que sea un buen besador. Es muy importante que el hombre sea bueno en eso.

—Lo es —dijo Persephone, poniendo la taza de café en la máquina Nespresso. Hubo un zumbido y luego el olor a café inundó el aire—. Creo que esto va a ser serio —agregó—. Tengo un buen presentimiento.

—Yo también —dijo Flappy—. ¿Sabes que su tío abuelo era marqués? Tiene un buen linaje.

—No, no lo sabía —dijo Persephone, a quien le daba igual que lo tuviera o no.

—¡Oh, sí! El dinero de Hedda es dinero viejo. ¿A qué se dedica George?

—Es arquitecto y vive en Londres. En Shoreditch.

Flappy no conocía a ningún arquitecto, ni conocía a nadie que viviera en Shoreditch, por lo que era imposible encasillarlo. A Flappy le gustaba encasillar a las personas según su lugar en la sociedad.

—Tiene talento, entonces —dijo—. ¡Qué maravilla tener un novio con talento!

—No es mi novio —corrigió Persephone, pero sonreía.

—Todavía —añadió Flappy con énfasis—. Y no te mudes a Shoreditch, ¿de acuerdo? Ahora que me he acostumbrado a ti, no creo que pueda prescindir de tu presencia.

Persephone puso cara de consternación.

—Por descontado que no lo haré —dijo, mientras llevaba a Flappy su taza de café—. Este es el mejor trabajo que he tenido.

—Sí, sin duda es variado y enriquecedor —dijo Flappy encogiéndose de hombros—. Pero no debo subestimar el poder del amor.

Flappy todavía estaba en la mesa del desayuno cuando apareció Kenneth, que se inclinó y le plantó un beso en la mejilla.

—Buenos días, cariño —dijo.

—Buenos días, Kenneth —respondió ella con una leve sonrisa.

—¿Cómo te encuentras?

—Algo estropeada todavía. Pero es únicamente por mi culpa —dijo, viendo cómo él tomaba una rodaja de pan y la ponía en la tostadora—. Déjame que haga eso por ti.

—No, tú quédate sentada —dijo él—. Prepararé yo el desayuno esta mañana.

Flappy se sorprendió. Kenneth no había preparado el desayuno en mucho tiempo.

—¿Cuáles son tus planes para hoy? —preguntó él.

Flappy bajó la mirada a su taza de café vacía.

—Iré a lo de Hedda para ver si puedo ayudar con la limpieza.

Kenneth parecía desconcertado. Flappy no era de las que se ofrecen como voluntarias para limpiar.

—Pensé que hoy podríamos almorzar en el club de golf —dijo él sonriendo—. Hacen una quiche deliciosa.

A Flappy no le apetecía que la vieran ese día, pero no quería decirle que no a Kenneth.

—Me encantará —respondió, con la esperanza de que, si acababa enterándose de lo de ella y Charles, su entusiasmo por almorzar con él en el club de golf sirviera de atenuante.

A media mañana, Flappy condujo por las serpenteantes calles que llevaban a Compton Court. No había llamado antes para avisar a Hedda de su llegada. Pensó que no tenía sentido. Hedda podría negarse a verla, por ejemplo, y Flappy *necesitaba* verla. Necesitaba defender su caso. De hecho, necesitaba hacer la mejor actuación de su vida y disculparse. Sin embargo, disculparse no le resultaba fácil, porque rara vez se equivocaba. Ni siquiera estaba segura de cómo hacerlo. Esperaba que, cuando llegara el momento, supiera instintivamente qué hacer.

Flappy no se percató de los bonitos colores que creaba el otoño al exhalar su frío aliento sobre los árboles y los setos, rizando sus hojas y tiñéndolas de rojos y dorados. Ignoró el azul cobalto del cielo, las nubes blancas y algodonosas y las gaviotas que volaban en círculos sobre ella. Solo pensaba en su humillación y su estupidez. Persephone le había dicho que Charles había tenido otras aventuras antes, algo que le sentó muy mal. *Ella* nunca había hecho esto antes, jamás. Había creído que Charles tampoco. Había estado convencida de que ella y él eran dos personas obligadas a traicionar a sus cónyuges por primera vez en sus vidas, porque simplemente no podían controlar su mutua pasión. ¿Cuántas veces había hecho esto Charles?, se preguntó. ¿Había sido simplemente otra conquista en una larga lista de conquistas? Se miró en el espejo retrovisor. «Eres una vieja tonta», se dijo a sí misma enfadada. «Una vieja estúpida por creerte algo así.»

Con un gran peso en el corazón, Flappy entró en el patio delantero de la magnífica mansión de Hedda y se encaminó hacia la puerta. Su instinto le decía que volviera al coche y saliera disparada, mientras su cabeza le decía que sería una insensatez. Había venido a disculparse y eso es lo que haría, con seriedad, sinceridad y pesar. Tocó el timbre con una mano temblorosa. Esperó, sin apenas atreverse a respirar, con el corazón latiendo tan rápido en su pecho que pensó que podría estallar y salir volando como un pájaro aterrorizado. Por fin, Johnson abrió la puerta.

—¡Ah! Señora Scott-Booth —dijo, y sonrió.

—¿Está disponible la señora Harvey-Smith? Necesito verla con urgencia.

Johnson la miró impasible. No había ningún indicio en su expresión de que hubiera habido recientemente una fuerte discusión entre marido y mujer, o de que Hedda se hubiera encerrado en su dormitorio y se negara a bajar las escaleras. Sencillamente, abrió la puerta del todo y la invitó a pasar.

—Por favor, sígame. La señora Harvey-Smith se encuentra en el jardín.

La mera mención de la palabra «jardín» hizo que las entrañas de Flappy se revolvieran. Pero siguió a Johnson mientras él la conducía con exasperante lentitud a través de la casa, pasando por el lugar en el que un ejército de hombres sin camisa estaba desmantelando la carpa. Flappy no quería ver la carpa ni ninguna otra evidencia de la fiesta, por lo que se sintió aliviada cuando Johnson se desvió y la llevó al jardín, donde Hedda estaba sentada en un banco al sol, tomando una taza de té. Cuando vio a Flappy, sonrió sorprendida. Flappy estaba alarmada. ¿George aún no se lo había contado?

—Querida Flappy, ¿qué haces por aquí? —preguntó.

—Necesito hablar contigo.

—Claro. Johnson, ¿le traería a la señora Scott-Booth una taza de té, sin leche, con una rodaja de limón? Ven y siéntate, Flappy. Se está muy bien aquí bajo el sol. Me temo que estos son los últimos días del verano antes de que haga demasiado frío para sentarse fuera.

—La fiesta ha sido maravillosa —dijo Flappy, sentándose junto a Hedda.

Hedda sonrió.

—Lo ha sido, ¿verdad?

—No creo haber estado en un evento tan espléndidamente organizado en toda mi vida. Realmente, Hedda, has superado todas las fiestas que he organizado.

—No lo creo. Por lo que me ha dicho Mary, tus fiestas tienen una magia única.

—Eso es muy amable por parte de ella —dijo Flappy, sintiéndose increíblemente pequeña de repente, y agradecida por cualquier cumplido.

—Cuéntame, ¿de qué necesitabas hablarme? —preguntó Hedda. Su calma le dijo a Flappy que aún no lo sabía. Estuvo a punto de inventar algo, pero no se le ocurrió nada. Por lo general, siempre podía inventar alguna historia, pero esta vez, justo cuando más la necesitaba, su mente estaba en blanco. No había nada que hacer; tendría que contarle a Hedda lo del beso.

—Charles me besó anoche —dijo mientras se le llenaban los ojos de lágrimas, porque de repente herir a Hedda se había convertido en algo más terrible que tener que disculparse—. Lo siento mucho, Hedda, no sé qué me pasó. Debe de haber sido la bebida, combinada con mi medicación. Ya sabes, la que tomo para la depresión...

Hedda puso una mano en el brazo de Flappy, sonriendo con amabilidad.

—No sigas —le dijo. Flappy se detuvo y se secó los ojos, manchándose las yemas de los dedos de rímel—. En primer lugar, agradezco que hayas venido a disculparte. George me lo ha contado esta mañana, porque estaba muy molesto. Verás, su padre lo ha hecho antes. No esperaba que vinieras a decírmelo. Es una muestra de lo decente que eres, Flappy.

—No, no lo soy —dijo Flappy, que ahora necesitaba decirle toda la verdad para que no quedara nada que atormentara su conciencia—. Me he comportado de un modo horrible. Soy la peor clase de mujer que existe. No fue solo un beso. Charles y yo hemos tenido una aventura durante las últimas tres semanas.

Hedda se rio. Flappy dejó de llorar. ¿De qué diablos se reía?

—Lo sé —dijo Hedda. Dejó de reír y se puso seria—. ¿Cómo podría ignorarlo cuando Charles regresaba todas las noches oliendo a nardos?

Flappy volvió a sentirse mal. Hedda la había felicitado a menudo por su perfume.

—Pero no me importa. Verás, tenemos un acuerdo. Mientras sea discreto, puede acostarse con quien quiera.

—¿Tenéis un acuerdo? —repitió Flappy con asombro.

—Sí, de hecho debería estarte *agradecida*. Lo último que deseo es hacer el amor con mi marido. Hace años que no quiero hacerlo. Di el tema por zanjado hace una década y le dije a Charles que podía hacer lo que le apeteciera, siempre que fuera discreto. El problema es que se sobreexcita y se confía demasiado, y luego lo pillan. No es la primera vez que uno de sus hijos lo atrapa en delito flagrante.

—¿Lo has sabido todo el tiempo y no te ha importado? —dijo Flappy, que todavía intentaba digerir esa insólita información.

—No lo dudes. Lo único que se puede decir de Charles es que tiene muy buen gusto. Su elección de mujer es siempre del más alto nivel. Desde el momento en que te conocí, supe que iría a por ti. De hecho, yo misma lo animé. Una hora de meditación todas las noches en tu cabaña era una idea perfecta. Nadie lo sabría y había pocas probabilidades de que lo atraparan. Estás felizmente casada, por lo que no se hablaría de divorcio. No podía haber una elección mejor que tú.

—¡Oh, Hedda! No sé qué decir. —Lo cual fue una gran admisión para Flappy, porque siempre sabía qué decir. Hedda volvió a palmearle el brazo.

—No hace falta que digas nada, pero me temo que esto debe acabar ya. Charles se ha pillado los dedos y debe ser castigado, de lo contrario, ¿cuándo aprenderá a ser discreto?

—¡Oh! Esto ya ha terminado —dijo Flappy, inundada por el alivio.

—¡Por favor, dime que no se lo has confesado a Kenneth! —exclamó Hedda de pronto, llevándose una mano a la boca.

—No, no lo he hecho y no lo haré. Kenneth no tiene por qué saberlo.

—Exactamente —asintió Hedda, aflojando los hombros con alivio—. Dejemos esto entre nosotras, ¿de acuerdo?

—Gracias, Hedda —dijo Flappy con sincero afecto.

—No, gracias *a ti* por entender la situación, Flappy. No hay muchas mujeres que lo hagan, pero tú no eres una mujer cualquiera. Eres única y por eso me gustas. —Volvió su atención a Johnson, que se acercaba a ellas con una bandeja—. Tu té —dijo—. Ahora, no hablemos más de Charles. Hablemos del tango. ¿Dónde diablos aprendiste a bailar así?

Cuando Flappy se marchó de Compton Court, estaba rebosante de felicidad. Sus pies apenas tocaban la grava mientras se dirigía al coche. Todo había sido perdonado. Nadie volvería a mencionarlo jamás. Kenneth no se había dado cuenta, y ella y Charles estaban arrepentidos. Flappy no podía esperar para decírselo a Persephone. De hecho, mientras subía al coche decidió que le daría a la joven un aumento de sueldo en agradecimiento. Era lo menos que podía hacer.

Flappy escuchó *My Heart Will Go On* de Céline Dion todo el camino de regreso a casa, uniendo su voz al coro. Había pasado una noche terrible, presa de la ansiedad y el remordimiento, y esperaba no volver a pasar otra noche igual. Cuando llegó a su casa, fue directamente a la biblioteca para contarle a Persephone las buenas noticias.

—Hedda me ha perdonado —le dijo.

El alivio de Persephone fue evidente.

—Me hace muy feliz —dijo—. Su actitud demuestra que Hedda es una gran persona, una mujer de espíritu generoso.

—Es una aristócrata, eso es lo que es. Ellos hacen las cosas de forma diferente al resto de nosotros.

—Es probable que tengas razón. Son de mente muy abierta —dijo Persephone.

—Haré una cura de desintoxicación —anunció Flappy—. No beberé ni una gota de alcohol durante un mes. Y me concentraré en mi meditación y en limpiar el alma. Si un alma necesita de limpieza en este momento, es la mía.

—Hablando de eso, creo que te he encontrado un gurú —dijo Persephone.

—¿En serio?

—Sí, ha llamado mientras estabas fuera.

—¡Dios mío, qué maravilla! Ha aparecido justo cuando más lo necesito. Sabes lo que dicen de los gurús, ¿no? Que tú no los encuentras, sino que *ellos* te encuentran a ti.

Persephone no comentó que, de hecho, era ella quien lo había encontrado, para no estropear la emoción de Flappy.

—Parece muy sabio —dijo, solamente.

—¿Cómo se llama? —preguntó Flappy.

—Murli —dijo Persephone—. No tiene apellido. Es solo Murli.

—¿Y dónde vive?

—En la ciudad, por lo que le será sencillo venir hasta aquí. Enseña yoga y meditación y es *coach* de vida. Pero no hace publicidad.

—Como era de esperar —dijo Flappy con aprobación.

—Ha sido todo un desafío encontrarlo.

—*Él* te ha encontrado *a ti,* ¿recuerdas? —dijo Flappy con una sonrisa—. Bueno, me vendrá bien un entrenador de vida en este momento. ¿Cuándo lo conoceré?

—Me he tomado la libertad de citarlo para mañana.

—¡Mañana! ¡Qué espléndido! Una vez que lo haya probado yo misma se lo haré saber a las chicas. Estarán muy contentas de que las incluya en mis sesiones. Cuando uno tiene tanta suerte como yo, es importante compartirla.

Flappy se dirigió hacia la puerta.

—Me voy a almorzar con Kenneth en el club de golf. ¡Y pensar que un día que empezó tan mal puede terminar tan bien!

Agarró su chaqueta en el pasillo y salió de casa con paso alegre.

Flappy cruzó con su coche los portones de hierro negro del club de golf. Era, sin duda, el club de golf con los portones más imponentes de todo el país, pensó con satisfacción. Grabado en una placa de mármol en la pared, en grandes letras doradas, estaba el nombre SCOTT-BOOTH. Si Flappy hubiese estado un poco deprimida (ya no lo estaba), la vista de su nombre expuesto así, de forma tan majestuosa, la habría animado. Ni siquiera tuvo que detenerse en la barrera y dar su nombre, porque el oficial reconoció de inmediato tanto el coche como el rostro de Flappy, mientras ella sonreía y saludaba con el gesto de la realeza mientras seguía adelante. La casa del club era un enorme edificio blanco con un techo de tejas rojas y una amplia terraza que se extendía a todo lo largo. Era moderno y funcional pero carecía de encanto, lo cual, si Flappy hubiera intervenido en su diseño, no habría sido el caso. Si había algo en lo que Flappy era buena era en saber qué era de buen gusto y qué no lo era. Y la sede del Club de Golf Scott-Booth no lo era. Sin embargo, Flappy estaba con ánimo generoso, ya que había sido indultada. Se sintió como si hubiera estado caminando hacia la horca y la reina hubiera intervenido en el último instante y le hubiera otorgado el perdón real. Era como si su aventura nunca hubiera sucedido. Aparcó su automóvil en el lugar que le estaba destinado, marcado claramente con la palabra «RESERVADO» en letras grandes sobre su nombre, y salió. Había pasado un tiempo desde que había estado en el club. Por lo general, examinaba con sus ojos de águila las macetas con flores a ambos lados de la puerta principal, diciéndose que necesitaban riego, poda o descabezado, y que debería hablar con la persona responsable. Hoy, eligió no hacerlo. No le apetecía ejercer la crítica, solo tenía amabilidad que ofrecer.

Oyó la voz de Kenneth en el momento en que entró en la sala de recepción. Era fuerte, con su característica resonancia única y alegre. Kenneth siempre estaba feliz. ¡Qué infeliz se habría sentido si las cosas hubieran salido de otra manera!, pensó. Se había salvado de milagro. Pero bien está lo que bien acaba, reflexionó mientras se encaminaba hacia el comedor. Se colocó las gafas de sol en la parte superior de la cabeza y sonrió a los miembros del personal con sus uniformes azules y verdes, que la saludaron con deferencia.

—Buenas tardes, señora Scott-Booth. —Flappy ojeó sus insignias y los saludó a cada uno por su nombre.

Kenneth estaba en el bar con Charles, disfrutando de una cerveza. Flappy no esperaba ver a Charles y se quedó un poco desconcertada. Pero se recompuso de inmediato, como solo Flappy podía hacerlo, y le dedicó una sonrisa encantadora.

—Charles —dijo—, ¡qué fiesta tan estupenda ofrecisteis anoche! No creo que Badley Compton deje de hablar nunca de ella.

Los ojos de Charles se veían más verdes y brillantes de lo habitual, y Flappy se sorprendió al no encontrar en ellos ni rastro de remordimiento.

—Flappy —respondió, plantándole un beso en la mejilla—, estoy muy feliz de que te hayas divertido. No habría sido una verdadera fiesta sin ti y tu tango.

—Ni siquiera sabía que mi esposa supiera bailar el tango —dijo Kenneth con una sonrisa—. Debería aprender algunos pasos para poder bailar con ella. Podría convertirse en nuestro número especial.

Flappy se rio.

—Cariño, con el debido respeto, ¡creo que deberías limitarte a jugar al golf!

Kenneth rio con ella. Era cierto que bailar no era lo suyo.

—Cariño, Charles se quedará a almorzar con nosotros. Compton está hecho un caos, con toda la limpieza.

—¡Qué bien! —dijo Flappy, pero no miró a Charles a los ojos. Algo le decía que, para él, nada había cambiado.

Los tres fueron a sentarse a la mesa y Kenneth pidió una botella de vino caro. Flappy pidió un zumo de arándanos, recordando su decisión de dejar el alcohol durante un mes y resuelta a atenerse a ella. Flappy no era el tipo de mujer que toma una decisión y luego la ignora. Al final del almuerzo, cuando el camarero trajo los cafés y el té de menta de Flappy, esta se quedó consternada al ver que no era menta fresca, sino deshidratada, en bolsita.

Kenneth se excusó y se levantó de la mesa para saludar a un amigo. Flappy y Charles se quedaron solos. Hubo un silencio incómodo, pero Charles estaba ansioso por llenarlo. Su mirada se posó en el rostro de Flappy como una suave caricia, y luego metió la mano debajo de la mesa y encontró su rodilla.

—Lamento no haberte llevado a uno de los dormitorios libres y haberte hecho el amor —dijo en voz baja.

Flappy estaba atónita.

—Acabo de ir a ver a Hedda —le dijo, apartándole la mano de la rodilla—. Se ha acabado, Charles. Hedda lo sabe.

Él se rio.

—Por supuesto que lo sabe, y no le importa —dijo—. Tenemos un trato.

—Sé todo sobre vuestro trato. Pero te han pillado. Hemos acordado que esto se tiene que acabar.

—Ella no se enterará. Tendremos cuidado.

—No la traicionaré, Charles. Hedda es mi amiga.

—¡Vamos, Bella! No puedes arruinar la diversión de tu Beastie. —Se inclinó hacia Flappy, que pudo oler el café en su aliento, que mezclado con el olor del vino no resultaba muy agradable—. Piensa en todas las cosas traviesas que te voy a hacer. Nadie más te ha llevado a tales alturas del placer. ¿De veras vas a renunciar a eso por una amistad que no tiene más que unas pocas semanas?

—Sí, Charles, ya lo he decidido. Hedda podría haber arruinado mi matrimonio y mi reputación en esta ciudad, pero por la bondad de su corazón ha decidido no hacerlo. —Flappy lo miró con ternura—. Lo que tú y yo tuvimos fue maravilloso y no lo cambiaría por nada del mundo. Eres un amante fantástico, de verdad, pero hemos sido descuidados y ahora debemos pagar el precio. Podremos mirarnos de lejos, pero no podremos tocarnos. Así es como tiene que ser.

Charles se recostó en su silla y suspiró.

—No me rendiré, Bella. Te quiero.

—¡Oh, Charles!

—No lo haré. Te daré tiempo, eso es todo. Entonces regresaré y te haré volar de nuevo. Puedes pensar que eres una más de mis muchas conquistas, pero te equivocas. Eres la mejor de todas ellas, y la última.

Flappy estaba muy complacida de escucharlo. No quería ser arrogante (Flappy era muy consciente de sus defectos y no creía que la arrogancia fuera uno de ellos), pero no la sorprendió lo más mínimo.

Después de todo, estaba segura de su posición en la cima de la cadena alimentaria, de que era una tigresa blanca. Sin embargo, al ver a Kenneth que regresaba a la mesa, se dijo que también estaba segura de algo más: era feliz con su Sapo.

17

Flappy esperaba con impaciencia en el salón. Estaba vestida completamente de blanco: una camisa blanca holgada, pantalones blancos con cordón, zapatillas deportivas blancas y un chal blanco. La viva imagen de la inocencia y la serenidad. Era una lástima que la tardanza de las damas perturbara la tranquilidad de su mente, hasta ese momento tan apacible como un estanque de agua cristalina. Desde que conoció a Murli, su gurú, el que le envió el universo (porque era cierto, uno no encuentra al gurú, sino que el gurú te encuentra a ti), la meditación y el yoga habían hecho mucho para devolverle el equilibrio y restaurar la armonía en su vida. Era ella misma otra vez.

Miró su reloj y suspiró. Si no llegaban pronto, lo haría sin ellas.

El rugido de un motor y el crujido de los neumáticos sobre la grava rompieron el silencio, y Flappy salió. Un viento frío soplaba desde el mar ahora que el otoño había reclamado su derecho a la tierra y el verano se había retirado para florecer en otro continente lejano. Se cruzó de brazos y miró a sus amigas con desaprobación. Mabel, que conducía el coche, hizo un gesto con la mano, pero Flappy no le devolvió el saludo. Habían llegado tarde, y si había algo que Flappy aborrecía era que la gente llegara tarde.

Las cuatro mujeres salieron del coche.

—Lo siento mucho, Flappy —dijo Mabel nerviosa.

—Solo nos hemos retrasado diez minutos —dijo Esther, mirando su reloj.

Madge esperaba que Flappy culpara a Mabel, ya que era ella quien había conducido, pero Mabel se aproximó a Flappy y puso los ojos en blanco.

—Madge no podía encontrar su colchoneta de yoga —explicó.

—Hace tanto tiempo que no la uso... —dijo Madge, apresurando el paso sobre la grava, con la colchoneta enrollada bajo el brazo.

—Ya estamos todas aquí, y no veo la hora de conocer al gurú —dijo Sally—. ¿Cómo habías dicho que se llamaba?

—Murli —respondió Flappy con los labios apretados—. Ya está dentro, probablemente en medio de una levitación. Es auténtico, ¿sabes? Tal como lo esperaba. Un gurú perfecto. —Recorrió con la mirada lo que se habían puesto sus amigas para la sesión de yoga. Sally, en especial, llevaba un atuendo de colores demasiado llamativos. Flappy se aseguraría de poner la colchoneta de Sally detrás de la suya, para no tener que verla.

—Si una va a tener un gurú, también podría ir a por todas y tener uno con barba larga, cabello largo y todo eso —afirmó Flappy.

—¡Esto es tan divertido! —exclamó Mabel—. Pero yo estoy muy rígida. Ni siquiera puedo tocarme los dedos de los pies.

—Yo nunca lo he intentado —admitió Esther.

—Solía ser capaz de ponerme los tobillos detrás de las orejas —aseguró Madge.

Flappy levantó una mano.

—No es una imagen agradable, Madge. ¿Empezamos?

Siguieron a Flappy por los jardines. Una ligera neblina flotaba sobre los árboles y arbustos, atenuando los rojos y dorados de las hojas y dando al lugar una belleza casi gótica. De hecho, el otoño en Darnley era realmente hermoso, y Flappy nunca perdía la oportunidad de recordarse lo increíblemente afortunada que era de vivir allí, y de recordárselo a todos los demás.

—Tengo mucha suerte de estar rodeada de tanta belleza —dijo, mientras caminaba con paso ligero por el sendero—. Porque ver la gloria de la naturaleza es ver el rostro de Dios.

Pensó que eso sonaba bastante bien y, desde su infidelidad, era consciente de la necesidad de reconciliarse con Dios.

—¡Oh! Es realmente encantador —coincidió Mabel, admirando las franjas de anémonas japonesas.

—Creo que los jardines de Darnley son los más hermosos de Badley Compton —afirmó Madge, sabiendo que *eso* le haría ganar puntos con Flappy.

Debió de surtir efecto, pues Flappy pareció hincharse de placer.

—¡Qué amable por tu parte, Madge! *Yo* también pienso que son hermosos, pero por supuesto mi opinión es parcial.

—Y la cabaña es tan agradable... —dijo Sally al aparecer al final del camino—. Un lugar aislado, tan apropiado para meditar.

—Bueno, cuando se está tan terriblemente ocupada como yo —dijo Flappy—, un poco de soledad de vez en cuando es necesaria para el alma.

Todas asintieron con la cabeza, agradecidas de que Flappy hubiera vuelto a ser ella misma.

Murli era, de hecho, exactamente como uno imaginaría que un gurú debería ser. Tenía el pelo largo y blanco, una barba también larga y blanca, una bonita piel morena, ojos marrones y una nariz grande y con personalidad. Cuando vio a las mujeres, juntó las palmas de las manos e hizo una reverencia. Ellas lo imitaron, encantadas de estar en presencia de un verdadero gurú que había venido desde Rayastán (aunque hacía cuarenta y seis años).

—Bienvenidas a mi clase —dijo, y su voz era exactamente la que debería ser la voz de un gurú: profunda, suave y exótica.

Flappy estaba encantada de mostrar no solo al gurú, del que estaba muy orgullosa (porque era, sin duda, auténtico), sino también el santuario, que era como se llamaba ahora la sala de estar, a la que Gerald acababa de dar los últimos toques. El incienso inundaba el aire, las velas centelleaban en sus soportes y el Buda los contemplaba a todos con rostro sabio e iluminado.

Dispusieron sus colchonetas y el gurú les enseñó las posturas, explicando el objetivo de cada una mientras hacía que su cuerpo flexible adoptara todo tipo de posiciones imposibles. Esta ayuda a la digestión, esta previene dolores de cabeza, esta otra favorece la concentración. Flappy, que practicaba yoga todas las mañanas desde hacía treinta años, pudo mantener cada posición con facilidad y evidente placer. Sus amigas, en cambio, eran como unas bicicletas viejas y oxidadas que no se habían usado en décadas. Las ruedas estaban rígidas y los pedales crujían, pero estaban decididas a no defraudar a Flappy quejándose o dándose por vencidas. Al terminar la sesión, Flappy apenas había empezado a sudar, mientras que las demás tenían la cara tan roja como los corredores después de un maratón.

A continuación, se colocaron sobre sus colchonetas para la meditación. Flappy se puso en la posición del loto, consciente de que ella y el gurú eran los únicos en la habitación que podían hacerlo. Madge, que antes podía ponerse los tobillos detrás de las orejas, ahora no conseguía sentarse con las piernas cruzadas; Sally podía y lo hacía, mientras que Mabel y Esther se sentaban en sillas. El gurú las guio a través de una visualización que resultó muy placentera. Flappy aquietó su mente y dejó que el gurú la llevara hacia un exuberante bosque verde, pero luego Charles salió de entre los árboles. Estaba decidida a no pensar en él. La relación se había terminado. Definitivamente. Sin embargo, a pesar de sus esfuerzos, su mente seguía volviendo a él. Después de todo, ella había sido la mejor y la última, y el hecho de que él hubiera dicho que nunca se rendiría hizo que Flappy volviera a sentir una pizca de la excitación que hasta hacía poco había dominado su vida. ¡Todavía la deseaba, a una mujer de su edad! Si Flappy aborrecía una cosa era la presunción, pero se sentía muy presumida.

Al final de la meditación, cuando el gurú las devolvió suavemente al presente, las invitadas tenían el rostro sonrosado y una paz inusual. No habían llegado del todo al Nirvana, que estaba reservado a aquellos que estaban muy avanzados, como Flappy, pero habían llegado a pesar de todo a un lugar sorprendentemente placentero.

—Terminaremos con un «om», dijo el gurú. Es una palabra simple, pero tiene un significado muy complejo. Todo el universo resuena con la vibración de «om». Por eso, cuando cantamos «om», nos conectamos con el sonido profundo y eterno del universo. Decimos «om», pero cantamos «ooom». ¿Entendido? Intentémoslo.

Cerró los ojos, puso las manos en posición de oración y comenzó a cantar. Las mujeres cantaron con él. El sonido comenzó en sus pechos, subió por sus tráqueas y escapó por sus bocas. Esther trató de no reírse; Madge se sintió inundada por la nostalgia del retiro al que había asistido hacía muchos años en la India; Mabel se concentró mucho, porque quería ser como Flappy, y Sally se distrajo con una nueva historia que le vino a la mente de la nada, sobre una mujer casada que se encuentra con su amante en una cabaña como esa, con el pretexto de practicar yoga.

Flappy perdió la conciencia de sí misma en la vibración. Descubrió que estaba descendiendo en espiral hacia algún lugar profundo y lejano dentro de ella. Era maravilloso estar tan relajada y tan desconectada de la propia existencia. Podría haberse quedado allí toda la noche, pero el gurú se tenía que marchar para ver a otro cliente.

—¿Dónde has estado? —preguntó Mabel cuando el gurú se hubo marchado y Flappy había abierto los ojos, luciendo algo aturdida y extrañamente tranquila.

Flappy suspiró y le dedicó una hermosa sonrisa.

—Dentro de mi alma, Mabel —respondió.

—¿Y qué has sentido? —preguntó Madge.

—Quietud. ¿No es maravilloso que el alma de uno pueda estar tan quieta, cuando la mente de una está tan terriblemente ocupada?

Se puso de pie y se estiró.

—¿Cómo ha ido, señoras? —dijo Flappy, escudriñando a sus amigas con una mirada aguda y crítica.

—Me ha encantado —dijo Mabel.

—Maravilloso —dijo Madge.

Esther no estaba convencida.

—Me temo que la meditación no es para mí —dijo.

—Tienes que seguir practicando —dijo Flappy—. Es algo en lo que mejoras cuanto más lo haces. No te rendirás, Esther. Las cosas que valen la pena no se consiguen sin esfuerzo. No creas que llegué a tales profundidades la primera vez que lo hice. Hizo falta mucha constancia para lograrlo.

—Pero no tenemos tu capacidad de concentración —dijo Sally.

Flappy sabía que eso era cierto, pero no quería que sus amigas se sintieran inadecuadas. Si había algo en lo que Flappy era buena, era en hacer que otras personas se sintieran bien consigo mismas.

—Sí, la tenéis —dijo con firmeza—. Todas tenéis el potencial de ser las mejores versiones posibles de vosotras mismas, y el trabajo comienza aquí, conmigo. ¿Quién se unirá a mí en el camino hacia la Iluminación? —preguntó, estirando una mano con la palma hacia abajo.

Mabel fue la primera en poner su mano sobre la de Flappy.

—Yo —dijo.

—Yo —se añadió Madge, poniendo la suya sobre la de Mabel.

—Está bien —convino Sally—. Yo también me sumo.

—Vamos, Esther —animó Flappy a la última con una sonrisa—. Puede que yo esté un poco más adelantada que tú en el camino, pero nunca se sabe, con esfuerzo y dedicación podrías ponerte a la par.

—Vale —dijo Esther, aunque pensaba que todo aquello era una pérdida de tiempo. Colocó su vieja y áspera palma en la parte superior de la pila y sonrió—. Me apunto. Y si no llego al Nirvana, Flappy, quiero que me devuelvan mi dinero.

Flappy rio, porque ella era quien pagaba al gurú, o más bien Kenneth. Querido Kenneth. Era tan afortunada de tenerle...

El segundo domingo de noviembre, Flappy abrió las cortinas para contemplar los jardines recubiertos por la escarcha. Contuvo el aliento. La belleza era deslumbrante. El amanecer no era más que una tenue luz dorada en el horizonte, que atravesaba el cielo nocturno como el brillo lejano de la fragua de un herrero. El césped, los arbustos y los árboles lucían un color gris plateado y estaban quietos, como en un mundo mágico donde los cervatillos son mitad humanos y mitad bestias, y los niños salen de los armarios con el asombro en sus rostros. Flappy se sintió colmada de alegría, porque eso es lo que la belleza le producía. Se sentía además optimista, como si la ligereza de su corazón pudiera levantarla y llevarla volando por encima de los jardines, como un búho. Sonrió e inhaló profundamente por la nariz. Estaba feliz y agradecida, y consciente de todas sus bendiciones. De hecho, Flappy gozaba de más bendiciones de las que podía contar. Pero la mayor de todas estaba en su cama. Kenneth, que ahora estaba invitado a unirse a ella todos los sábados por la noche, yacía durmiendo en la penumbra. Roncaba, gruñía y resoplaba, pero Flappy consideró que tolerarlo era su penitencia por su transgresión. No solo lo soportó, sino que lo aceptó de buen grado, ya que cada ronquido y gruñido le recordaba su pecado y la inspiraba a convertirse en una mejor persona. Sin embargo, no fue tan lejos como para permitirle que le hiciera el amor. Eso sería demasiado, y Kenneth podría sospechar algo. Era muy importante que no lo hiciera. Además, ahora que había avanzado más en el camino a la Iluminación, la bestia interior había sido arrojada de vuelta a las sombras y sus deseos carnales se habían extinguido. Ahora era más espíritu que materia, y se tornaba cada día más espiritual.

Salió del dormitorio sin hacer ruido y bajó a practicar yoga. Pero no nadó desnuda en la piscina. Ese impulso había sido relegado a las sombras junto con la bestia; tampoco bailaba ya al son de la música pop. Se dedicaba a practicar yoga frente al espejo mientras intentaba no admirar su bella figura, porque eso sería sucumbir al pecado del orgullo.

Después del yoga, fue a la cocina a servirse el desayuno. Habían entregado los periódicos y, como de costumbre, leyó en secreto el *Mail on Sunday* mientras Kenneth seguía durmiendo, dejando el *Sunday Telegraph* junto a su lugar en la mesa para cuando él bajara y se reuniera con ella. Devoró los cotilleos del periódico, hojeó la revista *You* y tomó un sorbo de té. Cuando apareció Kenneth, el *Mail* ya no estaba a la vista y Flappy estaba preparada junto a la máquina del café con una amplia sonrisa y una palabra amable, la esposa perfecta en la cocina perfecta en la vida perfecta de Darnley.

Flappy se preparó para ir a la iglesia. Se puso una elegante falda larga, un jersey de cachemir negro, botas y tres hileras de perlas en el cuello, con pendientes de perlas a juego. Se admiró en el espejo, segura de estar a la altura de las expectativas de las buenas gentes de Badley Compton. No quería decepcionar. Después de todo, Mabel necesitaba un ejemplo que seguir y las otras mujeres necesitaban a alguien a quien admirar. Ser un árbitro del estilo era una tarea ardua, pero alguien tenía que hacerlo y Flappy sabía que ella era la única persona en Badley Compton que estaba cualificada. Mientras subía al Jaguar de Kenneth, estaba segura de que su posición como reina de Badley Compton era indiscutible.

Kenneth aparcó en el sitio de costumbre y caminaron con lentitud por el sendero, tomados del brazo, los últimos en llegar como mandaba la tradición. Atravesaron las grandes puertas y respiraron el olor familiar de la cera de las velas y los perfumes de las personas, mezclados con el olor particular de ese antiguo lugar de culto. Todo estaba como debía ser, pensó Flappy mientras avanzaba por el pasillo a paso majestuoso, sonriendo amablemente a todos los amigos y conocidos que giraban la cabeza para admirarla. Le alegró ver, en la fila detrás de Hedda y Charles a Persephone y George, que se habían vuelto inseparables desde la fiesta. La fiesta de Hedda ahora se llamaba simplemente así, y Flappy no estaba celosa en lo más mínimo. Solo se aseguraría de ofrecer una fiesta aún más grandiosa el próximo año.

Flappy sonrió al vicario, que parecía un poco inquieto, y giró a la izquierda. Para su horror, allí, sentados en los asientos de Kenneth y de ella, había una pareja que nunca había visto antes. Se detuvo y los miró fijamente, y el desconcierto y la afrenta oscurecieron su rostro. El hombre y la mujer ni siquiera la miraron, concentrados como estaban en sus libros de oraciones. No hubo disculpas, no se levantaron y no se cambiaron a otro lugar. No eran conscientes en absoluto de que habían cometido un terrible paso en falso ante toda la comunidad. Con su mirada incisiva, Flappy examinó a la mujer. Debía de tener unos treinta años, con abundante cabello castaño, piel tersa y aceitunada, pómulos altos, un rostro ancho y hermoso (había que reconocer que era, en efecto, muy hermosa) y una nariz recta y bonita. Además iba elegante, con un abrigo azul con cinturón y solapas de piel.

Flappy tosió. La mujer levantó la vista. Flappy notó que sus ojos también eran bonitos. De color verde pálido y rodeados de gruesas pestañas negras de una longitud indecente. La mujer sonrió con inocencia. La indignación de Flappy se hizo más profunda. Kenneth le puso una mano en el brazo y la animó a que siguieran caminando. Si no hubiera sido por la amabilidad innata de Flappy y su deseo de ser cortés en todo momento (después de todo, ella estaba bastante avanzada en el camino a la Iluminación), le habría dicho a la pareja que se cambiara de sitio. Pero no lo hizo y se dejó llevar por su esposo. Hedda y Charles se apretujaron para permitirles sentarse en su fila, y Flappy se sentó junto a Hedda.

—¡¿Cómo se atreven?! —siseó Hedda a Flappy en voz baja.

—¿*Quiénes son*? —siseó Flappy en respuesta.

—No lo sé, pero me temo que son nuevos en Badley Compton.

—¿Quieres decir que se han *mudado* aquí? —Flappy estaba horrorizada—. ¿Que están aquí para quedarse?

—Eso creo. Han estado mucho tiempo hablando con el vicario.

—¿En serio?

—Tenemos que decírselo —susurró Hedda—. ¡No pueden entrar aquí como si fueran los dueños del lugar y sentarse en la primera fila! ¿Quiénes se creen que son?

—Tienes razón, es preciso decírselo —coincidió Flappy.

—Hay un orden jerárquico en esta ciudad, y no pueden saltárselo así como así.

—Tienes toda la razón.

—Pero debemos hacerlo con sutileza.

—Absolutamente. Tienes toda la razón, Hedda—. Si había algo en lo que Flappy era buena, era en saber cuándo había que ser sutil.

—Ven a tomar el té esta tarde, y lo hablamos.

—Está bien. Es un asunto de cierta urgencia.

—Yo diría que lo es.

—¿Cómo se atreven?

—Sí, ¿cómo se atreven?

Agradecimientos

Me divertí tanto escribiendo sobre Flappy Scott-Booth en mi novela *La tentación de Gracie*, que me sentí inspirada para dedicarle un libro. Tras la publicación de la novela recibí tantos correos electrónicos sobre Flappy, que parecía haber gustado mucho a mis lectores a pesar de ser un personaje menor, que me moría de ganas de darle un papel más importante y desarrollar más el personaje. Sin embargo, no era posible hacerlo en ese momento por falta de tiempo, ya que me había comprometido a escribir mi novela anual habitual de la serie infantil Royal Rabbits, que escribo con mi esposo, Sebag, y que me lleva al menos seis meses de trabajo. Aun así deseaba escribir una novela protagonizada por Flappy, sobre todo porque estaba ansiosa por probar algo diferente y escribir una comedia. ¡Me apetecía no hacer llorar a la gente por una vez! Fue solo durante el confinamiento debido al Covid-19 que decidí que, en lugar de pasar el tiempo invadida por la ansiedad, podría canalizar mi energía hacia algo positivo y creativo. De ahí que finalmente me decidiera a escribir Flappy se atreve.

Dedico este libro a cinco de mis mejores amigas. Somos un club de lectura, un club de viajes, un club de comidas y cenas, pero sobre todo un grupo de amigas que nos apoyamos unas a otras, tanto en las buenas como en las malas. Me mantienen entretenida. Me mantienen cuerda. Pero, sobre todo, sé que cuando las cosas van mal, lo que a veces sucede inevitablemente, siempre están ahí para levantarme el ánimo con su empatía, su comprensión y sus risas. Gracias, Tif Beilby,

Lisa Carter, Brigitte Dowsett, Wendy Knatchbull y Clare Rutherford. También quiero dar las gracias a mi agente, Sheila Crowley, y a mi editora, Suzanne Baboneau, por el entusiasmo con el que me han acompañado en este nuevo rumbo que he tomado. Acogieron a Flappy de inmediato y se mostraron tan emocionadas como yo con la idea de iniciar una serie de comedias románticas. Ante la incertidumbre y la creciente ansiedad de esta época, ¡las risas son muy necesarias!

También estoy agradecida a mi agente cinematográfico, Luke Speed, y a todos aquellos en la agencia literaria Curtis Brown que se ocupan de mí: Alice Lutyens, Enrichetta Frezzato, Katie McGowan, Claire Nozières y Callum Mollison. Muchas gracias a Ian Chapman, mi jefe en Simon & Schuster, y a su brillante equipo, que trabaja con tanta diligencia y sensibilidad en mis manuscritos: Sara-Jade Virtue, Gill Richardson, Dominic Brendon, Polly Osborn, Rich Vlietstra y Alice Rodgers. También doy las gracias a mi hija Lily, mi cuñada Sarah y mi madre, Patty Palmer-Tomkinson, por leer el primer borrador y comprender el punto de vista de Flappy. Fue una nueva dirección para mí y me dieron el aliento que necesitaba para seguir adelante. Crear un personaje que es a la vez terrible pero adorable ¡es todo un reto!

Gracias al resto de mi familia por hacer del confinamiento el momento tan especial que fue: Sasha Sebag-Montefiore, Simon Sebag-Montefiore, Charlie Palmer-Tomkinson, James Palmer-Tomkinson, Honor Palmer-Tomkinson, India Palmer-Tomkinson, Sam Palmer-Tomkinson, Wilf Palmer-Tomkinson y Naomi Dawson.

Espero que esta sea la primera de muchas aventuras de Flappy. ¡Hacía mucho tiempo que no me divertía tanto escribiendo! Y creo que Flappy se merece una serie. Fingiría sentirse honrada y tal vez un poco avergonzada por ser el centro de tanta atención, y les diría a todos lo afortunada que es por ser la protagonista de una novela, aunque en realidad lo consideraría un derecho que le corresponde. Después de todo, hay que reconocerlo, ¡es una mujer realmente fascinante!

¿TE GUSTÓ ESTE LIBRO?

escríbenos y
cuéntanos tu opinión en

f /Sellotitania   **X** /@Titania_ed

@ /titania.ed

#SíSoyRomántica